Der Kommissar mit Sonnenbrand

Tim Frühling hat 1994 direkt nach dem Abitur als Moderator beim Lokalradio angefangen. Mittlerweile arbeitet er seit fast zwanzig Jahren beim Hessischen Rundfunk für verschiedene Radiowellen und als Wetterpräsentator im hr-Fernsehen und der ARD.

TIM FRÜHLING

Der Kommissar mit Sonnenbrand

GRAN CANARIA KRIMI

emons:

© Emons Verlag GmbH
Cäcilienstraße 48, 50667 Köln
info@emons-verlag.de
Alle Rechte vorbehalten
Umschlagmotiv: Sabine Lubenow/Lookphotos
Umschlaggestaltung: Franziska Emons, Tobias Doetsch
Gestaltung Innenteil: César Satz & Grafik GmbH, Köln
Lektorat: Susann Säuberlich, Neubiberg
Druck und Bindung: sourc-e GmbH, Köln
Printed in Europe 2025
ISBN 978-3-7408-0177-9
Gran Canaria Krimi
Originalausgabe
3. Auflage

Unser Newsletter informiert Sie
regelmäßig über Neues von emons:
Kostenlos bestellen unter
www.emons-verlag.de

Dieser Roman wurde vermittelt
durch die Agentur Brauer, München.

Rache ist Eingeständnis des Schmerzes.
Seneca

In diesem Augenblick nervte Professor Dr. Norbert Fabricius so gut wie alles. Lara und Felix, seine beiden Kinder im Grundschulalter, zeigten mal wieder keinerlei Engagement, sich um den Hund zu kümmern, das Au-pair-Mädchen hatte einen freien Tag – und seine Frau war mit ihren Lions-Damen zusammen und organisierte irgendeinen Spendenquatsch. Also blieb es an ihm hängen, mit diesen entwürdigenden schwarzen Tütchen dem Mischlingsrüden hinterherzulaufen, Hinterlassenschaften einzusammeln und die Reviermarkierung abzuwarten.

Fabricius musste zugeben, dass auch er sich seinerzeit in den Welpen verliebte, den seine Kinder im Tierheim entdeckt hatten, aber die Entwicklung des Tieres war aus seiner Sicht mehr als bedenklich. Der Hund ekelte sich ganz offensichtlich vor Matsch und Schmutz, aß nur Futter mit Fisch und schmuste heimlich mit Katzen. Lara hatte das herausgefunden, fotografiert und fand es total »süß«. Ihr Vater fand es in erster Linie unmännlich, genau wie das Aussehen des gesamten Tieres: zentimeterlange Wimpern, lockige Haarpuscheln an den Ohren und dieser tänzelnde Gang. Zu allem Überfluss waren Lara und Felix nicht davon abzubringen gewesen, diese Travestie-Karikatur von einem Hund »Poppy« zu nennen.

Nun musste der feminste Rüde Nordhessens also Darm und Blase entleeren und wurde von seinem Herrchen deswegen kurzerhand an den Edersee verfrachtet. Fabricius wusste zwar, dass Poppy lieber einen Schaufensterbummel auf der Bad Wildunger Brunnenallee gemacht hätte, aber erstens wurde der Professor dort ständig von Patienten mit orthopädischen Wehwehchen belatschert, und zweitens bestand am See vielleicht doch noch die Möglichkeit, dass der Köter irgendwann einen Buddel-, Grab- oder Wühltrieb entwickelte. Außerdem bot Hessens größter Stausee in diesen Tagen mal wieder ein Naturspektakel. Nach wochenlanger Trockenheit war der Wasserstand so niedrig wie selten zuvor, direkt unterhalb des Waldecker Schlosses konnte man von der Südseite zwei gewaltige Höcker betreten, die sonst im Wasser lagen oder nur als Inseln herausragten.

Nachdem der Professor dort ein wenig in der Sonne gesessen und Poppy interessiert die Paillettentasche einer anderen Spaziergängerin beschnüffelt hatte, entschied er sich, den kleinen Umweg über den Kletterwald und die Felder zurück zu seinem Parkplatz an der Staumauer zu machen. Wer wusste schon, wie viele sonnige Tage der September noch bringen würde?

Poppy anzuleinen war völlig unnötig. Er hatte eh nicht vor, den betonierten Weg zu verlassen. Fahrradfahrern wich er grazil aus.

Genau in dem Augenblick, als Professor Fabricius den morgigen OP-Plan auf seinem Smartphone checken wollte, passierte etwas völlig Ungewöhnliches. Sein Hund schlug sich ohne Vorwarnung ins Gebüsch, hechtete den steilen Hang hinab und kam erst vor einem kleinen Felsen zum Stehen, der normalerweise metertief im Seewasser lag. Verärgert steckte Fabricius sein Handy weg, drückte ein widerspenstiges Gestrüpp beiseite und stellte sich an die Abbruchkante des Sees.

»Poppy, komm wieder hoch, hörst du? Poppy! Sei ruhig und komm hierher!«

Nichts davon tat der Mischling. Er stand vor dem Felsen und kläffte in die Restfluten des Edersees hinein. Sehr seltenes Verhaltensmuster, sonst gab der Hund so gut wie keinen Ton von sich. Deswegen fiel dem Professor auch jetzt erst wieder auf, wie hell das Gebell des Tieres in Relation zu seiner Körpergröße war.

»Poppy, bei Fuß! Das ist zu steil, Herrchen kommt da nicht runter!« Na gut, das stimmte jetzt nicht ganz, Herrchen *wollte* da nicht runter, und Herrchen wollte auch nicht mehr diesen albernen Namen und das Wort »Herrchen« rufen.

»Och, Poppy, jetzt hör doch auf, los, hoch mit dir!« Fabricius nestelte einen Hunderiegel aus seiner Jackentasche, packte ihn aus und fuchtelte damit herum. »Hier, Alaska Salmon, deine Lieblingssorte. Poppy! Lachs!«

Nichts zu machen. Das störrische Vieh stand, kläffte und wich nicht von der Stelle.

Seufzend steckte Professor Fabricius den Riegel wieder ein, roch angewidert an seiner Hand und begann, in kleinen Schritten die Böschung hinabzuklettern. Immer wieder musste er sich abstützen, der Hang war doch steiler als gedacht.

Zwischendurch versuchte er es noch ein paarmal mit einem halblauten »Poppy«, aber er hatte den Glauben schon aufgegeben, dass die Töle freiwillig von dem Felsen ablassen würde.

***

Gute zwei Stunden später tauchten mehrere Hochleistungsscheinwerfer die Szene in ein gespenstisches Licht. Es war mittlerweile dunkel geworden, die Wärme des Tages gewichen. Aus dem Wald drang ein Motorengeräusch, das auf ein angestrengtes Navigieren eines großen Fahrzeugs auf einem viel zu engen Weg hindeutete. Das musste der Spezialkran sein, den die Polizei aus Fritzlar angefordert hatte.

Fabricius hatte sich bei seiner Familie telefonisch abgemeldet, denn jetzt wollte er auch bis zum Schluss mitbekommen, was hier geschah. Er war es schließlich, der die Beamten verständigt hatte, nachdem sein »ausgebildeter Spür- und Fährtenhund«, wie er Poppy bei der Vernehmung bezeichnet hatte, ein rotes Stück Blech im See angebellt hatte.

»Sie können ruhig nach Hause gehen, Herr Fabricius, wir werden Sie morgen darüber verständigen, was wir aus dem See gefischt haben«, schlug ein Polizist vor, der von diesem

Angebot unübersehbar am liebsten selbst Gebrauch gemacht hätte. »Ihre Aussage liegt uns ja vor.«

»Nein, nein, ich habe morgen Spätdienst, und jetzt wollen Rex und ich ja auch wissen, was wir da entdeckt haben.« Der Professor hatte sich entschieden, den Namen seines Hundes ein wenig in seine Geschmacksrichtung zu modifizieren, denn ein ausgebildeter Spür- und Fährtenhund hieß schließlich nicht Poppy.

Der Beamte zuckte kurz mit den Schultern, murmelte irgendetwas und gesellte sich zu seinen Kollegen, die auf dem schmalen Weg eine geeignete Stelle für den Kranwagen suchten. Es dauerte eine kleine Ewigkeit, bis der Koloss die richtige Position eingenommen und seine Abstützträger ausgefahren hatte.

Fabricius schlenderte zu den Beamten, Poppy hatte sich derweil für ein Nickerchen entschieden.

»Weswegen wollen Sie das Ding denn unbedingt noch heute aus dem See ziehen? Wäre das morgen bei Tageslicht nicht wesentlich einfacher?«

Der missmutige Polizist von eben zündete sich eine Zigarette an. »Wir müssen so schnell wie möglich klären, was da genau liegt«, antwortete er, nachdem er den Rauch des ersten Zuges ausgestoßen hatte. »Es wird wohl ein Auto sein. Kleinwagen, wenn Sie mich fragen. Limousinen werden selten in Rot gekauft. Kann sein, dass der schon seit Mai im Wasser ist. Die Kollegen auf dem Revier haben eine Anzeige aus dem Frühjahr gefunden, da ist oben am Brühlfeld die Schranke beschädigt worden. Vielleicht von dem Kandidaten, den wir da gleich rausholen.«

Wie aufs Stichwort grollte ein dumpfes Brummen aus dem Autokran, gefolgt von einem Quietschen des Hakens. Der Professor und die Beamten versammelten sich neugierig an der Abbruchkante und beobachteten, wie langsam immer mehr von dem Auto auftauchte.

Ein älterer Polizist mit Schnäuzer dozierte: »Roter Honda

Jazz, älteres Baujahr. Kennzeichen fehlen. Ziemlich verbeult, möglicherweise durch den Sturz in den See oder den Schrankendurchbruch. Ludger, leuchte mal in den Innenraum!« Ein anderer Beamter richtete eine massive Taschenlampe ins Innere des Wagens. Fabricius hielt die Luft an. Bitte keine Wasserleiche. Das war in etwa das Widerlichste, was man sich vorstellen konnte.

»Auf den ersten Blick leer«, kommentierte der Schnauzbärtige, und Fabricius meinte, aus der Aussage eine gewisse Erleichterung herauszuhören.

»Bringt gar nichts, die Nummernschilder abzuschrauben«, wandte sich der wortführende Beamte an Fabricius. »Über die Fahrgestellnummer finden wir den Halter eh heraus. Aber das ist dann polizeiliche Ermittlungsarbeit, die Sie nichts angeht.« Der Polizist zwinkerte kumpelhaft. »Vielen Dank für Ihren Einsatz, Herr Professor, ich würde Sie bitten, jetzt nach Hause zu gehen. Und natürlich noch mal ein großes Lob an Ihren gut erzogenen Spürhund. Wie heißt er noch gerade?«

»Rex, mein Hund heißt Rex«, sagte Fabricius und trat mit Poppy den Heimweg an.

***

Auf Spanisch lässt es sich herrlich fluchen, meist allerdings einen ganzen Zacken derber als auf Deutsch. Viele sehr, sehr unschöne Wörter stieß Alfonso Suárez aus, der schwitzend hinter einem unaufgeräumten Schreibtisch saß und zur Nervenberuhigung gerade den dritten Honigrum in sich hineingekippt hatte.

Schon drei Kunden hatten sich bei »Don Alfonsos Pizza-Express« über die ausbleibende Lieferung beschwert, darunter ein Kindergeburtstag, der auf vier unterschiedlich belegte Pizzen in der Größe sechzig mal vierzig Zentimeter wartete. Und alles lag mal wieder an Diego, diesem unzuverlässigen Lümmel. Der Junge sah einfach zu gut aus für diesen Job, das konnte nur Ärger bringen. Blond und blauäugig, völlig untypisch für einen *canario*, aber mit der Bräunungsfähigkeit eines Südländers und dem Lächeln eines Zahnpasta-Models. Er war der Trinkgeldkönig unter den Auslieferungsburschen, es gab Kundinnen, die bei der telefonischen Bestellung explizit ihn als Lieferanten verlangten.

Alfonso wuchtete sich von seinem Schreibtisch hoch und wankte in die Backstube. »Juan, wann hat dieser Knilch den Laden verlassen, das ist doch jetzt schon fast zwei Stunden her, oder? Leg nicht so viel Oliven auf die Pizza, das kostet alles mein Geld, hörst du?«

Der Pizzabäcker verdrehte die Augen, warf die restlichen Oliven zurück in die Dose und kontrollierte die Bestellzettel. »Jaja, zwei Stunden sind realistisch, zwei Margherita in die Calle la Centrífuga, eine Lasagne für den Marktleiter im ›Mercadona‹, die vier Partypizzen für den Geburtstag und eine Thunfisch mit Zwiebeln in die Calle Guatemala. Alles in allem keine zehn Kilometer, auch wenn die letzte Adresse ziemlich am Stadtrand von Vecindario liegt.«

Alfonso schnappte Juan die Zettel weg und setzte seine Lesebrille auf, die von einem dünnen Bändchen gehalten, auf dem ausufernden Bauch des Lieferservice-Inhabers ruhte. »Aber dafür kam die Bestellung aus der Guatemala zuerst rein. Und das ist der einzige Kunde, der sich noch nicht beschwert hat. Diego geht nicht ans Handy. Es wird unserem Schönling doch nichts passiert sein nach der ersten Auslieferung?«

Juan streute unter den Augen seines Chefs sparsam Käse auf zwei weitere Pizzen. »Bestimmt nicht, er ist der einzige von den Jungs, der auf dem Roller einen Helm trägt. Und er fährt wie eine Schnecke in Rente, bestimmt aus Angst um sein schönes Gesicht.«

Alfonso knurrte. »Trotzdem, das gefällt mir alles nicht. Der Kunde aus der Guatemala war auch nicht in unserer Datenbank. Wo ist Pablo?«

»Der macht eine Lieferung nach Agüimes und dann Feierabend. Es war nicht so viel los heute.«

Alfonso legte die Bestellzettel beiseite und ließ die Brille mittels einer routinierten Nasenbewegung zurück auf seinen Bauch gleiten. »Nicht viel los gefällt dem Chef nicht. Ich gehe das faule Aas jetzt suchen und ziehe ihm die Hammelbeine lang, wenn ich ihn irgendwo rumlungern sehe.«

***

Vecindario war kein Ort, in den sich Touristen auf Gran Canaria verirrten. Durch seine günstige Lage zwischen dem Flughafen und den Touristenzentren im Süden der Insel war die Urbanisation in den letzten Jahrzehnten auf fast sechzigtausend Einwohner angewachsen. Außer ein paar guten Geschäften gab es kaum Sehenswürdigkeiten zwischen dem ganzen Beton in den schachbrettartig angelegten Straßenschluchten.

Trotz seiner Größe war der Ort keine eigenständige Gemeinde, sondern wurde vom Bergdorf Santa Lucía de Tirajana aus verwaltet, das sich über die üppigen Einnahmen aus der Ebene natürlich freute und keine großen kosmetischen Auflagen beim Bau von Vecindario gemacht hatte.

»Don Alfonsos Pizza-Express« versorgte seit mehr als zwanzig Jahren Spanier, die von Tapas und Paella genug hatten – oder nach ihrem Job als Kellner, Zimmermädchen oder Busfahrer schlicht keine Lust mehr aufs Selbstkochen empfanden. Der Laden lief erfreulich krisenunabhängig, für die schnelle Sättigung im unteren Preissegment war wohl immer noch genug Geld da.

»Jetzt fahr doch endlich zu, du Lahmarsch!« Alfonso quälte sich hupend durch den Feierabendverkehr, es war mittlerweile dunkel geworden. Er hatte ein schlechtes Gefühl, was Diego anging. In der Calle Guatemala gab es nichts, was den Jungen von seiner Lieferung hätte ablenken können. Ein Unfall wäre mehr als ungünstig gewesen, schließlich beschäftigte Alfonso seine Ausfahrer in einem zwielichtigen Anstellungsverhältnis ohne Krankenversicherung. Und die Dreistigkeit, sich mit ein paar *chicas* im Café zu treffen, während in der Thermobox die Pizzen vor sich hin dampften, traute Alfonso nicht mal diesem Schönling mit den Flausen im Kopf zu.

Nach einer knappen Viertelstunde erreichte er die angegebene Lieferadresse. Stöhnend stieg er aus seinem Seat aus und ging auf das Haus zu. Wie in Spanien üblich, waren keine Namen an den Klingeln angebracht. Die Thunfisch mit Zwiebeln war für den zweiten Stock rechts in einem recht neuen Mehrfamilienhaus bestellt worden. Kurzerhand klingelte Alfonso.

Nichts rührte sich.

Nach einigen Sekunden drückte er den Knopf erneut und ging ein paar Schritte zurück, um zu überprüfen, ob in der betreffenden Wohnung das Licht an war.

Alles dunkel.

So langsam bekam er es mit der Angst zu tun. Er zückte sein Handy und rief im Laden an. »Juan, hast du irgendetwas gehört von Diego? Ich stehe vor dem Haus in der Guatemala, wo die erste Pizza hinsollte, aber hier ist niemand.« Während er sprach, lief er an den Autos entlang, die an der rechten Straßenseite parkten. Dahinter trennte ein rostiger Eisenzaun die Siedlung von unbebautem steinigen Ödland ab.

»Nein, *Jefe*, hier gibt es keine Neuigkeiten. Ich könnte die anderen Jungs mal anrufen und fragen, ob Diego derzeit ein Mädchen hat. Vielleicht weiß die …«

»Scheiße, verdammte, hier steht sein Roller. Zwischen zwei dicken Autos, den habe ich vorhin nicht gesehen. Bleib dran, Juan, ich schaue nach, ob der Rest der Ware noch in der Box ist.« Alfonso hob den Deckel der roten Warmhaltekiste hoch. Eine kleine Wolke verdampfte im gelblichen Licht der Straßenlaternen. »Alles noch drin, oh mein Gott, Juan, ich habe ein ganz schlechtes Gefühl.«

Alfonso drückte sich an Diegos Roller vorbei auf ein Kiesbett am Straßenrand, in dem vor dem Zaun ein paar gedrungene Palmen wuchsen. Er vergaß das Telefonat und blickte sich suchend um, ob hinter den Bäumen irgendetwas zu sehen war.

Was war das dahinten denn Rotes? Bitte nicht Diegos Jacke, bitte, bitte nicht.

Alfonso rannte über den knirschenden Kies und wollte nicht wahrhaben, was immer näher in sein Blickfeld kam. An einem der mächtigen Palmstämme, von der Straße abgewandt und durch Autos verdeckt, lehnte Diego, der Kopf war ihm auf die Brust gefallen, in seiner Jacke zwei blutverkrustete Einschusslöcher.

Alfonso sank auf die Knie und stieß einen markerschütternden Schrei aus.

$$***$$

Elena Jiménez zählte Geld und grinste. So gut wie in den letzten Wochen war ihre kleine Bäckerei an der Hauptstraße von Fataga noch nie gelaufen. Früher war sie an erfolgreichen Tagen knapp hundert Brötchen losgeworden, dazu ein paar süße Teilchen und einige Becher Kaffee aus der röchelnden Maschine, die sie vor ein paar Jahren aus der Insolvenzmasse einer Eisdiele in Playa del Inglés erstanden hatte. Mittlerweile lieferte sie allein die doppelte Anzahl an Vollkornbrötchen in drei Hotels am Meer und belegte danach im Akkord.

Toto hatte genau den richtigen Riecher gehabt: Fast alle Urlauber, die sich unten in den Touristenzentren einen Mietwagen nahmen, quälten sich die kurvige Straße durchs Tal von Fataga hoch ins »unentdeckte« Gran Canaria, liefen dreißig Minuten vom Parkplatz zum Roque Nublo und kamen sich danach wie die größten Abenteurer vor. Natürlich mussten sie sich vor dieser sportlichen Spitzenleistung mit dem entsprechenden Catering eindecken – und hier kam Totos Idee ins Spiel. Er hatte Elena vorgeschlagen, gefüllte Empanadas,

Knusperstangen und fertig belegte Sandwiches ins Sortiment aufzunehmen, eben alles, was ein Wanderer gut gebrauchen und bequem an der Durchgangsstraße mitnehmen konnte. Zuerst war Elena von den Leuten im Dorf verlacht worden für ihre großen Werbeschilder, die auf das neue Angebot hinwiesen. Allen voran von Gonzalo Castro, ihrem großen und einzigen Bäckerkonkurrenten im kleinen Fataga. Aber seit vor ihrem Laden kein Parkplatz mehr zu bekommen war und Gonzalo immer mehr von seinen trockenen weißen Schrippen unverkauft wegwarf, war der Spott einer gewissen Bewunderung gewichen.

Leider blieben auch Feindseligkeiten nicht aus. Allzu offensichtlich war es, dass der neue Erfolg ihres Geschäfts auf die Innovationen von Toto zurückging. *El extranjero*, der Ausländer, wurde er verächtlich von Gonzalo und seinen Kumpels genannt. Aber an der Seite ihres starken Freundes aus Deutschland hielt Elena die Missgunst aus und amüsierte sich mit ihm sogar darüber.

Es war gut zwanzig Jahre her, dass Toto in ihr Leben getreten war. Er hatte als junger Mann seinen Urlaub in einer der riesigen Bettenburgen an der Küste verbracht, sie war im letzten Ausbildungsjahr zur Bäckerin genau in diesem Hotel angestellt gewesen. Als Elena eines Morgens die Brötchenkörbe am Frühstücksbüfett nachfüllte, sprach der Gast aus dem fernen Deutschland sie einfach an. Beide beherrschten nur wenige Worte in der Sprache des anderen, die junge Bäckerin verstand aber, dass der große Mann mit diesen interessanten Sommersprossen in seiner Heimat wohl denselben Beruf ausübte wie sie. Kurzerhand schlug sie ihm vor, am nächsten Tag die hoteleigene Backstube zu besichtigen. Er revanchierte sich mit der Einladung zu einem Drink auf neutralem Boden außerhalb des Hotels.

Aus dem Treffen wurde eine kleine Affäre, die sechs Tage später mit Totos Heimreise recht abrupt beendet wurde. Allerdings blieben sie auch danach in Kontakt, Elena lernte ein wenig Deutsch, und Toto kam sie in den Jahren darauf drei Mal besuchen. Beide hatten in ihrer jeweiligen Heimat zwischendurch auch andere Beziehungen, aber in den Single-Phasen dazwischen sprach ja nichts dagegen, gemeinsam ein bisschen Spaß zu haben.

»Irgendwann«, sagte Toto immer zu Elena, »irgendwann komme ich zu dir in den Süden, wir backen knackiges Brot mit Sauerteig und Roggen und machen richtig Geld.«

Es hatte wie eine dieser Spinnereien geklungen, die man im Urlaub manchmal entwickelt, aber nun war er tatsächlich da! Keine Lust mehr auf seinen Job in der Großbäckerei und auf das wechselhafte Wetter in Deutschland, hatte er ihr am Telefon gesagt. Und sie hatte nicht lange gezögert, ihm anzubieten, bei ihr zu wohnen und im Geschäft mit einzusteigen.

Um ein Gespräch über den konkreten Status ihres Zusammenlebens hatten sich beide bisher erfolgreich herumgedrückt, aber Elena war momentan der Spaß wichtiger, ihre kleine Bäckerei mit familiärer Tradition aus dem Dornröschenschlaf zu wecken – und das klappte mit Toto einfach ganz hervorragend.

Die helle Türglocke unterbrach die Bäckerin beim Addieren von Scheinen und Münzen und riss sie aus ihren Gedanken. Kurz vor Feierabend, das konnte ja nur Gisela Michels sein. Die verrückte Künstlerin hatte bestimmt wieder den ganzen Tag in ihrem Atelier herumgefuhrwerkt und erst am Abend bemerkt, dass sie kaum etwas gegessen hatte. Elena mochte sie, viele andere im Dorf fürchteten sich vor der Frau, die sich als Symbiose aus ihrem künstlerischen Treiben und ihrer niederrheinischen Herkunft Gisèle von Goch nannte.

Gisèle von Goch lief meist mit rot verschmierter Schürze durch Fataga, denn ihre Bilder entstanden aus blutigen Tierorganen, die die Veganerin zornig in zackigen Linien über eine Leinwand rieb. Natürlich fand sich für diese Art der Kunst kaum ein Käufer, das war für Gisèle dank der üppigen Unterhaltszahlungen ihres vermögenden Ex-Mannes aber auch zweitrangig.

Entsetzt blickte sie auf ihre Handinnenflächen, nachdem sie am Griff von Elenas Ladentür eine massive Blutspur hinterlassen hatte. »Ach Gott, jetzt habe ich mir die Hände nicht gewaschen und komme so in dein Geschäft, entschuldige, Schätzchen, gib mir einen Lappen, und ich mache das wieder weg.«

Grinsend warf Elena ihr einen feuchten Schwamm über die Theke.

»Weißt du, ich habe heute eine frische Rinderniere bekommen, da ist die Inspiration nur so aus mir herausgeflossen«, plapperte die Deutsche mit den feuerroten Haaren in fließendem Spanisch, während sie gewissenhaft den Türgriff reinigte. »Ich werde das Bild ›Tanz mit dem Teufel‹ nennen. Du solltest es mal sehen, da steckt ganz viel Persönlichkeit von mir drin.«

Ohne zu fragen, umrundete Gisèle die Theke und wusch den Schwamm in Elenas Becken aus. Dabei hörte sie nicht auf zu reden.

»Ich habe heute eine Energie, meine Liebe, ich weiß nicht, woher das kommt. Wahrscheinlich die *calima*. Jaja, ihr *canarios* könnt diesen heißen Wind nicht leiden, ich weiß, aber ich blühe bei trockener Hitze erst richtig auf. Hast du noch Vollkornbrötchen? Ich könnte ja auch drüben in der Bar ein paar Tapas essen, aber ich will wieder nach Hause, bevor mir die Niere austrocknet.«

Nachdem der Lappen sauber war, rupfte Gisèle ein paar Einmalhandtücher aus dem Spender und setzte ihren Monolog fort.

»Mach mal drei Brötchen, Elena, dann habe ich morgen früh noch eins über. – Weißt du, worüber ich nachdenke?«, fragte sie, ohne ernsthaft eine Antwort zu erwarten. »Ob ich nicht vielleicht neue Wege gehen sollte. Tierblut schön und gut, die Message ist klar. Aber vielleicht muss ich mich noch radikaler ausdrücken in meinen Bildern. *Menschenblut*«, raunte

Gisèle mit geheimnisvoller Miene, während sie Elena die Brötchentüte abnahm und ihr ein Zwei-Euro-Stück in die Hand drückte. »Damit hätte ich völlig neue Möglichkeiten, meine innerliche Zerrissenheit zu zeigen, verstehst du?«

Elena fand eher, dass die Künstlerin auf eine liebenswerte Art eine Schraube locker hatte, als dass sie innerlich zerrissen war, aber im Augenblick interessierte sie etwas völlig anderes. »Wo willst du denn echtes Blut von Menschen herbekommen?«, fragte sie.

»Was weiß ich? Konserven? Irgendeine Möglichkeit wird es schon geben. Oder«, in diesem Moment kam Gisèle Elena ganz nah, »wir bringen jemanden um die Ecke. Am besten Gonzalo. Dann hast du das Brotmonopol in Fataga. Das wäre doch was!« Sagte es, klemmte sich die Papiertüte unter den Arm, warf entschlossen ihren Seidenschal um den Hals und verließ unter diabolischem Lachen den Laden.

Elena schaute ihr kopfschüttelnd nach. Bislang hatte sie Gisèle nur für verschroben gehalten. Sie würde doch hoffentlich nicht gefährlich werden? Kein Wunder jedenfalls, dass viele im Dorf Gisèle *la bruja*, die Hexe, nannten.

***

Kommissar Daniel Rohde legte den Hörer auf. Seine Kollegin Brigitte Schilling schielte mit fragender Miene um ihren Bildschirm herum. Das, was sie vom Gespräch mitbekommen hatte, klang nach Arbeit.

»Burns war dran. Wir sollen ins Besprechungszimmer kommen. Klang geheimnisvoll«, sagte Daniel mit einem Grinsen und sperrte mit der bekannten Drei-Tasten-Kombination seinen Computer. Seit ein Kollege des Kommissars heimlich auf dessen Facebook-Seite »Ich finde, ich sehe heute ganz schön gut aus« gepostet hatte, war Daniel mit unbewachten Computern ein wenig vorsichtiger geworden.

»Hat Burns gesagt, worum es geht?«, wollte Brigitte wissen.

»Nein, nur dass ein Fall möglicherweise etwas für unsere Abteilung sein könnte. Keine Ahnung, was er damit meint.«

Die Polizeidirektion Hersfeld-Rotenburg war ein klassischer Bau der neunziger Jahre. Mintfarbene Fenster, ein paar Säulen ohne Sinn an der Außenfassade des obersten Stockwerks, kein Schmuckstück, aber praktisch. Und mit genügend Besprechungsräumen ausgestattet. In einem davon warteten schon die Kollegen Jacqueline Gölz, Gerhard Behrendt sowie Michi und Matze. Dienststellenleiter Burns hatte am Haupt der hufeisenförmig zusammengestellten Tische Platz genommen.

»Ah, Frau Schilling und Herr Rohde, sehr gut«, begrüßte er die zuletzt eingetroffenen Mitarbeiter, während er seine Unterlagen einer finalen Sortierung unterzog. »Es geht um Folgendes: Die Kollegen aus Bad Wildungen haben vorgestern ein Auto aus dem Edersee gezogen. Die Kennzeichen waren abgeschraubt, aber über die Fahrgestellnummer konnte der Besitzer ermittelt werden. Ein gewisser Wolfgang Siepe aus Heringen. Herr Bessler und Herr Rohleder waren bei ihm.«

Daniel musste kurz nachdenken, wer Bessler und Rohleder waren, weil Michi und Matze wirklich jeder auf dem Revier nur beim Vornamen nannte. Außer Burns.

»Und dabei stellte sich raus, dass Herr Siepe verschwunden ist«, schloss Burns und forderte Matze mit einem Nicken auf, weiterzuberichten.

»Ja, genau, also, der Typ ist weg. Alle Rollläden sind unten an seinem Haus, und die Nachbarn sagen, der wäre schon seit Monaten nicht mehr da gewesen. Wie vom Erdboden verschluckt, hat eine alte Frau uns erzählt.«

»Nee, das hat die Dicke gesagt«, mischte sich Michi ein. »Mit den vielen Katzen die.«

Matze schüttelte den Kopf. »Das stimmt net, Michi, die Dicke hat das mit der Mutter erzählt, das mit dem Erdboden war die Alte.«

Burns schaltete sich ein. »Also, die Herren, das ist ja jetzt auch nicht so wichtig. Vielleicht können sie das mit der Mutter für die Kollegen noch ein bisschen ausführen.«

Michi übernahm. »Ja, also, anscheinend hat der Siepe keine Frau und keine Kinder. Nur eine alte Mutter, die im Pflegeheim in Philippsthal lebt. Bei der waren wir noch nicht, aber die ist demenz.«

Die anderen Kommissare wussten, dass es keinen Sinn hatte, Michi in puncto Demenz den Unterschied zwischen Substantiv und Adjektiv zu erklären. Deswegen stellte Daniel lieber eine weiter gehende Frage. »Wissen die Nachbarn denn irgendwas darüber, wo Siepe sich aufhalten könnte?«

Michi und Matze zuckten synchron mit den Schultern. »Da hat keiner eine Idee. Er war wohl im letzten Winter in Ägypten, hat die Alte mit den Katzen gesagt, aber mehr weiß niemand.«

Brigitte zischelte Daniel ins linke Ohr: »War das mit den Katzen nicht die Dicke?«, der Kommissar versuchte, sein Lachen in einem Huster zu verstecken.

Jacqueline Gölz zeigte sich gewohnt konstruktiv: »Ich denke, wir sollten zunächst mal herausfinden, ob Siepes Verschwinden überstürzt oder geplant war. Also, zahlt er weiterhin Miete und Strom und so was? Was sagt sein Arbeitgeber? Dann wissen wir vielleicht schon eher, weswegen sein Auto im Edersee gelandet ist. In welchem Zustand ist der Wagen eigentlich?«

Burns, der die Akten bisher am besten kannte, erklärte: »Es gibt wohl einige Beulen und Schrammen. Die Kollegen in Wildungen gehen davon aus, dass er eine recht massive Metallschranke am See umgefahren hat und die Schäden daher stammen. Außerdem ist der kleine Honda einige Meter eine steile Böschung heruntergepurzelt.« Der Dienststellenleiter warf einen kurzen Blick in die Unterlagen. »Die defekte Schranke wurde im Mai gemeldet, deswegen vermuten die Wildunger, dass der Wagen seitdem im See liegt. Rund vier Monate also.«

»Darf ich einen Vorschlag machen?«, fragte Daniel, und Burns nickte. »Michi und Matze versuchen, Siepes Chef und seine Kollegen zu befragen, sofern uns die Nachbarn sagen können, wo er gearbeitet hat. Jacqueline und Gerhard fahren zur Mutter nach Philippsthal und schauen mal, inwieweit sie noch vernehmungsfähig ist. Und Brigitte und ich durchforsten die Akten, ob der verschwundene Herr schon einmal irgendwo aufgetaucht ist. Wir sollten auch die Kollegen aus Thüringen kontaktieren, Heringen liegt ja direkt an der Grenze. Vielleicht können die mit dem Namen Wolfgang Siepe etwas anfangen.«

Burns schaute in die Runde. »Wenn alle Kollegen mit der Aufgabenverteilung zufrieden sind, können sie das gern so machen.«

Niemand legte Einspruch ein, die Runde löste sich auf.

Zurück in ihrem Büro, fischte Brigitte eine Birne aus ihrer Tasche und wollte von Daniel wissen: »Weswegen hast du die Kollegen zu den Befragungen rausgeschickt? Du wohnst doch dahinten in der Gegend.«

»Wer weiß, wie lange das alles dauert. Ich will heute pünktlich Schluss machen.«

»Mhmmm«, raunte Brigitte mit gespielter Frivolität. »Wartet da etwa ein Date?« Es gelang ihr, die Frage so zu betonen, dass sich das schwer erhoffte Nein ausreichend im Deckmäntelchen der Scherzhaftigkeit verhüllte.

Daniel lächelte schief. Er hatte immer noch nicht mitbekommen, dass seine engste Kollegin seit Jahren auf ihn abfuhr. »Nee, was anderes …«, sagte er, überlegte kurz und entschied sich, Brigitte die Wahrheit zu erzählen. Eben weil sie seine vertrauteste Kollegin war.

»Du weißt doch, dass ich in Obersuhl Volleyball spiele. Und wir haben gerade ein großes Problem. Heiko ist unser bester Mann. Aber sein Bruder Andreas hat vor Kurzem Frau und Tochter verloren. Und seitdem kommt er kaum noch ins Training. Wir müssen die gesamte Mannschaft umstellen, weil

Heiko sich nur noch um Andreas kümmert. Ich meine, ist ja klar und super, dass er das macht. Aber die Ligaspiele gehen halt weiter – und wir müssen dranbleiben. Na ja, ist alles nicht so einfach gerade«, schloss Daniel seine Schilderung.

Brigitte legte ihre Birne beiseite. Einerseits war sie gerührt von Daniels ungewohnter Offenheit, andererseits fand sie es unpassend, die tragische Geschichte mit einem herzhaften Biss in das Obst zu quittieren.

***

Elena hatte beschlossen, dass ihr ein kurzer Spaziergang guttun würde. Seit die Bäckerei so erfolgreich war, kam die Entspannung viel zu kurz. Einen geeigneten Weg für eine kleine Runde zu finden war im tief eingeschnittenen Tal von Fataga nicht leicht, aber am östlichen Ortsrand gab es einen schmalen Pfad, der das Dorf mit seinen knapp vierhundert Einwohnern auf halber Höhe passierte. Diesen wollte sie nehmen, obwohl auf TeleCinco das Halbfinale von »La Voz« lief, Elenas Lieblings-Castingshow. Aber sie hatte beschlossen, die Sendung aufzunehmen und nach ihrem Rundgang mitzufiebern, wer sich in die nächste Runde sang. Ein wenig Berieselung nach einem anstrengenden Arbeitstag war ja wohl erlaubt.

Toto war heute Abend unten in Maspalomas. Ein Landsmann hatte sich bei ihm gemeldet, der gerade versuchte, einen Großhandel für deutsche Backzutaten auf den Kanaren aufzubauen. Tatsächlich gab es auf nahezu allen Inseln des Archipels Bäckereien, die von Deutschen betrieben wurden und auch immer mehr spanische Kunden anzogen. Elena wollte die Entwicklung ihres kleinen Geschäfts noch ein paar Wochen beobachten, aber wenn es weiterhin so gut lief wie in den letzten Monaten, könnte sie tatsächlich über eine Expansion nachdenken. Unten an der Küste gab es ja noch viel mehr hungrige Touristen, und in den großen Einkaufszentren standen seit der Wirtschaftskrise jede Menge Ladenlokale leer.

Toto hatte sie in ihre Gedankenspiele noch nicht eingeweiht. Eine konkrete Zukunftsplanung, so fürchtete sie, würde das unkomplizierte Zusammenleben mit ihm beenden. Man müsste den Status der Geschäftspartnerschaft genauer definieren und – noch viel schlimmer – den ihrer Beziehung.

Bisher hatte ihr Beisammensein mit Toto eine zwanglose Leichtigkeit gehabt, er half Elena völlig selbstverständlich, nahm sich hin und wieder ein paar Euro aus der Kasse, schlief meistens im Gästebett, manchmal aber auch in ihrem. Er schien sich damit zu begnügen, dem deutschen Schmuddelwetter entkommen zu sein und neue Ideen für die kleine Bäckerei in Fataga zu entwickeln. Über mittel- oder langfristige Zukunftsvisionen hatte er noch nie ein Wort verloren.

Bis zum Ende ihres Rundgangs war Elena von sechs Hunden angekläfft worden, wovon sie fünf kannte. Der übrige gehörte offenbar irgendwelchen Touristen, die im Dorf ein Ferienhaus gemietet hatten. Ohne Hunde ging in den Bergen Gran Canarias gar nichts, nahezu jedes Anwesen wurde auf diese traditionelle Art bewacht. Wenn einer von ihnen zu bellen anfing, stimmten die anderen mit ein und beschallten die Canyons in manchmal schlafraubender Lautstärke.

Eine gute halbe Stunde später übertönte Elenas Fernseher jegliches Gebell im Tal, denn bei »La Voz« hatte ihr Miguel gerade seinen Auftritt. Der reichlich tätowierte Vierundzwanzigjährige aus der Nähe von Valencia weckte bei der neunzehn Jahre älteren Elena irgendetwas zwischen Begierde und Muttergefühl, jedenfalls hätte sie gern wieder für ihn angerufen, wenn sie die Sendung nicht zeitverzögert geschaut hätte.

Beim nachfolgenden Auftritt der Kandidatin Pilar genehmigte sich Elena einen Brandy. Sie fand, dass dieses blasse Mädchen aus Asturien anders nicht zu ertragen war. Überhaupt rätselhaft, wie die mit ihrer Piepsstimme so weit kommen konnte. Und immer nur mit Songs von Céline Dion!

Immerhin zog Miguel bei der anschließenden Abstimmung

ins Finale ein, worauf Elena noch einen Brandy trank. Leider würde er dort nächste Woche auf Pilar treffen, die den letzten anderen Kandidaten nach dem Zuschauervoting unerklärlicherweise auf den dritten Platz verwies.

Um zwanzig nach zehn hatte Elena eine gesunde Bettschwere und ging ins Badezimmer. Seltsam, dass Toto noch nicht zurück war. Er stand normalerweise mit ihr zusammen gegen vier Uhr auf und wollte gar nicht so lange in Maspalomas bleiben.

Nachdem sie sich abgeschminkt und die Zähne geputzt hatte, las Elena im Bett unkonzentriert noch ein paar Seiten ihres Romans. So langsam fing sie an, sich um Toto Gedanken zu machen. Ihm würde doch auf der Straße mit den vielen Kurven nichts passiert sein? Im Lauf der Jahrzehnte hatte es auf der engen Piste schon einige schwere Unfälle gegeben, zum Teil von unsicheren Touristen verursacht, oft aber auch von Einheimischen, die in den Serpentinen und bei Überholmanövern ihre Fahrkünste überschätzt hatten.

Elena legte ihr Buch beiseite und ging zum Fenster. Von dort aus hatte sie einen guten Blick über das Tal und einen Teil der Straße. Es war kein Blaulicht zu sehen, was sie etwas beruhigte. Sie legte sich wieder hin. Wahrscheinlich war Toto ganz froh, mal wieder unter Deutschen zu sein, und hatte einfach die Zeit vergessen. Elena beschloss, ein letztes Mal auf ihrem Handy zu prüfen, wie spät es war, sich keine Gedanken zu machen und einzuschlafen.

Leider funktionierte ihr Plan nicht. Was, wenn Toto tatsächlich etwas zugestoßen sein sollte? Er war nicht bei ihr gemeldet, wie würde sie erfahren, was mit ihm los war, in welches Krankenhaus man ihn gebracht hatte? Es konnte natürlich auch sein, dass er mit seinen Landsleuten einen über den Durst getrunken und sicherheitshalber das Auto stehen gelassen hatte – und bei irgendjemandem im Hotel schlief. Aber hätte er dann nicht wenigstens eine SMS geschickt? Vielleicht hatte er eine Frau kennengelernt? So locker, wie sie bislang zusammenlebten, hätte Elena von Toto nicht einmal verlangen können, darüber Rechenschaft abzulegen. Wahrscheinlich gab es für alles eine ganz einfache Erklärung. Die Batterie seines Handys war leer, er kannte ihre Nummer nicht auswendig und konnte sich gar nicht bei ihr melden. Dieser Gedanke beruhigte Elena halbwegs, und sie fand zumindest ein paar Stunden unruhigen Schlaf.

★★★

Der Schatten an der Degollada de las Yeguas war meterlang. Der Mensch, der ihn warf, atmete die frische Luft in tiefen Zügen ein. Ihm war einfach danach gewesen, hierherzukommen, auf den kleinen Pass, der das Tal von Fataga vom Häusermeer der Hotelburgen an der Küste trennte. Hier wollte er den Sonnenaufgang erleben und mit dem Gefühl allein sein, seine Aufgabe bewältigt zu haben.

Der Schatten zündete sich eine Zigarette an und setzte sich auf die kleine Mauer, die den Parkplatz einrahmte. Im Süden schimmerten die Dünen von Maspalomas bernsteinfarben. Er inhalierte den Rauch und war mit der Lage der Dinge zufrieden. Okay, ein bisschen mehr Genugtuung hatte er sich vielleicht versprochen, andererseits war er froh, dass das Gefühl der Reue vollständig ausblieb.

Ein Greifvogel zog mit weiten Schwingen seine Runden über der felsigen Landschaft, die in der Morgensonne fast zu glühen schien. Der Schatten schaute dem Vogel nach. Wie einfach das alles gewesen war. Keinen Moment hatte er an seinem Plan gezweifelt. Er wusste, wenn er in seinem Leben wieder einigermaßen zur Ruhe kommen wollte, hatte es keine andere Lösung gegeben. Mitleid? Er stand auf, die dunkle Silhouette auf dem asphaltierten Parkplatz wurde wieder länger. Ein Schatten empfindet kein Mitleid, dachte er.

Aus dem Tal schraubten sich die ersten Autos die Serpentinen hinauf. Sogar Busse waren schon dabei. Die Gestalt in der aufgehenden Sonne warf ihre Kippe zu Boden und trat sie mit dem Schuh sorgfältig aus. Ein paar Schritte nur und der Schatten verschwand in seinem Auto. Bevor hier die ganzen Familien mit schreienden Kindern und humpelnden Omas anrückten, wollte er den Pass verlassen haben.

Der Schatten zieht weiter. Von meinem Haus zu einem anderen. Wie sinnbildlich, dachte er müde grinsend und startete den Motor.

***

Christie Burnett hatte es im Leben zu Geld gebracht, ohne viel zu arbeiten. Und genau das war auch ihr Plan gewesen. Zu verdanken hatte sie den Wohlstand ihrem Ehemann Wilson, den sie weder besonders geliebt hatte noch ihm nach seinem plötzlichen Tod übermäßig nachweinte.

Wilson Burnett aus der zugigen Grafschaft Shropshire hatte sich zeit seines Lebens auf die künstlerische Ausgestaltung von Alltagsgegenständen verstanden. Heerscharen von betonsockeligen Laternen in Schwanenhalsoptik, die die britischen Straßen säumten, gingen auf seine Pläne zurück. Außerdem hatten sich die zuständigen Behörden bei der Umstellung auf das Dezimalsystem entschieden, millionenfach Burnetts Entwurf einer siebeneckigen Zwanzig-Pence-Münze prägen zu lassen. An sehr whiskylastigen Abenden im Pub behauptete Wilson sogar, er habe das internationale Verkehrszeichen für Sackgassen erfunden.

Mit sechsundfünfzig Jahren schied Wilson Burnett aufgrund einer Leberzirrhose recht vorwarnungslos aus dem Leben (er hatte an einigen besagten whiskylastigen Pub-Abenden zu viel teilgenommen). Seiner Frau Christie hinterließ er ein Vermögen von rund dreiundzwanzig Millionen Pfund, was nach der endgültigen Etablierung des Dezimalsystems hundertfünfzehn Millionen siebeneckigen Zwanzig-Pence-

Münzen entsprach und auf jeden Fall für ein Leben außerhalb des zugigen Shropshire reichte.

Christie Burnett zögerte genauso kurz, wie sie trauerte, und tauschte das Anwesen in den West Midlands gegen ein absichtlich nicht zu protziges Haus auf Gran Canaria. Erstens hatte sie Angst vor Einbrechern, zweitens wollte sie genügend Geld für die anderen schönen Dinge des Lebens aufbewahren – und drittens kam für sie ohnehin nur die Lage in einem der großen Touristenzentren in Frage, weil sie kein Wort Spanisch konnte.

Sie entschied sich für ein freundliches Haus mit spanischen Mauern, beheizbarem Pool und roten Dachschindeln in der Siedlung Sonnenland, die am nordwestlichen Eck von Maspalomas zu Beginn der achtziger Jahre entstanden war. 1994 verlegte Christie Burnett ihren Wohnsitz komplett auf die Kanaren. Spanisch sprach sie zwar bis heute nicht, aber zu ihren Nachbarn aus Dänemark und der Schweiz hatte sie sehr netten Kontakt.

In ihrer Freizeit gab die fröhliche Witwe bevorzugt Geld aus, deswegen war sie hellauf begeistert gewesen, als vor ein paar Jahren in Laufweite, wenn auch jenseits der Autobahn, das moderne Einkaufszentrum »El Tablero« eröffnete. Wenn man ein wenig spießig wäre, könnte man sagen, dass die dort vertretenen Bekleidungsketten eigentlich nicht das Passende für eine Einundachtzigjährige im Sortiment hatten. Aber Spießer waren Christie Burnett schon immer herzlich egal gewesen.

»Hey, Christie, scheint ein schöner Tag zu werden. Wo geht's denn hin?«, rief Søren Vensgaard der älteren Dame aus dem Nachbarhaus zu, die in diesem Augenblick mit großer Sorgfalt mehrere Schlösser an der Gartentür ihres Anwesens verriegelte.

»Ach, Søren, grüß dich«, krähte die britische Lady zur Antwort. »Ich werde hoch ins ›Tablero‹ laufen. Die machen zwar erst um neun auf, aber bei der Hitze gehe ich lieber früher los. Ich weiß, ihr Jüngeren mögt die *calima*. Aber mir fällt das

Atmen schwer. Trotzdem: Bewegung muss sein!« Den letzten Satz unterstrich sie mit einem angedeuteten Hüftschwung.

»Das nächste Mal führe ich dich zum Tanzen aus, dann kriegst du auch Bewegung!«, rief der Däne Christie Burnett zu, winkte und schloss das Fenster.

Die alte Britin tippelte die Straße hinab, bog zweimal links und einmal rechts ab und erreichte schließlich den Kreisel an der Autobahnauffahrt. Von dort aus musste sie die Schnellstraße nur noch unterqueren, einen weiteren Kreisverkehr passieren – und schon war sie in ihrer geliebten Shoppingmall.

Die Avenida Francisco Vega Monroy stieg in einer Rechtskurve leicht an, zwischen der Straße und der Autobahn hatten die Planer einige Bäume gepflanzt, um den kahlen Süden der Insel ein wenig freundlicher wirken zu lassen.

Es war acht Uhr siebenundvierzig, als Christie Burnett zum Zweck der vornehmen Schweißbeseitigung ein besticktes Tüchlein aus ihrer Handtasche zog und hinter dem Erdwall, der die Straße begrenzte, einen Schuh entdeckte. Sie steckte das Tuch wieder weg und blickte sich um. Skeptisch machte sie, dass der Schuh senkrecht zum Erdreich stand, also geradezu so, als stecke der dazugehörige Fuß noch darin.

Mrs Burnett wog ab, was zu tun sei. Sollte sie den Wall hochklettern, wären ihre Ballerinas ruiniert und das Make-up hoffnungslos zerlaufen. Falls sich an dem Schuh noch ein Mensch befände, müsste sie ein Auto anhalten und den Fahrer bitten, die Polizei zu rufen. Aus Rücksicht auf ihr Aussehen entschied sie sich, direkt einen Autofahrer um Hilfe zu bitten.

Zwei Pick-ups fuhren an der alten Lady vorbei, die auf dem Bürgersteig wild mit den Armen fuchtelte. Ein zerbeulter Ford Fiesta hielt an. Eine junge Frau beugte sich zum offenen Beifahrerfenster hinaus. Sie trug ein gelbes T-Shirt mit einem freundlichen Dinosaurier und war damit zweifellos Angestellte des Supermarkts im Einkaufszentrum.

Christie Burnett sagte »*Zapato*« – dieses Wort kannte sie

von ihren regelmäßigen Einkaufstouren – und zeigte auf den Schuh am Erdwall.

Die Autofahrerin machte den Warnblinker an, schnallte sich ab, verließ ihr Auto und lief den kleinen Hang hinauf. Dann folgten ein spitzer Schrei, ein spanischer Wortschwall, in dem das Wort *»muerte«* mehrere Male vorkam, und ein hektisches Telefonat.

Christie Burnett war irgendetwas zwischen erschrocken und neugierig, wobei die Neugier deutlich überwog. Außerdem ärgerte sie sich ein bisschen über sich selbst. Miss Marple hätte sich von ruinierten Ballerinas und zerlaufenem Make-up ganz sicher nicht von einem spektakulären Leichenfund abhalten lassen.

★★★

»Sie müsset sich freimache von negative Energie. I han ganz stark des Gfühl, dass der Mensch Ihne net guttut. Und wenn Sie saget, okay, des isch aber die Person, mit der i zsammelebe möcht, no müsset Sie en Ausgleich finde. Hen Sie scho mal über lebendige Steine nachdacht?«

Vor Dieter Auwärter saß eine unsichere Alexa, die von dem schwäbischen Lebensberater eine Patentlösung für das Dilemma mit ihrem Lebensgefährten erwartete. Die junge Frau war mit einem Profifußballer aus der Zweiten Liga liiert, der eine Freundin aus ihrer Sicht eher für Repräsentationszwecke benötigte. Er sah verdammt gut aus und musste immer wieder dem Gemunkel über seine mögliche Homosexualität entgegentreten. Alexa wusste zwar, dass an den Gerüchten nichts dran war, aber tatsächlich interessierte sich ihr Freund in erster Linie für seinen Sport, Spielkonsolen und schnelle Autos. Vielleicht liebte er sie sogar, aber er hatte zumindest noch keinen geeigneten Weg gefunden, es ihr zu zeigen.

»Was sind denn lebendige Steine?«, wollte Alexa wissen, die

von einer anderen Spielerfrau den Tipp mit Dieter auf Gran Canaria bekommen hatte.

Dieser trat mit leicht schwebendem Gang vor ein Regal und nahm einen Brocken in die Hand. »Schau hier, das isch zum Beispiel ein Amethyscht.« Dieter drehte den Stein um, im Inneren funkelte er violett. »Das isch nur einer von vielen Heilsteinen. Der Amethyscht wirkt inspirierend und hat en direkten Einfluss auf dein Stirnchakra. Des isch eins von den sieben Energiezentren im Körper. Damit wirsch in Momenten der Uhnsicherheit oder der Trauer viel, viel stärker.« Dieter legte den Stein geräuschlos zurück und griff zu einem orangen Exemplar. »Oder hier. Bernstein. Von dem gehet ganz starke Kräfte aus.«

Alexa nickte ergriffen.

»Der schenkt dir Lebensfreude und nimmt die Angscht. Muscht aber immer am Körper trage, sonscht bleibt er wirkungslos, isch ja klar.« Aus lauter Begeisterung über seine Steine war Dieter ungefragt zum Du übergegangen. Auch der Bernstein kam zurück ins Regal. »I kann dir welche verkaufe, i han au grad en ganz tolle Onyx, des isch ja ein Stein, der dem Mars zugeordnet isch.« Diesen Satz ließ er wie eine Selbstverständlichkeit stehen und deutete mit einem sanften Nicken an, dass die heutige Audienz beendet war. Er bändigte seine langhaarige Mähne zu einem Pferdeschwanz und lief barfuß mit seiner wallenden orangen Pumphose zu einem diskreten Holzkästchen. Seine Kasse.

Alexa zückte ihren Geldbeutel und zog fünfundsechzig Euro heraus. Das war Dieters Satz für eine Stunde Lebensberatung, zahlbar in bar, weil er Kartensystemen misstraute. Auch andere weltliche Dinge machten dem Esoteriker Angst: etwa Strichcodes auf Verpackungen oder Induktionsherde. Er war sich sicher, dass von den Balkencodes für Scannerkassen negative Strahlung ausging, die man nur mit einem dicken Querstrich über die Streifen »entstören« konnte. Strahlung war auch das Problem bei Induktionsherden, Fernsehgeräten und natürlich Mikrowellen, Geräte, die in Dieters Haus allesamt fehlten.

Mitte der achtziger Jahre war Dieter Auwärter von seiner Heimatstadt Backnang nach Tübingen gezogen. Dort war er an der Evangelisch-Theologischen Fakultät eingeschrieben und wollte eigentlich Pfarrer werden. Die Atomreaktor-Katastrophe von Tschernobyl war es schließlich, die sein Leben durcheinanderwarf. Bei Dieters Mutter wurde kurz nach dem Unglück ein Krebsleiden diagnostiziert, das der junge Mann seinerzeit in direkte Verbindung mit der schädlichen Strahlung aus Osteuropa brachte. Um sich nicht selbst mit Radioaktivität, saurem Regen oder nitratbelastetem Grundwasser zu vergiften, war Auswandern für ihn die einzige Möglichkeit. Die Kanarischen Inseln mitten im Atlantik kamen Dieter einigermaßen sicher vor.

Der Schwabe zog mit einem Zelt und einigen Habseligkeiten an einen Strand im Südwesten Gran Canarias und tat dort: nichts. Die Insel hatte nicht gerade auf einen Studienabbrecher gewartet, der ansonsten auch nicht vor Arbeitseifer brannte. Aber glücklicherweise zeigte sich Dieters Mutter, die schnell wieder genesen war (das Krebsleiden stellte sich als gutartige Zyste heraus), großzügig und unterstützte ihr »Büble« mit regelmäßigen Geldanweisungen aus der Heimat.

Der junge Mann lernte ein paar andere interessante Aussteiger kennen, die ihn zur Esoterik brachten. Mehr und mehr entwickelte Dieter eine Begeisterung fürs Unerklärliche und entdeckte seine Wirkung auf andere Menschen. Bald schon ließen sich dieselben, die ihm die Grundlagen beigebracht hatten, von Dieters salbungsvollen Worten beeindrucken und folgten seinen Ratschlägen für ein vermeintlich sorgenfreies Leben. Kurz darauf kamen Menschen, die ihm für seine Beratung sogar Geld zahlten, und dann verselbstständigte sich die Sache irgendwie. Dieter Auwärter bezog ein Landhaus in Fataga und bot seinen Kunden ein Potpourri aus übersinnlichen Dienstleistungen und Lebenshilfen an.

Mittlerweile war er in der Szene eine etablierte Größe und konnte von vier Beratungen à fünfundsechzig Euro pro Tag recht kommod leben.

Als Dieter Alexa verabschiedete und ihr im Türrahmen noch mal kraftspendend die Hände auf die Schultern legte, rumpelte ein Citroën der Nationalpolizei die kleine Kopfsteinpflastergasse herauf. Die Beamten stiegen aus, schauten sich kurz um und steuerten auf das Nachbarhaus zu. Dieter huschte ans Fenster, schob den Vorhang und einen Traumfänger beiseite.

Seine Nachbarin Elena öffnete die Tür ihrer Backstube und bekam schreckgeweitete Augen, als sie die zwei Polizisten sah. Sie bat die Beamten herein und schloss die Tür. Dennoch war er bis in Dieters Haus zu hören, der schmerzvolle Schrei, den Elena kurz danach ausstieß.

***

Eine goldene Septembersonne schien ins Besprechungszimmer der Polizeidirektion Hersfeld-Rotenburg, trotzdem war die Stimmung mies. Alle Recherchen zum verschwundenen Wolfgang Siepe waren mehr oder weniger im Sande verlaufen. Michi und Matze hatten über eine Nachbarin zwar seinen Arbeitsplatz ausfindig gemacht, dort wusste man aber nicht viel über ihn zu erzählen.

»Mir kam das ein bisschen so vor, als wäre der Siepe net gerade der beliebteste unter seinen Kollegen gewesen«, berichtete Matze. »Alle haben so mit den Schultern gezuckt und halt gesagt, dass sie ihn vor ein paar Monaten zuletzt gesehen haben. Vom Chef hieß es, er wäre eines Tages einfach net mehr gekommen. Ja, und als wir schon rausgehen wollten, kam so eine Frau und hat den Michi festgehalten. – Erzähl mal.«

Michi war auf einen narrativen Einsatz nicht vorbereitet und unterbrach die Zeichenarbeit an einem Eintracht-Frankfurt-

Adler auf seinem Skizzenblock abrupt. »Ja, stimmt, das war komisch. Die fasste mir plötzlich von hinten an die Schulter und kam mit ihrem Gesicht ganz nah. Und dann flüsterte sie, dass sie glaubt, dass der Siepe getrunken haben soll.«

»Mhm«, machte Burns und notierte etwas in seiner Ledermappe. »In welcher Verfassung ist denn die Mutter des Verschwundenen?«, fragte er und schaute Jacqueline Gölz an.

»Leider in keiner sehr guten«, antwortete die Kriminalbeamtin, die mit ihrem Kollegen Behrendt in dem Heim in Philippsthal gewesen war. »Schon die Pflegedienstleiterin hatte uns darauf vorbereitet, dass sich die alte Frau Siepe an nicht mehr viel erinnern kann. Und sie hatte leider recht. Sie weiß zwar, dass sie einen Sohn hat, aber sie sagte, er sei ein guter Junge, der fast täglich zu ihr kommen würde. Nach Auskunft des Pflegepersonals war er allerdings seit Monaten nicht mehr da. Vor seinem Verschwinden soll er sie aber regelmäßig besucht haben.«

»Spricht ja tatsächlich dafür, dass er sich außer Landes befindet. Sonst wäre er bestimmt mal bei seiner alten Mutter vorbeigekommen«, meinte Burns. »Fehlen uns noch die Erkenntnisse der Kollegen Rohde und Schilling.«

Brigitte übernahm: »Ja, diese Erkenntnisse sind leider sehr dünn. Aus kriminalistischer Sicht liegt gegen Siepe gar nichts vor, allerdings war die Abfrage beim Kraftfahrtbundesamt nicht ganz uninteressant. Der Herr scheint gern mal flott unterwegs zu sein, er hat sechs Punkte, allesamt durch zu schnelles Fahren, erworben. 2013 hatte er sogar einen Monat keinen Führerschein, weil er es auf der B 324 in Neuenstein ganz besonders eilig hatte.«

»'n Honda Jazz ist aber kein typisches Raserauto«, warf Matze ein.

»Na ja, für einen 911er wird ihm das Geld gefehlt haben. Denk mal an den Laden, wo der gearbeitet hat. Ich glaub mal net, dass er da die fette Kohle rausgeschleppt hat«, fügte Michi an.

»Stimmt, über Siepes Job haben wir noch gar nicht gesprochen«, fiel Behrendt auf. »Was hat der beruflich überhaupt gemacht?«

Michi, der sich eigentlich wieder seinem Eintracht-Logo widmen wollte, sagte: »Bäcker war er. In so einem Großbetrieb in Hauneck.«

★★★

»Mein Junge! Meinen einzigen Jungen haben sie mir genommen. Meinen schönen Diego.« Elena wurde von einem neuerlichen Weinkrampf geschüttelt. »Und er war doch fast noch ein Kind. Wer tut so was? Ich frage dich, wer tut einem unschuldigen Jungen so etwas an?«

Gleich nachdem die Polizisten wieder abgezogen waren, hatte Dieter an der Tür seiner Nachbarin Elena geklingelt. Sie öffnete tränenüberströmt und bestätigte damit seine schlimmsten Befürchtungen. Elena fiel ihm augenblicklich um den Hals und weinte bitterlich auf seine Schulter.

Irgendwann gelang es dem sanften Schwaben, seine Nachbarin halbwegs zu beruhigen, er bugsierte sie auf einen Stuhl, der in der Backstube stand, kniete sich neben sie und legte den Arm um die Schulter der Bäckerin.

»Was hat die Polizei denn genau gesagt? Was ist denn passiert?« Nach den vielen Jahren auf der Insel sprach Dieter hervorragend Spanisch, wenn auch immer noch mit einem schwäbischen Einschlag.

»Sie ... sie haben gesagt, sein Chef hätte ihn gefunden. Du weißt ja, er arbeitet als Pizzabote drüben in Vecindario. Es hat wohl jemand angerufen und eine Bestellung aufgegeben. Und als Diego die ganze Zeit nicht wiederkam, ist sein Chef zu der Adresse gefahren. Und dann hat er«, an dieser Stelle schnäuzte Elena sich, »und dann hat er Diego hinter einer Palme tot gefunden. Hinter einer Palme!« Wieder fing sie an zu weinen und schniefte kurz darauf: »Von Mord haben sie gesprochen.«

Mit wässrigen Augen schaute sie Dieter an. »Wer bringt denn einen harmlosen Pizza-Ausfahrer um?«

»Ich kann es dir nicht sagen, Elena. Ich weiß es nicht. Vielleicht wollten sie die Einnahmen stehlen?«, mutmaßte Dieter.

»Nein, da muss irgendetwas anderes dahinterstecken. Die Polizisten haben gesagt, es wäre alles noch da gewesen. Sogar die Pizza. Und dann fragen mich diese frechen Beamten, ob Diego Drogenprobleme gehabt hat oder Mitglied in irgendwelchen Banden gewesen sei. Aber doch nicht mein kleines blondes Schäfchen, doch nicht mein Junge.«

Dieter schüttelte sanft den Kopf. »Das kann ich mir auch nicht vorstellen. Hat Diego denn gerade eine Freundin?«

»Nein, er war Single. Jedenfalls weiß seine alte Mutter nichts von einem Mädchen.« Zum ersten Mal deutete Elena ein leichtes Lächeln an. »Ich weiß nur, dass alle jungen Dinger hinter ihm her waren. Kein Wunder, bei seinem Aussehen.« Das Lächeln erstarb, Elena schaute ins Leere. »Und das ist ja noch nicht alles. Toto ist auch nicht nach Hause gekommen. Der ist gestern Abend nach Maspalomas gefahren und hat sich seitdem nicht wieder gemeldet. Natürlich muss er das nicht tun, wir sind kein Paar, aber ich mache mir große Sorgen. Weißt du, auch ihn hat jemand angerufen und um ein Treffen gebeten. Angeblich ein Deutscher, der Bäckereibedarf verkauft. Oh mein Gott, ein Anruf und danach ist er verschwunden. Das ist ja fast wie bei Diego!« Wieder schluchzte Elena.

Dieter versuchte sie zu beruhigen. »Das muss doch gar nichts heißen. Vielleicht hat Toto bei diesem Deutschen übernachtet. Oder er hat unten in Maspalomas einen alten Bekannten wiedergetroffen und mit ihm einen über den Durst getrunken. Dafür wird es sicher eine ganz einfache Erklärung geben.«

Man sah Elenas Blick an, dass sie nicht an eine einfache Erklärung glaubte. »Aber wie soll ich es je erfahren, wenn ihm etwas zugestoßen ist? Toto ist bei mir nicht gemeldet. Verstehst du«, sie schob sich das Taschentuch in den Ärmel ihrer Bluse, »auch die Steuer weiß nicht, dass er bei mir arbeitet. Wenn ich mich bei der Polizei nach ihm erkundige, kriege ich bestimmt furchtbaren Ärger.« Sie schlug die Hände vors Gesicht. »Ist das alles schrecklich, ich wünschte, es wäre nichts als ein Alptraum!«

Dieter tat seine Nachbarin wirklich leid. Er konnte ihr nur wenig helfen, aber zumindest vielleicht mit einer kleinen Idee: »Pass auf, ich weiß, was wir machen könnten. Ich kann bei der Polizei nach Toto fragen. Ich behaupte einfach, er sei ein Patient von mir, eine Art Langzeitpatient, der schon seit einigen Monaten in meinem Haus wohnt. Dann fällt kein Verdacht auf dich.«

Elena schaute Dieter dankbar an und nickte stumm. Dass ihm ein endgültiges Verschwinden von Toto gar nicht ungelegen kommen würde, verschwieg der selbst ernannte Heiler und Lebensberater an dieser Stelle tunlichst.

***

Auf diesen Stress hätte Jesús Alberto Mendoza gut verzichten können. Zwei Tote, davon einer auch noch unbekannter Herkunft. Und natürlich wieder im verkommenen Süden seiner Insel.

Mendoza war ein bekennender Nord-*Grancanario*, dieser ganze Touri-Rummel südlich des Flughafens konnte ihm gestohlen bleiben. Zwar war es in seinem Heimatort Firgas ganzjährig möglich, dass sich ohne große Vorboten der Himmel zuzog und ein sintflutartiger Regenguss niederging, aber immerhin war man hier für sich. Abgesehen von ein paar mitteleuropäischen Landhotel-Urlaubern vielleicht, die in Funktionskleidung durch die *barrancos* wanderten und redlich bemüht waren, mit ein paar Worten Spanisch zu glänzen. Davon war zwar meistens die Hälfte Italienisch, aber Jesús fand diese Sorte von Touristen ganz niedlich. Auch wenn er ihre Manie fürs Wandern nicht nachvollziehen konnte, schließlich führten überall auf Gran Canaria wunderbare Straßen hin.

»Guuuten Morgen, Chef! Man hört, es gebe Arbeit?« Mit Elan warf Álvaro seine Kapuzenjacke über einen Garderobenhaken.

Herrschaftszeiten, wo nahm dieser Vogel nur seine gute Laune her? Jesús hatte ja Verständnis, dass der Kollege mit Anfang dreißig noch mehr Motivation hatte als er, der nur noch zweiundsiebzig Tage auf die Rente warten musste. Aber gleich so plakativ?

Die beiden Mitarbeiter der Mordkommission in Las Palmas hatten sich vor längerer Zeit darauf geeinigt, ihren Dienst zeitlich versetzt anzutreten. Mendoza startete gegen neun in den Arbeitstag, sein jüngerer Kollege kam gegen halb zwölf und blieb dafür abends länger. Beide profitierten von dieser Regelung. Álvaro stand nicht gern früh auf, Jesús wiederum hatte mehr Zeit, sich um seine Trachtengruppe »Los hombres de la fuente« zu kümmern.

Álvaro beugte sich unter seinen Arbeitsplatz und schaltete den Computer ein. Während er wartete, dass die Programme hochfuhren, lehnte er sich in seinem Schreibtischstuhl zurück, verschränkte die Arme hinter dem Kopf und ließ sich von seinem Vorgesetzten auf den aktuellen Stand bringen.

»Gestern Abend ist am Ortsrand von Vecindario ein junger Mann namens Diego Jiménez tot aufgefunden worden. Er war Pizzabote und kam von einer Auslieferung nicht zurück. Nach ersten Erkenntnissen erschossen, zwei Einschüsse im Bauchraum, das genaue Kaliber finden die Kollegen gerade heraus.«

»Wie alt?«

»Gerade mal zwanzig. Und die Fotos vom Tatort zeigen, dass er ein hübsches Bürschchen war.«

Álvaro machte ein betroffenes Gesicht und gab verschiedene Passwörter in seinen Computer ein.

Sein Chef fuhr zwischenzeitlich fort. »Und die zweite Leiche ist heute Morgen gegen neun Uhr entdeckt worden. An der Ausfahrt El Tablero, direkt an der GC-1.« Mendoza schaute kurz in seine Unterlagen. »Männliche Leiche mittleren Alters, vom Typ her wohl eher Mitteleuropäer. Identität noch nicht geklärt. Ist ja direkt bei Maspalomas, ich würde auf einen Touristen tippen. Ebenfalls erschossen.«

»Möglicherweise mit derselben Waffe?«

»Steht noch nicht fest, aber darauf habe ich unsere Ballistiker auch angesetzt. Wenn es so wäre und es sich beim zweiten Toten um einen Urlauber handelt, stellt sich natürlich die Frage, was die beiden miteinander zu tun hatten.«

Álvaro grinste. »Vielleicht hat er eine Pizza bei Diego bestellt.« Für diese Bemerkung handelte er sich einen strengen Blick von seinem Vorgesetzten ein. Der Getadelte beeilte sich, konstruktiv zum Thema zurückzukehren: »Hatte denn der unbekannte Tote keinerlei Papiere bei sich?«

»Es sieht nicht danach aus. Die Kollegen wissen aber auch noch nicht viel und sorgen jetzt erst mal dafür, dass die Leiche möglichst schnell zu uns gebracht wird, damit wir sie obduzieren können. Ich habe vor zwanzig Minuten erst mit den Jungs aus Tunte telefoniert.«

»Tunte« war der altkanarische Name für das Bergdorf mit dem recht unaussprechlichen Namen San Bartolomé de Tirajana, zu dem die großen Touristensiedlungen Playa del Inglés, Maspalomas und Meloneras gehörten. In der Bevölkerung war die silbensparende Version wesentlich gebräuchlicher als die offizielle Bezeichnung.

»Und der tote Pizzajunge, ist der schon in der Rechtsmedizin? Hast du ihn schon gesehen?«

Das war wieder typisch Álvaro. Leichen begutachten vor der Mittagspause, das ging für Jesús gar nicht.

»Er ist schon da, aber ich war noch nicht unten. Die Kollegen sind gerade mitten in der Untersuchung und werden dabei nicht gern gestört. Ich schlage vor, wir gehen jetzt etwas zu

Mittag essen und kümmern uns danach um die Herren, die nicht mehr mit uns sprechen können.«

Álvaro nickte und steckte seinen Geldbeutel ein. Nach zwölf Minuten Nettoarbeitszeit die erste ausführliche Pause anzutreten war zwar nicht seine eigentliche Arbeitsauffassung, aber manchmal ließ er sich von seinem gemütlichen Chef doch ganz gern anstecken. Und schließlich herrschte *calima* – bei dieser Hitze war allzu große Hektik eh fehl am Platz.

***

Gonzalo Castro schlappte in seiner schmutzigen schwarz-weiß karierten Bäckerhose über die Dorfstraße von Fataga. Im Mundwinkel steckte ihm ein stinkender Zigarillo, sein Ziel war die Bar »Labrador« in der Ortsmitte. Normalerweise traf er dort zur Mittagszeit ohne jegliche Verabredung seine Freunde Pedro und Miguel, möglicherweise die finstersten Typen, die sich im gesamten Tal herumtrieben. Pedro wohnte auf einem verwahrlosten Hof am Rande des Dorfs und lebte bescheiden vom Verkauf der Eier, die seine paar Dutzend Hühner in einem fensterlosen Stall legten. Miguel hatte gar keine feste Einnahmequelle außer seinem Gewehr, mit dem er ohne Lizenz Kaninchen schoss und über zwielichtige Verkaufswege veräußerte.

Da die Tätigkeiten als Hühnerzüchter und Wilderer im Lauf des Tages keine große Konzentration mehr erforderten, saßen die beiden mit einem Glas Landwein auf der Terrasse – und ihre Gesichtsfarbe deutete darauf hin, dass es jeweils nicht das erste war.

Gonzalo war nüchtern, aber schlecht gelaunt. Zur Begrüßung knallte er einen Geldschein und mehrere Münzen auf den Tisch. Seine Kumpels schauten ihn fragend an.

»Ist das eine Einladung?«, wollte Miguel wissen.

»Nix Einladung«, knurrte Gonzalo. »Guckt euch das an. Dreizehn Euro sechsundfünfzig. Das sind meine Einnahmen von heute Vormittag. Und dafür stelle ich mich hin und backe. Kein Schwein kommt in meinen Laden. Und die ›Molino‹ hat angekündigt, ab nächstem Monat ihre Frühstücksbrötchen auch nicht mehr bei mir zu bestellen.« Er meinte damit die »Molino del Agua«, ein Landhotel oberhalb des Dorfs – und der einzige größere Kunde, den Señor Castro noch hatte.

»Scheiße«, lautete die Beileidsbekundung von Pedro.

»Alles wegen diesem verdammten Deutschen.« Gonzalo bedeutete dem Kellner, dass er ebenfalls einen Wein wollte. »Die Leute fallen auf diesen blödsinnigen Schnickschnack bei Elena rein. Winzige Sandwiches für völlig überzogene Preise. Mit Mayonnaise und Gürkchen und Tomätchen. Und stellt euch vor: Neuerdings schneidet sie den dunklen Rand vom Toast ab. Kommt sich vor wie in Barcelona, die feine Dame.«

»Und die Schwuchteln aus Maspalomas kaufen den Dreck natürlich«, unterstützte Miguel seinen Freund in seinem Zorn.

»Na klar! Hast du nicht diese riesigen Schilder vor ihrem Laden gesehen? Snacks für Wandertouristen! Aber kein Wort auf Spanisch. Das ist alles dieser deutsche Bastard schuld, der sich bei ihr reingezeckt hat.«

Gonzalos Freunde nickten zustimmend.

»Früher war alles okay. Elena war in Sachen Süßkram besser, dafür hat jeder bei mir sein Brot gekauft. Aber jetzt kommt die mit Kürbiskernen und Chiasamen und Walnüssen und getrockneten Tomaten in ihren Brötchen daher.«

»Walnüsse in Brötchen?«, höhnte Pedro. »Wie schwul ist das denn? Hat Elena mit diesem Ausländer eigentlich was laufen?«

»Wahrscheinlich schon, guck sie dir doch an, die vertrocknete Pute! Kriegt doch keinen echten Spanier ab. Möchte bloß wissen, wie ihr Sohn es geschafft hat, nicht so hässlich zu werden wie seine Alte. Verrät sie ja bis heute nicht, wer ihr diesen Braten in die Röhre geschoben hat.« Gonzalo kratzte sich am Kopf und reinigte seinen langen Fingernagel an einem spitzen Schneidezahn.

»Also von uns beiden war es keiner, darauf kannst du dich verlassen, alter Junge.« Miguel lachte dreckig und ließ seine Pranke kumpelhaft auf Pedros Schulter herabdonnern. »Nicht mit der Kneifzange würden wir die anfassen, hm?«

In diesem Augenblick verstummte das Gespräch, und drei Augenpaare richteten sich auf das seltsame Wesen, das hinter einer Kurve an der Hauptstraße auftauchte.

Die Künstlerin Gisèle von Goch war mit ihrer blutverschmierten Schürze mal wieder im Ort unterwegs, diesmal hatte sie dazu noch ein riesiges Küchenmesser in der Hand. Mit einem Nicken deutete sie einen Gruß Richtung Bar an, überquerte die Straße und verschwand in der Gasse, die neben der Kirche ins Oberdorf führte.

Gonzalo schaute ihr nach. »Und das ist direkt die Nächste, die meinetwegen sofort abhauen könnte. Guckt euch die doch mal an, die alte Hexe verscheucht uns ja die ganzen Touristen im Ort.«

»Künstlerin nennt sich so was«, meinte Pedro abfällig und schüttelte den Kopf. »Ich habe gehört, die kriegt in Tejeda sogar eine Ausstellung. Im Rathaus. Und so was wird von meinen Steuergeldern bezahlt. Eine Frechheit ist das!«

Gonzalo trat seine Kippe auf dem Boden aus, obwohl Aschenbecher auf den Tischen standen. »Als hättest du schon mal einen Cent Steuern bezahlt.«

Dieser Witz gefiel Miguel, er lachte lauthals.

Direkt zog Gonzalo den nächsten Zigarillo aus einem zerknitterten Päckchen und zündete ihn an. Er beugte sich etwas näher zu seinen Freunden. »Aber jetzt mal im Ernst«, sagte er leise und eindringlich. »Wie lange wollen wir uns noch gefallen lassen, dass uns die Ausländer hier in unserem eigenen Dorf bevormunden? Dass sie uns die Arbeit wegnehmen und die besten Grundstücke kaufen? Ich kann euch sagen, lange schaue ich mir das nicht mehr mit an.«

Einen konkreten Plan hatte Gonzalo schon, und er würde die Hilfe von mindestens einem seiner Kumpels dafür brauchen. Aber wie er aus Fataga wieder ein Dorf für echte *canarios* machen wollte, würde er mit Pedro und Miguel klären, wenn sie wieder nüchtern waren.

★★★

Álvaro versuchte, sich an die herrliche *ropa vieja* zu erinnern, während er mit seinem Kollegen Jesús im unterkühlten Leichenschauraum der Rechtsmedizin stand und fror. Er hatte den Geschmack von Kichererbsen, Rindfleisch und Kartoffeln von der Mittagspause noch auf der Zunge und übte sich in Mundatmung, um den Duft des Todes nicht zu riechen. Streng genommen roch es hier unten kaum anders als im Rest des Gebäudes der Nationalpolizei an der Hafenpromenade von Las Palmas, aber Álvaro war olfaktorisch ein wenig empfindlich und bildete sich im Angesicht der Leichen so allerlei ein.

Dr. Silva hatte die Toten auf zwei kalten Metalltischen aufgebahrt, dozierte unerschrocken und zeigte mit einem Kugelschreiber auf die entscheidenden Stellen.

»Das ist der erste Tote, der junge Mann aus Vecindario. Zwanzig Jahre alt, zwei Einschüsse, offenbar aus nächster Nähe abgegeben. Den hier unten hätte der Junge überlebt.« Er wies auf eine blutige Wunde in der Leistengegend hin. »Zu weit von lebenswichtigen Organen entfernt. Aber dieser Einschuss in der Brust … ich erspare Ihnen die Details, den überlebt man nicht. Wenn Sie mich fragen, war der Täter kein Profi. Wenn ich so nah vor meinem Opfer stehe, suche ich mir schon beim ersten Schuss die tödliche Stelle aus. Bei Nummer zwei«, Silva deutete auf den toten älteren Mann, »ist noch unkoordinierter geschossen worden. Der wird sogar noch eine Weile gelebt haben. Ist aber dann schließlich verblutet. Die Kollegen sagten, an der Autobahnauffahrt sei nur wenig Blut gefunden worden. Ich würde davon ausgehen, dass der Mord an einem anderen Ort stattgefunden hat.«

Álvaro hatte für seinen Geschmack genug gehört und

gesehen und wäre gern in sein Büro zurückgegangen. Jesús störte der Anblick der zwei Toten offenbar weniger, er fing an, Rückfragen zu stellen.

»Was können Sie über den Todeszeitpunkt sagen?«

»Der Junge aus Vecindario war erst seit Kurzem tot, als sein Chef ihn gefunden hat. Eine gute Stunde vielleicht. Bei ihm hier sieht das anders aus. Die Leichenstarre war ausgeprägt, als ich gegen halb zehn am Fundort war. Das heißt, er muss schon sechs bis zwölf Stunden da gelegen haben. Nagelt mich nicht fest, das muss ich noch genauer untersuchen.«

»Nagelt mich nicht fest« fand Álvaro unter den aktuellen Umständen eine schwierige Formulierung, zumal mit einem Kollegen namens Jesús an seiner Seite.

Dieser allerdings merkte nichts und hatte weiteren Wissensdurst. Sonst nie. Aber hier jetzt plötzlich. »Steht die Waffe schon fest? Der Typ oder wenigstens das Kaliber?«

»Diese Informationen wird meine Kollegin Beatriz in Kürze nachreichen. Sie untersucht die Projektile.«

Álvaro hielt das für einen guten Schlusssatz und schob mit einem »Na dann« die Verabschiedung an. Auch sein Kollege schien im Augenblick keine weiteren Fragen zu haben und bedankte sich bei Dr. Silva.

Im Aufzug begann Jesús seine Analyse: »Hast du bemerkt, dass der unbekannte Tote deutliche T-Shirt-Ränder an den Armen hatte? Braune Arme, aber der Rest seines Körpers war weiß wie ein Ziegenkäse. Die letzten drei Wochen schien im Süden ununterbrochen die Sonne. Ein Tourist hätte doch bestimmt mal in der Sonne gelegen. Ich könnte mir vorstellen, dass der schon länger hier lebt.«

»Vielleicht war er Wanderer?«, warf Álvaro ein, als sich die Aufzugtür öffnete.

»Mhhh«, knurrte Jesús. »Dazu ist er mir insgesamt zu schwabbelig. War aber auch nur eine Vermutung.«

Aus dem Inneren des gemeinsamen Büros war ein klingelndes Telefon zu vernehmen. Álvaro rannte die letzten paar

Meter den Gang hinab, stieß die Bürotür auf und hob ab. Als Jesús den Raum betrat, hauchte Álvaro tonlos »Beatriz« und machte sich Notizen.

Sein Chef zog an einem dünnen Faden und ließ ein staubiges Lamellenrollo herab, damit sich der kleine Raum nicht noch weiter aufheizte. Er schaute Álvaro beim Telefonieren zu. Der surfte in seiner Freizeit und sah jetzt am Ende des Sommers aus wie einem Katalog entsprungen. Die schwarzen Haare etwas länger als nötig, braune Glutaugen und der athletische Körperbau eines Sportlers.

Anfangs war Jesús skeptisch gewesen, ob der Schönling auch ein guter Kommissar werden würde. Mittlerweile schätzte er ihn sehr, außer ständig wechselnden Frauengeschichten konnte er dem Jungen nichts vorwerfen. Na gut, vielleicht ein bisschen viel Gefummel am Handy während des Dienstes, aber die Dates mit den unterschiedlichen Damen wollten ja auch gut koordiniert sein.

Álvaro legte auf und machte ein Gesicht, das auf wertvolle Informationen schließen ließ.

»Also, Beatriz konnte einiges herausfinden. Die wichtigste Erkenntnis: Beide Schüsse dürften aus derselben Waffe abgegeben worden sein. Kaliber neun mal neunzehn Millimeter aus einer Glock 17. Das ist eine Selbstladepistole von einem Hersteller aus Österreich. Weltweit ziemlich verbreitet, in einigen Ländern offizielle Waffe des Militärs. Aber, jetzt pass auf, hier bei uns in Spanien wohl eher selten. Und sie kann mit einem Schalldämpfer ausgestattet werden. Bisher gibt es ja keine Zeugen, die aussagen, Schüsse gehört zu haben, oder?«

Jesús schüttelte den Kopf. »Wobei wir ja auch noch nicht wissen, wo der Tote Nummer zwei erschossen wurde. Hm. Eine Waffe, die in Spanien selten ist, und ein Opfer, das wahrscheinlich Ausländer ist. Das klingt nicht gut. Wenn die Ursache der Morde außerhalb von Gran Canaria zu suchen ist, könnte es schwierig werden.«

»Oder wir machen mal eine kleine Dienstreise zur Ermittlung. Ich hätte nichts dagegen, wenn das unbekannte Opfer aus Schweden käme, da gibt es schöne Frauen.«

»Da wird es jetzt Winter, und der Alkohol ist teuer. Nein, nein, junger Kollege, wenn, dann lassen wir die Schwedinnen einfliegen.«

***

Dieter Auwärter konnte sich kaum auf seine Patientin konzentrieren. Immer wieder lugte er während seiner Behandlung heimlich durchs Fenster zu Elenas Haus. Auf einer Liege vor dem Geistheiler hatte es sich eine Geschäftsfrau vom Tegernsee auf dem Rücken bequem gemacht, während er ein Pendel über ihr kreisen ließ. Ein- bis zweimal im Jahr fand sich die Dame zum mental-energetischen Pendeln auf Gran Canaria ein und ließ sich von Dieter bei Fragen zur Zukunft ihrer Familie und ihrer drei Friseurgeschäfte beraten.

Dieter hatte die Augen jetzt geschlossen und summte leise, während sein Buchenholzpendel über dem Bauchraum seiner Kundin hin- und herwackelte. Dann und wann sagte er leise »starkes Prana, nicht ganz so starkes Prana, sssehr starkes Prana«, bis er schließlich andächtig die Schnur um sein hölzernes Diagnosegerät wickelte, es beiseitelegte und zum Fazit anhob. Dazu legte er seine linke Hand auf den Oberschenkel der bayerischen Friseurmeisterin, die rechte auf ihre Stirn.

»I merk bei Ihne ganz, ganz arg viel unspezifische Läbensenergie. Des isch nix Schlechtes, des isch des, was wir Prana nennet. Desch'n Begriff ausm Sanskrit, mr kann's vielleicht mit Läbenshauch übersetze. Prana zirkuliert durch de ganze Körper. Mir unterscheidet ja zwischen den fünf sterblichen und den fünf uhnsichtbaren Bestandteilen des Menschen.«

Die Patientin machte ein wissendes »Mhm«.

Dieter schaute wieder hinüber zum Haus von Elena und dozierte routiniert weiter: »Prana isch natürlich uhnsichtbar, steht im enge Zsammehang mit Atman, der Seele. In Ihrem

Fall zeigt mir das Prana, dass Sie über eine uhnglaubliche Kraft verfüget. Sie hen ja gsagt, dass Sie über en vierte Lade nachdenket. Da kann i bloß sage: Machet Sie's!« Er verstärkte den Druck seiner Hände auf Stirn und Oberschenkel und wiederholte eindringlich:»Machet Sie's! Hen Sie scho mal über Prana-Faschte nachdacht?«

»Was ist das?«, hauchte die Liegende.

Dieter ließ die Dame nicht los, bewegte sich aber ein Stück nach links, um durch das Fenster einen besseren Blick auf das Grundstück nebenan zu haben. Er machte sich wirklich Sorgen um Elena.

»Mir verstehet Prana ja au als Lichtnahrung. Also feinstoffliche Subschtanze, die für e gwisse Zeit oder ganz feschte Nahrung ersetze könnet. Sie kennet vielleicht die Jasmuheen, des isch a ganz berühmte Vertreterin des Pranismus. Die ernährt sich seit 1993 bloß no von Prana. Des isch nadürlich schon sssehr fortgeschritten, abr wenn Sie Interesse an der Lehre hen, könnt i Ihne au en Buch dazu verkaufe.«

»Das klingt spannend. Das ist dann so eine Art Reinigungsprozess?«

»Ganz genau, Sie hen's verstande.« Dieter ließ Stirn und Oberschenkel los, breitete in etwas größerer Höhe noch einmal seine Arme über der Kundin aus und beendete die Behandlung. Während sich seine Patienten langsam erhob, zog er das erwähnte Buch aus einem Regal.

»Das würd dann neunundvierzig Euro koschte, abr es bringt Ihne halt au uhnheimlich viele Anregungen für die Chakrareinigung.«

Die Dame nahm ihre leichte Strickjacke vom Garderobenhaken und tat kund: »Ich werde das Buch auf jeden Fall mitnehmen. Ich denke, ich muss zwischendurch einfach auch häufiger in mich reinhören. Der Körper sagt uns so viel, wir müssen ihm nur zuhören.«

Dieter nickte unterstützend.

»Es ist halt der Alltag, der uns oft taub macht für diese

Signale. Aber Sie bringen mich immer wieder zurück in die Spur, Dieter.«

Der Geistheiler konnte sich auf die Komplimente kaum konzentrieren, er war in Gedanken vollständig bei seiner Nachbarin und schämte sich fast, wie routiniert er die vergangene Stunde heruntergespult hatte. Seine Kundin schien davon aber nichts mitbekommen zu haben.

»Also, vielen Dank noch mal für alles. Das macht dann fünfundsechzig Euro plus neunundvierzig für das Buch, nicht wahr? Machen Sie hundertzwanzig, wir Friseurinnen wissen ja, wie wichtig ein Trinkgeld ist.«

Dieter nahm das Geld mit einer leichten Verbeugung entgegen und streckte die Hand zur Verabschiedung aus. Seine Kundin schüttelte sie beherzt und stellte die Weiterempfehlung seiner Dienstleistungen in Aussicht. Als sie das Haus verlassen hatte, ließ sich der schwäbische Heiler erschöpft in seinen ledernen Schreibtischstuhl fallen.

Der Tag hatte ihm wirklich zugesetzt. Wie er es Elena versprochen hatte, war er noch am Vormittag bei der lokalen Polizei in Maspalomas vorbeigefahren. Diese unterhielt mitten im Touristenzentrum neben einem Ganzjahres-Rummelplatz einen kleinen Posten, auf dem man sich normalerweise vorwiegend mit Diebstählen und Autoaufbrüchen beschäftigte. Verschwundene waren hier selten oder tauchten meist wieder auf, nachdem sie ihren Rausch ausgeschlafen hatten. Trotzdem kannte Dieter keine bessere Anlaufstelle und hatte das Gebäude betreten, in dem eine gewisse Aufgeregtheit herrschte. Zunächst hatte niemand Notiz von ihm genommen. Ein Beamter mit sehr starkem kanarischen Akzent schien mit einer übergeordneten Stelle zu telefonieren, Dieter hatte nur die Hälfte verstanden. Schließlich war aus einem Nachbarzimmer eine junge Polizistin aufgetaucht, die auf den vor einem kleinen Tresen Wartenden zusteuerte.

»Der Herr, was kann ich für Sie tun?«

»Nun, äh, es ist vielleicht etwas ungewöhnlich. Ich vermisse einen Patienten. Mein Name ist Dieter Auwärter, ich betreibe eine Praxis für Lebensberatung oben in Fataga. Der Vermisste wohnt schon länger bei mir, er macht, äh, ja, eine Art Langzeittherapie. Er hatte sich gestern Abend hier in Maspalomas verabredet. Aber bisher ist er nicht zurückgekommen.«

Die Beamtin folgte seinen Worten und fing an, wie in Trance zu nicken.

Dieter bekam eine Gänsehaut. »Warum schauen Sie so, junge Frau, haben Sie etwa ...?«

Ihr Nicken hörte nicht auf.

»Haben Sie jemand Verletztes gefunden? Gab es einen Unfall? Reden Sie doch!«

Der Kollege im Hintergrund hatte sein Telefonat beendet und offenbar bemerkt, dass seine Kollegin Hilfe benötigte. Er stand auf und stellte sich vor. »Ich habe gehört, Sie vermissen jemanden? Wer ist es? Haben Sie vielleicht ein Foto?«

Dieter zog ein Handy aus seiner weiten Hose. Natürlich fürchtete er sich vor der Strahlung des Geräts, aber für seine Geschäfte war ein Mobiltelefon leider unerlässlich. Elena hatte ihm extra noch ein Foto von Toto weitergeleitet, das er den Polizisten zeigen sollte. Er präsentierte den Beamten die Aufnahme, die junge Frau wich schockiert zurück.

Der Kollege nahm Dieters Handy in die Hand und schaute sich das Foto genau an. Er nickte. »Herr Auwärter, wir haben heute Morgen eine Person tot aufgefunden, die Ihrem Patienten sehr ähnlich sieht. Das muss noch nichts heißen, es kann in solchen Momenten auch Verwechslungen geben, aber ich würde gern zwei Dinge tun. Erstens die Personalien Ihres Vermissten aufnehmen und zweitens eine Identifizierung vornehmen. Wir haben die Leiche zur Untersuchung allerdings schon nach Las Palmas gebracht, es wäre sehr hilfreich, wenn Sie dort so schnell wie möglich hinfahren könnten.«

Dieter hatte den Beamten in Maspalomas die Daten von Toto aufgeschrieben, der in Wirklichkeit Wolfgang Siepe hieß. Mit dem Vornamen »Wolfgang« hatten die Spanier allerdings Ausspracheprobleme, deswegen hatte er sich hier überall Toto nennen lassen. Anschließend war er für die Behandlung der oberbayerischen Friseur-Unternehmerin nach Fataga zurückgefahren. Und nun musste er sich dazu aufraffen, in die Inselhauptstadt zu fahren – und zwar ohne dass Elena dies mitbekam. Er wollte sie nicht mit dem bloßen Verdacht belasten, dass es sich bei dem Toten um ihren Lebensgefährten handeln könnte.

War »Lebensgefährte« überhaupt der richtige Ausdruck? Dieter wusste nicht, in welcher Beziehung die spanische Bäckerin und ihr deutscher Kollege zueinander genau standen. Klar war aber, dass Elenas Besuche bei Dieter ausgeblieben waren, seit Toto aufgetaucht war – und dass der Geistheiler darunter litt. Es hatte in der Vergangenheit einige Abende gegeben, an denen sie nach ein paar Gläsern Wein gemeinsam die Nacht verbracht hatten. Elena tat Dieters Heilkunst zwar als Hokuspokus ab, aber abgesehen davon verband die beiden eine unkomplizierte Freundschaft, in der gelegentlicher Sex keine Festlegung auf eine Partnerschaft bedeutete.

Nachdem sie vom Tod ihres Sohnes erfahren und Dieter sie getröstet hatte, wollte sie allein sein. Seitdem hatten sie nicht mehr miteinander gesprochen.

Dieters Besuch im großen Gebäude der Nationalpolizei in Las Palmas war von den Kollegen aus dem Süden angekündigt worden. Eine Mitarbeiterin holte ihn vom Empfang ab und erklärte ihm in einem freundlichen, fast mitfühlenden Ton, dass sie ihn nun ins Leichenschauhaus führen werde. Falls ihm schummrig werden sollte, seien genügend Ärzte in der Nähe, um ihm zu helfen.

Dieter erklärte der Dame, dass er auch so etwas Ähnliches wie Arzt sei, und verordnete sich Disziplin. Trotzdem hielt er sich an einem Schreibtisch fest, als seine Begleiterin schwungvoll eine schwere Metalltür öffnete. Sie zog eine silberne Bahre hervor, signalisierte Dieter, dass er näher kommen solle, und hob das grüne Leichentuch über dem Gesicht des Toten an.

Dieter nickte nur und sank wie in Trance auf den nächstbesten Stuhl.

★★★

Brigitte schlug gerade die Fahrertür ihres Seat zu, als ihr Kollege Daniel Rohde auf den Parkplatz des Polizeipräsidiums in Bad Hersfeld rumpelte. Anders konnte man das Geräusch nicht nennen, das der rote Polo Fox Coupé von sich gab, aber Daniel und dieses Auto waren unzertrennlich. Er hatte den Wagen von seinem schmalen Gehalt als Auszubildender bei der Polizei gekauft und sich in den vergangenen Jahren sehr an seinen motorisierten Begleiter gewöhnt. Wer auch immer Scherze über das Gefährt machte, bekam zu hören, dass Autos ohne Servolenkung schöne Oberarme machten und der Weg ins Buch der Rekorde bei einer Motorenleistung von dreihundertzwanzigtausend Kilometern nicht mehr weit sein könne.

Brigitte fand Daniels Auto einerseits zwar unmännlich, andererseits aber auch deutlich sympathischer als die tiefergelegten Boliden von Michi und Matze.

»Morgen, Daniel! Hast du die SMS gesehen? Halb zehn ist Besprechung mit Burns. Beeilung!«, rief Brigitte ihrem Kollegen zur Begrüßung zu.

»Ach, siehste, mein Handy hat vorhin in der Tasche vibriert, aber ich wollte auf der Autobahn nicht draufgucken. Und dann hab ich es vergessen.« Daniel hatte von seinem Wohnort Wildeck-Bosserode einen deutlich weiteren Anfahrtsweg zur Arbeit als Brigitte, die im Hersfelder Stadtteil Asbach wohnte.

»Dass du in deinem Auto Vibrationen vom Handy überhaupt spürst, wundert mich.«

»Mal schön vorsichtig, sonst vibriert hier gleich noch was ganz anderes«, sagte Daniel lachend und hielt seiner Kollegin die Eingangstür zur Direktion auf.

Kurz durchzuckte Brigitte der Gedanke, wie schön es wäre, wenn sie nicht nur zufällig zeitgleich mit Daniel das Gebäude betreten würde, sondern regelmäßig, weil sie ein Paar wären, das morgens zusammen aufsteht, frühstückt und zur Arbeit fährt. Aber nach drei Jahren des einseitigen Schwärmens rechnete sie sich dahin gehend keine großen Chancen mehr aus. Die beiden legten kurz ihre Sachen im gemeinsamen Büro ab und machten sich direkt auf den Weg zum Besprechungsraum. Burns fehlte noch, Jacqueline, Gerhard, Michi und Matze hatten schon Platz genommen.

»Hier, Leute«, eröffnete Michi in seinem unnachahmlichen Jargon die Spekulation, »wenn der Alte uns allen persönlich 'ne SMS schreibt, dann muss es ja dringend sein, oder?«

»Wusste gar net, dass der so was kann«, sekundierte Matze grinsend. »Wahrscheinlich hat der seine Tochter tippen lassen. Oder das scharfe Au-pair-Mädchen aus Frankreich. Könnt ihr euch erinnern, als die zum Übersetzen mal hier war, als wir die tote Schauspielerin in der Stiftruine hatten? Woah, voll des Brett!«

»Von was für einem Brett sprechen Sie, Kollege Rohleder?«, fragte Burns, der völlig überraschend in der Tür aufgetaucht war.

Alle in der Runde schmunzelten, Matze schaute ertappt und hoffte, dass sein Chef noch nicht allzu lange zugehört hatte. »Ich, also mein Brett. Surfbrett. Ich will vielleicht am Sonntag noch mal zum Edersee.« Matze hatte gar kein Surfbrett.

Burns ging auf seine Wochenendplanung nicht ein, nahm aber das Stichwort auf: »Apropos Edersee. Es gibt eine erstaunliche Entwicklung in Sachen versenktes Auto. Wolfgang Siepe ist aufgetaucht. Wir werden ihm allerdings keine Fragen mehr stellen können. Gestern am späten Abend kam eine Nachricht der spanischen Polizei: Unser Gesuchter ist auf Gran Canaria tot aufgefunden worden. Sein Wohnort liegt bei uns im Kreisgebiet, deswegen sind wir informiert worden. Aber das ist noch nicht alles, meine Damen und Herren. Siepe wurde offenbar ermordet.«

»Ermordet, ach du lieber Gott«, entfuhr es Brigitte. Alle schauten betreten drein.

Der Chef ergriff erneut das Wort. »Die weiteren Erkenntnisse der spanischen Kollegen sind bisher spärlich. Auf Siepe sind zwei Schüsse aus nächster Nähe abgefeuert worden, aus einer Waffe, die in Spanien eher selten ist. Außerdem wurde mit derselben Pistole einige Stunden vorher ein spanischer Pizzajunge umgebracht. Sofern ich das alles richtig verstanden habe. Ich warte auf die Akte und werde dann einen Dolmetscher bestellen. Oder ist jemand hier in der Lage, die Unterlagen zu übersetzen?«

»Ähm«, druckste Brigitte, »ja, also, ich könnte das vielleicht.« Alle schauten sie erstaunt an. »Ich hatte Spanisch in der Schule und war ein Jahr lang Au-pair in einer Familie bei Madrid. Ich habe zwar jetzt länger nicht gesprochen, aber Texte verstehe ich ganz gut.«

Burns strahlte die Kommissarin an. »Ja, Frau Schilling, das sind ja ganz ungeahnte Fähigkeiten, die Sie da haben. Das stand doch bestimmt in Ihrer Bewerbung. Dass ich mich daran nicht erinnere. Dann werde ich Ihnen die Mail natürlich sofort weiterleiten. Das Englisch des kanarischen Kollegen, mit dem ich vorhin telefoniert habe, war eine Katastrophe. Gut, dass wir Sie haben!«

Brigitte wurde knallrot. Daniel merkte, dass ihr das Lob unangenehm war, und versuchte sich in einer ersten Analyse der Informationen. »Ich frage mich, was das bedeuten könnte. Jemand versenkt sein Auto, flüchtet danach möglicherweise nach Gran Canaria und wird dort erschossen. Selbstmord ist ausgeschlossen?«

Burns nickte. »Die spanische Polizei sagt, der Winkel der Einschüsse passe nicht dazu.«

Daniel wunderte sich, dass sein Chef das englische Wort für »Winkel« verstanden hatte, machte aber weiter: »Dieser Strang der Geschichte klingt für mich, als sei hier vor Monaten irgendetwas passiert, das in Verbindung mit dem Mord steht.

Aber was hat der Pizzabote damit zu tun? Und wer hat Siepe überhaupt identifiziert?«

Burns überflog rasch seine Notizen. »Das habe ich mir aufgeschrieben. Ah, hier. Ein gewisser Dieter Auwärter. Bei dem hat das Mordopfer wohl einige Zeit gewohnt. Ich habe sogar eine Telefonnummer von dem Herrn.«

»Noch ein Deutscher«, warf Jacqueline Gölz ein. »Gut, davon gibt es da unten jede Menge. Aber wie gehen wir vor, wenn Daniel recht hat – und der Fall eigentlich hier seinen Ursprung hat und nur der Mord auf den Kanaren passiert ist?«

»Dann schicken wir die Kollegin Schilling in die Sonne, damit sie mit ein paar unangenehmen Fragen ihr Spanisch auffrischt.« Burns zwinkerte Brigitte zu und beendete die Sitzung.

★★★

Eine knappe Stunde später traf die weitergeleitete Mail von Burns ein. Brigitte öffnete sie und war nervös. Die Kollegen hatten sofort auf dem Gang angefangen, über eine bevorstehende Dienstreise zu spekulieren. So etwas hatte es noch nie gegeben, keiner kannte sich mit den genauen Regularien aus, aber alle waren sich einig, dass Brigitte mit ihrem Spanisch die Richtige wäre.

Nun poppte die Mail auf, und Kommissarin Schilling hoffte, dass sie in puncto Fremdsprachenkenntnisse nicht übertrieben hatte. Deswegen las sie erst mal, ohne Daniel Bescheid zu sagen. Trotz einiger amtlicher Fachtermini verstand sie den Text. Zeit, ihren Kollegen einzuweihen.

»Daniel, die Mail aus Spanien ist da. Ich … habe sie schon mal gelesen. Es ist alles so, wie Burns am Telefon verstanden hat. Eine britische Residentin hat Siepe gestern Morgen gefunden, identifiziert wurde er von diesem Herrn Auwärter, der als Beruf ›Heiler‹ angibt.«

Daniel verdrehte die Augen.

»Dessen Telefonnummer ist auch mit dabei. Vielleicht sollten wir den als Erstes mal anrufen?«

»Ich dachte, du führst die Verhöre vor Ort, wann geht denn dein Flug?«

»Oh!« Brigitte warf einen Kugelschreiber nach Daniel. »Du bist neidisch! Auf etwas, das noch überhaupt nicht feststeht. Ich nehme dich natürlich mit. Muss ja einer auf mich aufpassen, es treibt sich schließlich ein Mörder auf der Insel herum …«

Die beiden besprachen, was sie von Dieter Auwärter wissen wollten, tippten schließlich die lange Nummer ein und schalteten das Telefon auf laut. Nach dem vierten Klingeln wurde abgehoben.

»Auwärder Geischtheilung und Läbensberatung, ja bidde?«, meldete sich eine sanfte Stimme mit schwer schwäbischem Einschlag.

Brigitte stellte sich und den mithörenden Kollegen vor und fragte, ob Dieter Auwärter in der Lage sei, einige Fragen zu beantworten.

»Sehr gerrn. Sie als Polizischte wollet ja au helfe, dass mir den Mörder findet. Sie könnet mir glaube, i ben immer no under Schock.« Jetzt klang die sanfte Stimme zusätzlich leidend. Aus dem Telefonlautsprecher war ein lautes Maunzen zu vernehmen. »Jetzt net, Mohrle, entschuldiget Sie, des isch eins von meine Stubetigerle, i han insgsamt siebe davohn. Sen au Therapiekatze, isch klar, gell?«

Daniel schüttelte verständnislos den Kopf, Brigitte blieb verbindlich im Ton. »Ja, ich habe schon gehört, dass Tiere in der Therapie sehr wirkungsvoll sind. Was genau machen Sie denn für, ähm, Anwendungen, und weswegen war Herr Siepe bei Ihnen?«

»Also, sen Sie mir net bös, aber i red net mit andere Leut über die Anliegen, mit denne die Patiente zu mir kommet. Des unterliegt ja au der Schweigepflicht.«

Daniel schrieb Brigitte auf einen Block: »GILT NICHT FÜR QUACKSALBER!« Sie unterbrach Dieter aber nicht.

»Was i meine Patiente anbiet, isch ein ganzheitlicher Ansatz von Heilkunde. Wisset Se, es gibt Kollege, die nuuur Aromatherapie machet. Oder nuuur Reiki. Oder halt nur Zahlenmyschtik, zum Beispiel. Und i mach halt alles. Pendeln, Sandvisionen, Nahreiki, Fernreiki, Bachblüten, Steinheilkunde, halt einfach ganzheitlich, isch klar, gell?«

Daniel zeigte Brigitte einen Vogel und meinte damit eindeutig den Herrn am Telefon. Sie machte eine beschwichtigende Geste und blieb freundlich. »Herr Auwärter, ich kann verstehen, dass Sie das Vertrauen Ihrer Patienten nicht missbrauchen möchten. Aber der Herr Siepe ist tot – und Sie könnten uns helfen, seinen Mörder zu finden. Sie haben ihn doch selbst identifiziert, oder? Das war ja wahrscheinlich kein schöner Anblick, und schauen Sie, damit wir für Sühne sorgen können, müssen Sie uns ein wenig behilflich sein.«

Daniel verzog anerkennend die Mundwinkel und flüsterte: »Wow, Sühne.«

Brigitte grinste.

Allerdings war dieser Ansatz offenbar genau der falsche. »Liebe Frau Schilling«, säuselte es aus dem Lautsprecher, »i merk, dass Sie sich mit meiner Lehre no net ausenandergsetzt hen. Sühne isch keine Kategorie meiner Heilkunscht. Für mich isch Sühne eine Wiedergutmachung von're Uhngerechtigkeit mit anderen Mitteln. Sie denket da an Gfängnis oder e Geldstrafe, des isch Ihre weltliche Ordnung von Sühne. Ich möcht abr in den Mensch reinsehen, verstehet Sie? Sühne von innen heraus. Der Mörder muss den Fähler von seiner Tat annehmen, erscht dann isch sein Geischt frei für Reue, abr des isch nicht Sühne, isch klar, gell?«

»Ja, Herr Auwärter, da mögen wir unterschiedliche Auffassungen haben. Wir werden uns mit der spanischen Polizei absprechen und sicher noch mal auf Sie zukommen. Vielen Dank bisher. Wir erreichen Sie weiterhin unter dieser Nummer?«

»Ja, genau, Frau Schilling, des isch die richtige Nummer, i gang bloss net hin, wenn i grad im Beratungsgspräch bin.

Sonscht immer gern. Namaste, Frau Schilling.« Auwärter legte auf.

Daniel war völlig von den Socken. »Der verarscht uns. Und zwar mal so richtig. Erstens gilt für solche Scharlatane keine Schweigepflicht. Zweitens kann der sich sein Gefasel von einem anderen Sühnebegriff an den Hut stecken, so funktioniert der Rechtsstaat eben nicht. Und drittens ist das völlig unseriös, was der alles anbietet. Ganzheitlich, dass ich nicht lache. Eine ganzheitliche Abzocke ist das höchstens. Ich frage mich, wie du so ruhig bleiben kannst bei so einem Typen?«

»Na ja«, Brigitte lächelte verschmitzt, »ich sage mal so: Je weniger wir von hier aus erreichen, desto näher rückt die Dienstreise!«

★★★

Elena war am Boden zerstört. Sie saß apathisch in ihrem Haus und starrte ins Leere. Jegliche Energie war aus ihrem Körper gewichen. Sie wusste, dass sie etwas essen musste. Oder zumindest etwas trinken bei der trockenen Hitze, die der Wüstenwind ins Tal von Fataga transportierte. Aber sie fühlte sich nicht einmal in der Lage aufzustehen. Sie weinte nicht mehr. Es war, als seien ihr die Tränen ausgegangen. Vielleicht fehlte ihr selbst dazu die Kraft.

Nur ihre Gedanken, die arbeiteten auf Hochtouren. Wer konnte ihr dieses Leid angetan haben? War es ein Zufall, dass zuerst ihr Sohn und dann ihr Lebensgefährte erschossen wurden?

Das Wort »erschossen« versetzte Elena einen schmerzhaften Stich. Diese Brutalität. Der offensichtliche Vorsatz. Sie fragte sich, ob sie den Tod dieser beiden Menschen besser verkraften würde, wenn er zufällig gekommen wäre. Durch einen Unfall zum Beispiel oder eine kurze, heftige Krankheit. Wahrscheinlich schon, denn nun blieb für sie die Frage offen, weswegen Diego und Toto hatten sterben müssen.

Und es flammte ein Gedanke in Elenas Kopf auf, den sie bisher beiseitegeschoben und verdrängt hatte. Hatte sich vor Totos plötzlichem Auftauchen in Deutschland irgendetwas ereignet? Sicher, er hatte immer scherzhaft darüber gesprochen, irgendwann in den Süden kommen und hier deutsches Brot backen zu wollen. Aber im Nachhinein betrachtet, war alles schon sehr plötzlich gekommen. Ein kurzes Telefonat und ein paar Tage später war er da. Mit gerade mal zwanzig Kilo Gepäck, mehr nicht. Er sagte, seine Mutter lebe ja noch in dem gemeinsamen Haus in Heringen, er müsse sich um nichts kümmern. Und irgendwann würde er dann vielleicht ein paar mehr Sachen nach Gran Canaria holen.

Was davon stimmte?

Elena fiel auf, dass sie diesem Mann vier Monate lang einfach vertraut hatte, fast ohne Fragen zu stellen. Es hatte eben alles so gut gepasst. Der Laden entwickelte sich prächtig, das Zusammenleben war unkompliziert und schön.

Jedes Misstrauen hätte diese Leichtigkeit möglicherweise zerstört, dachte Elena, andererseits hätte sie jetzt vielleicht einen Anhaltspunkt, wer Toto nach dem Leben getrachtet hatte.

Und was hatte Diego damit zu tun? Ein Junge von knapp zwanzig Jahren, überall beliebt und fast noch mit einem kindlichen Gemüt. Okay, Diego war faul. Elena erinnerte sich, wie er die Mittelschule mit dem geringstmöglichen Aufwand hinter sich gebracht und danach keinerlei Lust auf eine Ausbildung gehabt hatte. Fast ein Jahr hing er nach der Schule zu Hause herum, traf sich mit Freunden, knatterte mit seinem Moped über die Insel und verdrehte den Mädchen den Kopf. Als Elena drohte, ihm den Geldhahn zuzudrehen, verhalf ihm ein Kumpel zu der Stelle als Ausfahrer bei »Don Alfonsos Pizza-Express«. Bei diesem Freund schlief er auch meistens, weil die Fahrt von Fataga nach Vecindario lang und voller Kurven war. Natürlich war der Job als Pizzabote nicht das, was sich eine Mutter dauerhaft als Berufsperspektive für ihren

Sohn wünschte. Aber Elena hatte gehofft, dass Diego davon irgendwann die Nase voll haben und vielleicht in die Bäckerei einsteigen würde.

Ob der Junge mit den falschen Leuten in Kontakt gekommen war? Vecindario war ein ziemlicher Moloch, die fünftgrößte Stadt der Kanaren und von der Bevölkerungsstruktur her nicht gerade konfliktfrei. Hatte Diego möglicherweise auch andere Dinge als Pizza ausgeliefert? Drogen vielleicht? Aber selbst wenn, was sollte das dann wieder mit dem Tod von Toto zu tun haben? Dieter hatte gesagt, laut Polizei seien beide Männer mit derselben Waffe ermordet worden. Das sprach ganz eindeutig dafür, dass die Opfer nicht per Zufall ausgewählt worden waren.

Elenas Mund war trocken. Sie wusste nicht, wie lange sie schon regungslos auf ihrem Sofa saß, aber sie wusste, sie musste etwas trinken. Und es musste eine Verbindung zwischen den beiden Morden geben.

Sie zog die Beine näher an sich heran und schlang ihre Arme herum. »Ich bin die Verbindung«, schoss es ihr in den Kopf. Ihre Augen füllten sich nun doch wieder mit Tränen. Neben Wut und Trauer war da plötzlich auch Angst. Ich bin die Verbindung. Bin ich überhaupt noch in Sicherheit? Und lohnt es sich eigentlich noch, ohne Toto und Diego weiterzuleben?

Elena ließ sich seitlich auf das Sofa kippen und konnte die Tränen nicht länger zurückhalten.

$$\star\star\star$$

»Es gibt eine gute und eine schlechte Nachricht, junger Kollege.« Mit diesen Worten empfing der Leiter der kleinen gran-canarischen Mordkommission Jesús Mendoza seinen Mitarbeiter Álvaro zum täglichen Informations-Update um halb zwölf. »Es werden keine blonden Schwedinnen zu uns kommen. Die zweite Leiche ist identifiziert. Deutscher.«

Álvaro legte seine Baseballcap neben den Computer. Sie trug das Logo des Inselclubs »UD Las Palmas«, der seit 2016 wieder in der *primera división* Fußball spielte. Er war großer Fan und stolzer Dauerkarteninhaber.

»Ich nehme an, das war die schlechte Nachricht. Was ist die gute?«

»Die kommt hier: Ich habe mit den Kollegen aus Deutschland telefoniert. Mit einer Señora Brigitte, die hervorragend Spanisch mit einem verlockenden kleinen deutschen Akzent spricht. Und mit diesem niedlichen Akzent hat sie mir erzählt, dass vor ein paar Tagen der Wagen unserer Leiche Nummer zwei aus einem deutschen Stausee gezogen wurde. Auch im nassen Deutschland scheint es Niedrigwasser zu geben, die Karre kam deswegen wohl jetzt erst zum Vorschein.«

»Irgendwelche Unfallspuren?«

»Habe ich auch gefragt, der Wagen scheint ziemlich verbeult zu sein. Zum einen wurde wohl eine massive Eisenschranke an diesem See durchbrochen, zum anderen hat er sich überschlagen, als er da hineingeschubst wurde.«

»Ich weiß ja noch, dass bei uns früher Autos auch gern mal in der Landschaft entsorgt wurden. Aber das wird in diesem ordentlichen Land ja wohl nicht üblich sein«, mutmaßte Álvaro.

»Mit Sicherheit nicht. Bisher war der Fahrer des Wagens aber auch noch nicht tot. Wahrscheinlich untersuchen die Deutschen das dann noch mal genauer. Der Honda war erst sieben Jahre alt. Also noch gar kein Fall für den Schrottplatz. Wenn du mich fragst, da sollte eine Spur verwischt werden.«

Álvaro nickte. »Klingt schlüssig. Und nun haben die den Wagen und wir den Toten.«

»Der von einem weiteren Deutschen, bei dem er auch zuletzt gewohnt hat, identifiziert und möglicherweise erschossen wurde – mit einer deutschen Waffe«, fügte Jesús an. Er schaute auf den Wandkalender, auf dem er die restlichen Arbeitstage bis zu seinem Renteneintritt notiert hatte. Einundsiebzig ab heute. Er sah keinen Grund, so kurz vor dem Ziel noch in eine komplizierte Ermittlung einzusteigen. Deswegen schlug er vor: »Was meinst du, mein Freund, wenn wir es folgendermaßen machen: Du übernimmst das Kommando in dem Fall und lernst diese Brigitte kennen. Bestimmt machen sie dich zu meinem Nachfolger, da ist es gut, wenn du schon ein bisschen Führungserfahrung hast. Und die Dame mit dem hübschen kleinen Akzent lassen wir über ein Amtshilfeverfahren einfliegen.«

Álvaro nickte zustimmend.

»Weißt du, warum sollen wir die ganze Arbeit machen, wenn es möglicherweise um ein Problem unter Deutschen geht?«, fuhr Jesús fort. »Wofür sind wir in der EU? Ich kümmere mich da gleich drum. Mittagspäuschen?«

Álvaro setzte seine Baseballcap wieder auf. Die Vorschläge von Jesús klangen hervorragend: die Leitung des Falls übernehmen, eine nette Frau kennenlernen und diesmal nach neun Minuten Arbeitszeit in die Pause. Er wusste, dass er diesen Vorgesetzten vermissen würde.

★★★

Der September in Deutschland hatte sich nach vielen sonnigen und trockenen Tagen an den nahenden Herbstanfang erinnert und über Nacht auf ungemütlich umgeschaltet. Der Regen prasselte auf die Schienen, Brigitte und Daniel warteten zu einer sehr unchristlichen Uhrzeit mit einem kleinen Häufchen anderer Reisender unter dem Dach von Gleis zwei auf die Einfahrt des ICE. Alle zwei Stunden bestand von Bad Hersfeld aus eine Direktverbindung mit dem Schnellzug zum Frankfurter Flughafen. Dort würde um zehn Uhr fünfzig die Maschine abheben, die die beiden osthessischen Kommissare nach Gran Canaria bringen sollte.

»Ich kann immer noch nicht fassen, wie schnell das alles gegangen ist«, sagte Daniel, während er in einer Seitentasche seines Rucksacks noch mal überprüfte, ob er alle Unterlagen dabeihatte.

»Geht mir genauso. Ich war völlig von den Socken, als Burns mich gestern Abend anrief. Er mag ja manchmal etwas seltsam sein, aber das muss man ihm lassen: Kontakte hat er!« Brigitte fror ein bisschen, sie war zu dünn angezogen.

»Er hat ja schon ein paarmal von seinem Kumpel bei Interpol in Lyon erzählt. Aber dass der uns mal eine Dienstreise auf die Kanaren bescheren würde, das hätte ich nicht gedacht. Auch wenn es erst mal nur fünf Tage sind und wir wahrscheinlich keine Zeit für den Strand haben werden.«

Der Zug fuhr mit quietschenden Bremsen ein, Daniel und Brigitte stiegen ein und suchten sich einen freien Doppelsitz in der zweiten Klasse. Eine Platzreservierung auf Kosten der Steuerzahler sah die entsprechende Verordnung offenbar nicht vor.

Brigitte zog eine Flasche Wasser aus ihrer bauchigen Handtasche. »Ehrlich gesagt kenne ich die Regeln von so einem Einsatz gar nicht so genau«, gestand sie. »Burns sagte mir, wir sollen schön bescheiden sein, die Spanier seien bei den Ermittlungen der Chef im Ring. Aber wie er das alles zustande gebracht hat, ist mir nicht ganz klar.«

Daniel zuckte die Schultern. »Ich vermute, so was läuft über ein Rechtshilfeersuchen. Und ich glaube, normalerweise muss da auch die Staatsanwaltschaft in Fulda zustimmen, aber du weißt ja, mit wem Burns in seiner Freizeit Golf spielt. Wenn der was will, hat er die richtigen Privatnummern parat. Und wahrscheinlich hat er irgendwas von ›Gefahr im Verzug‹ gefaselt, da zucken alle zusammen und unterschreiben sofort.« Daniel machte eine kleine Pause. Dann sagte er: »Was ich nur nicht verstehe: Weshalb hat Burns mich mitgeschickt? Dass du fährst, ist klar, du bist im Fall drin und sprichst Spanisch. Aber was soll ich da?«

Brigitte fand Daniels Selbstzweifel sehr niedlich. Sie sollte ihm aber auf keinen Fall das Gefühl geben, ein entbehrliches

Anhängsel zu sein. »Soweit ich weiß, werden solche Einsätze meistens zu zweit durchgeführt. Und wir sind ja bei den Ermittlungen sonst auch ein Team. Abgesehen davon: Du weißt doch, wie altmodisch Burns manchmal ist. Eine Frau ganz allein im Ausland ohne die schützenden, starken Arme eines Mannes, das geht doch nicht.«

»Na gut, überzeugt«, sagte Daniel und streckte sich gähnend. Sein Wecker hatte um kurz vor fünf geklingelt. »Dann werde ich dekorativ danebenstehen, während du auf Spanisch die Ermittlungen führst, und dich im Bedarfsfall mit aller Manneskraft verteidigen.«

Brigitte fand das einen schönen Schlusssatz vor einem kleinen Nickerchen und schloss mit einem Grinsen auf den Lippen die Augen.

***

Der Flug war furchtbar. An Schlaf war nicht zu denken, weil die gut aufgelegte Crew permanent etwas verkaufen wollte und ansonsten immer irgendein Baby schrie. Daniel hatte den Eindruck, dass die Sitzreihen von Jahr zu Jahr enger wurden, und versuchte alle fünf Minuten, in einer neuen Position seine langen Beine unterzubringen. Er verfluchte sich heimlich dafür, dass er Brigitte in Gentleman-Manier den Fensterplatz angeboten hatte und selbst auf dem Mittelsitz gelandet war. Natürlich war sein Nachbar am Gang auch noch dick und schnarchte.

Beide Kommissare waren mit Hunger an Bord gegangen und hatten auf einen Snack gehofft. Den bot die Fluggesellschaft aber nur noch gegen Gebühr an – und schon waren die ersten Spesen futsch. Außerdem wackelte die Maschine von den Pyrenäen bis zur Algarve so stark, dass die Anschnallzeichen eine gute Stunde lang nicht ausgeschaltet wurden.

Dementsprechend gerädert standen Daniel und Brigitte nach dem unangenehmen Flug am Gepäckband in Las Palmas und warteten auf ihre Koffer.

Brigitte fischte einen Zettel aus ihrer Tasche. »Burns hat mir gesagt, dass uns zwei Beamte abholen werden.« Sie las die Namen ab. »Comisario Principal Jesús Alberto Mendoza und Inspector Jefe Álvaro García.«

Daniel bewunderte ihre Aussprache, er hatte Brigitte noch nie Spanisch reden hören. Wieder flammte die Sorge in ihm auf, bei den Ermittlungen wegen der Sprachbarriere unter die Räder zu geraten. Ein paar Brocken konnte er zwar auch, weil er in der Schule ein Jahr in die Spanisch-AG gegangen war. Aber das war lange her – und sein Interesse galt damals auch mehr einer anderen Kursteilnehmerin als der Sprache an sich.

Nach einer gefühlten Ewigkeit hievten die Kommissare ihre Koffer vom Band und machten sich auf den Weg in die Ankunftshalle. Mitten im Gedränge standen zwei Herren, der größere hielt ein kleines Schild mit den Namen der deutschen Ermittler in die Luft.

Daniel und Brigitte steuerten auf sie zu und begrüßten ihre neuen Kollegen auf Zeit. Den älteren fand Daniel auf Anhieb sympathisch. Ein rundlicher, kleiner Spanier mit wachen Augen und einem Strohhut, der einen Gepäckwagen organisiert hatte, auf dem er die Koffer der Ankömmlinge schnaufend verstaute. Er hatte sich als Jesús vorgestellt. Álvaro war Daniel auf den ersten Blick suspekt, vielleicht, weil er so gar nicht nach einem Kriminalkommissar aussah. Eher wie ein H&M-Verkäufer. Enge, hochgekrempelte Jeans, Turnschuhe ohne Socken, dazu eins dieser etwas zu langen T-Shirts mit viel zu großem Ausschnitt und natürlich wahnsinnig braun.

Klar, der kanarische Sommer neigte sich gerade seinem Ende zu, aber Daniel beschloss für sich, dass jemand, der so viel Zeit in der Sonne verbrachte, kein guter Polizeibeamter sein konnte.

Das kleine internationale Ermittlerteam machte sich auf den Weg zum Auto. Brigitte lief neben Álvaro her und plapperte fröhlich mit ihm, während Daniel zu Jesús sagte: »*Sol, muy bien. En Alemania hoy mucho frío.*«

Jesús lachte, patschte seinem deutschen Kollegen freundschaftlich auf den Arm und feuerte einen spanischen Satz
ab. Er sprach in atemberaubender Geschwindigkeit, Daniel
verstand kein Wort. Er fragte sich ernsthaft, wie das bei den
Ermittlungen funktionieren sollte.

Jesús fuhr einen zerbeulten Pick-up, in dem er offensichtlich
schon viele, viele Zigaretten geraucht hatte. Am Innenspiegel
baumelte allerlei Gebamsel, Heiligenbildchen, ein Wappen,
mehrere Muscheln an einer Schnur und eine Art Wunder-
bäumchen in Form eines Papageis, das aber angesichts seiner
starken Ausgeblichenheit garantiert seit Jahren schon keinen
wohligen Duft mehr spendete. Auf dem Armaturenbrett klebten eine verstaubte Christophorus-Plakette und ein Foto einer
älteren Frau. Dieses gesamte Ensemble gefiel Daniel, es wirkte
alles sehr südländisch auf ihn.

Jesús fuhr, redete ununterbrochen und schaute dabei mehr
nach hinten zu seinen deutschen Gästen auf der Rückbank als
auf die Straße. Álvaro trug eine Sonnenbrille in Pilotenoptik,
sah cool aus und schwieg.

Brigitte nutzte eine kurze Redepause und übersetzte, was
der Leiter der kanarischen Mordkommission bisher an Informationen gegeben hatte. »Also, er bringt uns jetzt erst mal
in ein Hotel. Wir schlafen in San Agustín, das ist der erste
größere Touristenort, wenn man vom Flughafen kommt. Jesús
und Álvaro arbeiten zwar in Las Palmas, aber die Morde sind
im Süden passiert, deswegen fanden sie es sinnvoller, uns hier
einzuquartieren. Nicht weit vom Hotel gibt es ein Restaurant,
in das uns die spanische Polizei als Willkommensgeste gern
einladen würde. Jesús meinte, beim Essen könnten wir dann
auch die Vorgehensweise in unserem Fall besprechen. Klingt
doch alles gut, oder?«

Daniel nickte. Um überhaupt irgendwie an der Konversation teilzunehmen, tippte er den Fahrer an. »*Muy buen ideas,
Jesús.*«

Wenig später betrat Daniel sein Zimmer und staunte. So ein

schickes Hotel hatte er auf einer Dienstreise nicht erwartet. Ein Balkon mit Meerblick, die gesamte Einrichtung in Blau-Weiß gehalten, dazu ein Boden aus südländischen Terrakotta-Fliesen. Die spanische Polizei hatte sich nicht lumpen lassen – oder wer auch immer diesen Auslandseinsatz hier genau finanzierte. Daniel ging ins Bad und wusch sich die Hände. Dabei begutachtete er sich ausgiebig im Spiegel. Er fand, dass er ein bisschen müde aussah. Und er hätte vielleicht mal wieder ins Fitnessstudio gehen können. Er spannte seinen Bizeps an und war mit dem Ergebnis halbwegs zufrieden.

Als er in das Gesicht seines Spiegelbilds schaute, dachte er auf einmal: Was mache ich hier eigentlich? Schafft es dieser Álvaro tatsächlich, mich zu verunsichern? Wahrscheinlich ist er kein guter Polizist. Was hat er auf dieser Insel schon groß zu ermitteln? Sieht man ja, kaum passiert mal ein Mord, müssen die sich Hilfe holen. Bin ich unfair? Oder vielleicht sogar eifersüchtig? Aber worauf denn bitte schön? Die einzige Frau weit und breit ist Brigitte. Und die ist einfach nur eine gute Kollegin. Okay, sie spricht Spanisch, und dieser kanarische Kommissar scheint ihr zu gefallen. Aber das ist ihr gutes Recht, sie ist ja Single. Kann machen, was sie will. Es klingt sexy, wenn sie Spanisch spricht. Habe ich das gerade wirklich gedacht? Jetzt ist aber Schluss. Ich gehe da jetzt runter und werde die Ermittlungen voranbringen. Auf Fuerteventura habe ich vor zwei Jahren einen Fall ganz allein gelöst, ohne die spanische Polizei, auf eigene Faust, undercover, jawohl! Weil ich ein guter Kriminalist bin.

Daniel straffte seine Brustmuskulatur, zog die Zimmertür hinter sich zu und federte dynamisch die Treppen zur Lobby hinunter.

Dort saß Brigitte eingesunken auf einem zu weich gepolsterten Sofa neben Álvaro und kicherte. Als sie Daniel entdeckte, winkte sie ihm zu. »Setz dich doch noch kurz zu uns!«, rief sie. »Jesús klärt mit dem Hotelmanager die Bezahlung der Zimmer. Danach kann es losgehen.«

Daniel ließ sich in das breite Sitzmöbel plumpsen, das augenblicklich noch weiter zusammensackte.

»Ich habe Álvaro gerade von unserem Telefonat mit Dieter Auwärter erzählt. Es ist mir allerdings nicht gelungen, diesen schrecklichen schwäbischen Akzent auf Spanisch zu imitieren. Álvaro meinte, es gebe hier jede Menge von diesen Spinnern, wohl auch viele Deutsche. Aber die leben in ihrer eigenen Community. Deutsche Patienten, deutsche Geschäfte, viele sprechen auch gar keine Fremdsprache. Seltsames Leben, oder?«

Daniel nickte. »Und nur, weil hier permanent die Sonne scheint. Ich weiß nicht, ob es mir das wert wäre, meine Freunde in Deutschland zurückzulassen.«

Álvaro nutzte eine kurze Pause für weitere Informationen zum kanarischen Zusammenleben. Er sprach Englisch, damit Daniel ihn auch verstehen konnte. Er erklärte, dass gerade viele ältere Leute aus Nord- und Mitteleuropa wegen des Klimas hierherzögen. Besonders für Skandinavier und Briten, aber auch für Deutsche läge außerdem das Preisniveau deutlich niedriger als in ihrem Heimatland. Aber gerade die Älteren seien es, die sich aufgrund der Sprachbarriere besonders wenig mit ihrer neuen Heimat beschäftigten.

»Ihr werdet es sehen«, sagte Álvaro nicht ganz ohne Anklage. »Wiener Kaffeehaus, deutsche Schnitzel und Currywurst überall und jetzt macht auch noch Lidl unseren heimischen Supermärkten Konkurrenz. Oh!«, machte er, als er Jesús kommen sah. »Ab jetzt wieder Spanisch. Der Chef spricht kein Wort Englisch. Sorry, Daniel.«

Die spanischen Kommissare führten die deutschen Kollegen in ein nahe gelegenes Restaurant und bestellten bergeweise Tapas. Dazu wurde eine Karaffe Rotwein geordert, die gekühlt serviert wurde. Das sei hier normal, sagte Jesús, so könne man mehr vertragen. Er legte eine Mappe mit den bisherigen Unterlagen über den Fall auf den Tisch, blätterte darin herum und erläuterte den aktuellen Kenntnisstand.

Eigentlich hatten sich die spanischen Kommissare ja darauf geeinigt, dass Álvaro fortan die Ermittlungen leiten sollte, aber so ganz konnte sich sein älterer Kollege damit offenbar noch nicht anfreunden. Gelegentlich machte Jesús Pausen, damit Brigitte Daniel übersetzen konnte.

»Also, die Kollegen hier aus dem Süden haben die Mutter des toten Pizzajungen vernommen. Sie kann sich den Mord nicht erklären. Allerdings wohnte ihr Sohn die meiste Zeit bei einem Kumpel, er war volljährig – und sie weiß natürlich auch nicht über alle Details in seinem Leben Bescheid. Dieter Auwärter hat bisher nur die Leiche von Wolfgang Siepe identifiziert, ist aber von den Kollegen noch nicht weiter verhört worden. Er hatte den Toten auf dem Revier in Maspalomas als vermisst gemeldet.«

»Ist Maspalomas nicht auch so ein Mega-Touristenort? Hat der ganzheitliche Dieter dort in dem Remmidemmi seine Praxis?«, warf Daniel ungläubig ein.

Brigitte übersetzte die Frage, Jesús blätterte in den Unterlagen, Álvaro schaute drei Mädels in Hotpants hinterher.

Der spanische Chef hatte die Adresse gefunden und erläuterte noch etwas. Brigitte dolmetschte abermals: »Auwärter wohnt in Fataga. Das ist ein kleines Dorf in den Bergen, aber nicht allzu weit von hier entfernt. Der nächste Polizeiposten ist allerdings in Maspalo…«

»Dios mío!«, unterbrach Jesús aufgeregt. »Mira, mira aquí!« Er legte Brigitte ein anderes Blatt aus der Akte hin und tippte auf eine Adresse.

Brigitte verglich und stellte fest: »Dieter Auwärter und Elena Jiménez, die Mutter des toten Pizzajungen, wohnen im selben Dorf in derselben Straße. Der Hausnummer nach sogar direkt nebeneinander oder gegenüber. Das kann ja wohl kein Zufall sein. Jesús und Álvaro hatten das offenbar bisher nicht bemerkt.«

Daniel konnte sich schon vorstellen, warum. Weil der feine Herr Álvaro wahrscheinlich lieber am Strand lag und den Weibern hinterherglotzte, als die Akte aufmerksam zu lesen. Er fühlte sich in seinem ersten Urteil bestätigt und trank genüsslich einen weiteren Schluck des gekühlten Rotweins.

★★★

Einen derartigen Ansturm auf seine Praxis hatte Doctor Reyes noch nie erlebt. Normalerweise war der Arbeitsaufwand als Arzt in Fataga überschaubar: Hier und da ein Hausbesuch bei ein paar älteren Bewohnern des Bergdorfs, manchmal eine Visite bei einem erkrankten Touristen in einem der Landhotels, während der Ordinationszeiten waren Warteschlangen in der Praxis nur selten.

Heute allerdings hatte Reyes schon mehr als zwanzig Patienten behandelt, mindestens genauso viele saßen noch im Wartezimmer oder auf dem Bürgersteig vor der Praxis. Es waren Einheimische wie Urlauber gleichermaßen, die alle über ähnliche Symptome klagten: heftiges Erbrechen, manche litten zusätzlich unter Schwindelanfällen, krampfartigem Husten und einem rasenden Puls.

Spätestens nach dem fünften Patienten war Doctor Reyes klar, dass es sich nicht um einen Zufall handeln konnte, wenn das halbe Dorf gleichzeitig über ein sehr ähnliches Krankheitsbild klagte. Er hatte seine Frau angewiesen, beim zuständigen Wasserversorger der Gemeinde anzurufen und sich nach möglichen Verunreinigungen zu erkundigen. Dort lagen allerdings keine Erkenntnisse vor. Die meisten Siedlungen im Süden der Insel würden von derselben Wasseraufbereitungsanlage versorgt, Probleme gebe es außerhalb von Fataga nicht. Deswegen versuchte die wackere Arztgattin nun, die zuständige Gesundheitsbehörde beim *Cabildo Insular de Gran Canaria* an die Strippe zu bekommen, und zog bereits in Erwägung, die Zentralregierung in Madrid auf eine räumlich eng begrenzte Epidemie aufmerksam zu machen.

Reyes fragte jeden Patienten, wo er zuletzt gegessen hatte.

Er wollte damit herausfinden, ob möglicherweise eines der drei Restaurants im Ort verdorbenes Essen serviert hatte. Die Antworten der Erkrankten waren allerdings völlig unterschiedlich, etliche von ihnen hatten selbst gekocht oder zuletzt außerhalb von Fataga gegessen.

Eine Diagnose, was genau die Ursache der Erkrankung war, konnte Doctor Reyes mit der Ausstattung seiner Dorfpraxis nicht stellen. Falls die Beschwerden seiner Patienten anhielten, würde er Verstärkung anfordern und ein externes Labor zurate ziehen müssen. Zunächst wollte er aber nicht mit Kanonen auf Spatzen schießen, es konnte ja schließlich sein, dass sich über Nacht die Lage wieder beruhigte.

Gerade saß Hühnerbauer Pedro dem Arzt gegenüber und erzählte ihm wimmernd von dramatischen Koliken. Sechs Mal habe er sich erbrochen, er sei noch nicht einmal dazu gekommen, die Eier einzusammeln.

»Trinken Sie viel, Señor, am besten, Sie setzen eine Elektrolytlösung selbst an. Ein Liter Wasser, ein Teelöffel Salz und sieben bis acht Teelöffel Zucker. Und davon zwei Liter am Tag. Ich rate Ihnen, kein Wasser aus der Leitung zu nehmen. Die Behörden sagen zwar, das sei nicht verunreinigt, aber sicher ist sicher. Wo haben Sie zuletzt gegessen?«, fragte der Arzt auch Pedro zum Abschluss der Behandlung.

»Uuuh, essen, allein bei dem Wort wird mir schon wieder übel. Aber na gut, ich habe morgens ein Brot mit Ziegenkäse gegessen, mittags ein Brot mit Spiegelei und vorhin noch ein Teilchen aus Blätterteig. Habe ich alles bei Elena gekauft.«

Doctor Reyes, der seinem Patienten schon den Rücken zugekehrt hatte, ein paar Notizen in Pedros Patientenakte machte und nur noch mit halbem Ohr zuhörte, drehte sich ruckartig herum. »Bei Elena, sagen Sie? Unsere Bäckerin hier aus dem Ort?«

»Jaja«, sagte Pedro nickend, »die hatte die letzten beiden Tage ja zu, ich weiß nicht, warum, aber heute war wieder geöffnet, und ich habe alles frisch bei ihr eingekauft.«

»Das könnte es sein …«, murmelte der Arzt. Pedro sah ihn fragend an. »Wissen Sie, ich habe bisher alle gefragt, wo und was sie zuletzt gegessen haben. Aber nicht, wo sie es gekauft haben. Elenas Bäckerladen. Das ist natürlich gut möglich, das halbe Dorf kauft bei ihr, Touristen wie Einheimische. Dieser Spur werde ich nachgehen. Vielen Dank, Señor, und kommen Sie schnell wieder auf die Beine.«

Pedro gab Doctor Reyes die Hand, verließ die Praxis durch das weiterhin volle Wartezimmer – und konnte sich ein Grinsen nicht verkneifen, als er auf die Straße trat. Mission erfüllt.

✦✦✦

Wenn es nach Daniel gegangen wäre, hätte er diese Elena und diesen Dieter in Fataga am liebsten heute noch verhört. Da wohnen die Mutter von Leiche Nummer eins und der Gastgeber von Leiche Nummer zwei direkt nebeneinander – und den Ermittlern fällt das erst jetzt auf! Jesús und Álvaro meinten allerdings, dass der Besuch Zeit bis morgen habe, und hatten eine weitere Karaffe Wein geordert. Irgendwann beruhigte Daniel sich und beschloss, dass ein Verhör nach drei Gläsern Rotwein sowieso nicht besonders zielführend gewesen wäre.

Jesús hatte im Lauf des Essens erzählt, dass er in seinem Dorf im Norden der Insel Mitglied bei einer Trachtentanzgruppe sei. Álvaro machte sich scherzhaft darüber lustig, und allein schon, um gegen ihn zu opponieren, heuchelte Daniel starkes Interesse an traditionellen Tänzen. Jesús hatte ihn daraufhin eingeladen, morgen nach Firgas zu kommen, wo seine Truppe beim Quellenfest einen großen Auftritt hatte. Daniel hatte zugesagt und sich im selben Moment schon darüber geärgert. Erstens fand er Trachten entsetzlich langweilig, zweitens würde er kein Wort verstehen, und drittens hätte er lieber etwas mit Brigitte unternommen, die schlimmstenfalls, viertens, mit Álvaro loszog und mehr Spaß hatte als Daniel mit herumhopsenden alten Menschen in irgendwelchen albernen Kostümen.

Nachdem die spanischen Kommissare bezahlt und sich verabschiedet hatten, überlegten Brigitte und Daniel, was sie mit dem angebrochenen Abend und einem leichten Schwips anfangen sollten. Eigentlich waren sie völlig übermüdet, in Deutschland war es sogar schon eine Stunde später, andererseits war es erst kurz nach acht, der Himmel brannte vom Sonnenuntergang feuerrot – und beide hatten Lust, noch einen kleinen Absacker zu trinken.

Auf der Strandpromenade von San Agustín blieben sie vor einem großen Stadtplan stehen.

»Wo geht man denn hier jetzt hin?«, fragte Brigitte. »Ich bin ja völlig unvorbereitet. Ich dachte, wir fangen vielleicht heute direkt mit der Arbeit an.«

»Tja«, entgegnete Daniel, »die Fleißigsten scheinen Jesús und Álvaro nicht gerade zu sein. Aber egal, lass uns den freien Abend einfach genießen. Guck mal hier, ›Yumbo‹ und ›Cita‹, das sind doch diese großen Einkaufszentren, da ist bestimmt noch was los.«

Brigitte schaute sich den Plan genauer an. »Das ist aber noch ein ganzes Stück zu laufen.«

»Ach komm, es ist so schön warm, und Bewegung tut uns gut. Wir können ja mit dem Taxi zurückfahren. Setzen wir auf die Spesenrechnung.« Daniel war nach dem Wein gut drauf und hatte Lust auf ein bisschen Nachtleben.

Brigitte sagte »Na, okay«, und sie setzten ihren Marsch auf der Promenade fort. Dabei kamen sie kaum dazu, sich zu unterhalten, so viel gab es bei Anbruch der Nacht auf diesem *corso* zu sehen: dicke Menschen mit kleinen Hunden, alte Männer mit jungen Frauen, schwule Männer mit winzigen Höschen, tätowierte Frauen mit gepiercten Bauchnabeln und immer wieder Einheimische, die diese gesamte Freakshow mit südländischer Langmut zu akzeptieren schienen.

Als ihnen mal gerade nichts Beachtenswertes entgegenkam, sagte Brigitte unvermittelt: »Du magst Álvaro nicht, oder?« Daniel hatte mit dieser Frage nicht gerechnet. »Ich? ... Wieso denn?«, stammelte er. »Nee, der ist doch ganz nett. Ich kann mich mit ihm halt nicht auf Spanisch verständigen.« Brigitte ging darauf nicht ein. »Manchmal seid ihr Männer genau wie wir Frauen.«

Daniel dachte, da käme vielleicht noch was, aber Brigitte ließ den Satz einfach so stehen. Was sollte er dazu jetzt sagen? Er entschied sich für: »Wie meinst du das denn?«

Brigitte blieb stehen. Sie holte tief Luft. »Weil er gut aussieht. Frauen haben mit gut aussehenden Frauen auch oft ein Problem.«

»Das ist doch Blödsinn. Ist mir doch egal, wie Álvaro aussieht. Ich habe nur das Gefühl, dass er kein guter Ermittler ist. Schau mal, dass Elena und Dieter direkt nebeneinander wohnen, das hätte dem schon auffallen müssen.«

»Das hätte aber auch Jesús bemerken müssen, der ist schließlich der Chef.«

Daniel ärgerte sich, dass Brigitte Álvaros Nachlässigkeit herunterspielte. Er ahnte allerdings, dass alle weiteren Argumente die Diskussion eher eskaliert hätten, und sagte deswegen: »Guck mal, der Dalmatiner da vorn, der ist aber schön.«

*** ★★★

Trotz des kleinen Disputs auf der Strandpromenade wurde der erste Abend im Süden für die Kommissare feuchter und fröhlicher als gedacht. Brigitte und Daniel waren zwar entsetzt von der Hässlichkeit des Einkaufszentrums, aber die gute Stimmung unter den Besuchern sprang auf die dienstreisenden Ermittler über und veranlasste sie, sich auf der Terrasse vor einer winzigen Bar niederzulassen. Aus dem kleinen Laden wummerte Synthie-Popmusik, zuerst eine Dance-Version eines Klassikers von den Pet Shop Boys, dann Erasure und schließlich Jimmy Somerville. Brigitte realisierte etwas früher als Daniel, dass sie offenbar in einen der beliebtesten Schwulenläden Gran Canarias geraten waren, aber gut trainierte Herren mit Gefühl für Rhythmus waren aus ihrer Sicht nicht der schlechteste Anblick.

»Hey, ihr Süßen, ich bin der Adrian, was darf's für euch sein?«, piepste ein blondes deutsches Engelchen in einem bauchfreien Tanktop, höchstens zwanzig Jahre alt und fünfzig Kilo leicht.

»Ich, äh, ja ...« Daniel war von dem Kellner etwas irritiert.

»Äh, habt ihr denn auch diesen gekühlten Rotwein? Den scheint man ja auf den Kanaren so zu trinken ...«

»Nehme ich auch«, schloss sich Brigitte an, weil sie wusste, dass bei ihr verschiedene Alkoholika an einem Abend ungute Nebenwirkungen am Folgetag hatten.

»Zwei Tinto«, resümierte die Getränkefee und schwebte davon.

Daniel grinste und fürchtete im selben Augenblick, dass seine Kollegin dieses Grinsen für eine Art nonverbale Lästerei über Homosexuelle halten könnte. Deswegen schob er flugs nach: »Ist ja wirklich lustig hier. Ich meine, so was haben wir in Hersfeld nicht. Und echt geile Musik!«

Brigittes Fuß wippte im Takt mit. »Ich find's vor allem cool, dass die Spanier offensichtlich keine Probleme mit solchen Schwulenläden haben. Die waren ja hier bei der Gleichstellung rechtlich auch schon früher viel weiter als wir in Deutschland. Erstaunlich eigentlich, in so einem katholischen Land.«

Noch bevor Daniel irgendetwas darauf antworten konnte, tauchte neben ihm plötzlich ein bärtiger Herr auf, der eine kurze Militärhose und – genau wie Adrian – ein ärmelloses Shirt trug. Er rührte in einem bunten Cocktail und schaute den osthessischen Ermittler feurig an.

»Hi, bist du neu hier? Ich bin der Patrick aus Krefeld.« Patrick deutete mit dem Kinn auf Brigitte. »Zeigst du einer

Freundin gerade mal unsere Szene hier? Ob sie was dagegen hätte, wenn ich dich mal kurz zum Tanzen mitnehme?«

Brigitte schüttelte den Kopf und machte eine generöse Geste.

Das Aas! »Du, Augenblick, ich ...«, stammelte Daniel.

»Na, komm, sei nicht schüchtern«, sagte Patrick, schnappte sich Daniels Hand und zog den überrumpelten Kommissar einfach mit. Der blickte sich hilflos nach Brigitte um, die ihm hämisch winkte.

In diesem Moment wummerten die ersten Töne von »Y.M.C.A« aus den Boxen, und Patrick machte »Wuuuhuuuh!«. Daniel bewegte sich verkrampft und lächelte seinem Verehrer tapfer zu. Währenddessen spielte er verschiedene Optionen im Kopf durch. Er könnte Patrick so schnell wie möglich sagen, dass er auf Frauen steht, und sich wieder zu Brigitte setzen. Das fände sie aber wahrscheinlich spießig. Er könnte noch zwei, drei Lieder mit Patrick tanzen und seiner Kollegin zeigen, dass er einfach total locker drauf ist. Das fände Brigitte wahrscheinlich klasse, Patrick aber nicht, denn der würde sich fragen, warum Daniel nicht von vornherein die Wahrheit gesagt hatte.

Patrick warf zum Refrain die Arme in die Luft, schürzte die Lippen und zwinkerte seiner Eroberung verführerisch zu. Daniel ließ seine linke Augenbraue in die Höhe schnellen, was im internationalen Flirt-ABC durchaus als konsensuale Reaktion gedeutet werden konnte, aber er hatte Zeit gewonnen. Ganz so schlimm fand er es nach ein paar Minuten auch gar nicht mehr, von einem anderen Mann angemacht zu werden. Wenn Brigitte mit diesem Álvaro herumschäkerte, konnte er das ja wohl auch machen. Jedenfalls schmeichelte Daniel Patricks Aufmerksamkeit, der neutral betrachtet ziemlich gut aussah.

Die Village People waren fertig, aus den Lautsprechern schwoll der Beginn eines orchestralen Werks an. Ganz viele Besucher machten jetzt »Wuuuhuuuh« und stürmten auf die Tanzfläche.

Daniel kannte das Lied nicht und wunderte sich, dass diese lahme Nummer hier alle vom Hocker riss. Weil er dazu eh nicht tanzen konnte, fragte er Patrick: »Was ist das?«

Der bärtige Mann schaute verdutzt. »Conchita Wurst. Damit hat sie doch den Song Contest gewonnen«, antwortete er in größter Selbstverständlichkeit.

Daniel machte »Ah!«.

Patrick stemmte seine linke Hand in die Hüfte und grinste. »Sag mal, kann es sein, dass du gar nicht schwul bist?«

Daniel nickte unbeholfen und zuckte entschuldigend mit den Schultern.

Patrick drückte ihm einen schnellen Kuss auf die Wange. »Wie süß, dass du trotzdem mit mir tanzen gekommen bist. Dann geh mal lieber wieder zu deinem Mädel, die vermisst ihren hübschen Freund bestimmt schon.«

Daniel war erleichtert, gerührt und sprachlos. Er legte seine Hand auf Patricks Schulter, drückte kurz freundschaftlich zu und sagte einfach nur: »Danke.«

Brigitte hatte ihren Kollegen auf der Tanzfläche aus den Augen verloren und beschäftigte sich deswegen mit ihrem Handy, als Daniel auf die Terrasse zurückkehrte. Sie lächelte süffisant. »Na, Spaß gehabt? Ein paar von den Jungs haben dir ganz schön hinterhergeguckt.«

»Frischfleisch ist eben immer interessant«, antwortete Daniel weltmännisch und freute sich insgeheim ein bisschen. Er nahm einen großen Schluck Rotwein.

Die beiden Kommissare plauderten danach über dies und das, zwischendurch brachte der androgyne Adrian noch einen Shot aufs Haus, und gegen kurz vor elf entschlossen sich die Dienstreisenden, die Heimfahrt per Taxi anzutreten. Sie hatten schließlich einen Fall zu lösen und waren nicht zum Urlaub auf den Kanaren.

Beim Einschlafen sortierte Daniel seine Gedanken. Innerhalb von vierundzwanzig Stunden war er eifersüchtig auf einen Mann geworden, den seine Kollegin gut fand, für die er sich bisher nie interessiert hatte, und genoss es, von einem Schwulen angegraben zu werden. Er konnte sich diese Gefühle nicht recht erklären und schlief deswegen vorsichtshalber ein.

***

Am nächsten Morgen um kurz nach neun fuhr Jesús mit seinem schepprigen Pick-up am Hotel der deutschen Kommissare vor. Álvaro riss die Beifahrertür auf, sprang heraus, begrüßte Brigitte mit drei Küssen und Daniel mit einem Handschlag. Auf Englisch informierte er die beiden, dass es nun in ein kleines Büro gehe, das im Kommissariat der *Policía Nacional* am Rande von Playa del Inglés für die Ermittlergruppe freigeräumt worden war. Brigitte und Daniel stiegen ein, Jesús gab Gas und fing sofort an, gestenreich zu erzählen.

Brigitte übersetzte Daniel, dass es Neuigkeiten aus Fataga gebe. Offenbar habe das halbe Dorf am gestrigen Tag an heftigsten Magenkrämpfen und Erbrechen gelitten. Der örtliche Arzt habe am späten Abend die Polizei alarmiert, nachdem er den vermutlichen Ursprung des Krankheitserregers gefunden hatte: die Bäckerei von Elena Jiménez! Die zuständigen Kollegen aus dem Süden haben nach Jesús' Auskunft noch nichts unternommen. Einerseits gehe es den Bewohnern wieder besser, andererseits sei die Dame ja unmittelbar Beteiligte in einem Mordfall, und da habe die lokale Polizei der Mordkommission aus der Inselhauptstadt mit Ermittlungen nicht vorgreifen wollen.

Die kurze Autofahrt endete an einer schmucklosen Umgehungsstraße, an deren Südseite schossen fernab des Strandes Hotelklötze in die Höhe, nach Norden hin schloss sich eine Art Fachmarktzentrum mit Geschäften, Tankstellen und einer sehr betondominierten Polizeistation an.

Daniel nahm die Umgebung kaum wahr, weil es seit der neuen Information aus Fataga in seinem Kopf ratterte. Hatte

Elena ihren Kunden absichtlich Backwaren verkauft, die zu den beschriebenen Symptomen geführt hatten? Vielleicht aus irgendeinem abstrusen Rachegedanken heraus? Oder hatte da etwa jemand nachgeholfen? Und warum arbeitete sie überhaupt schon wieder, wenige Tage nach dem Verlust ihres Sohnes?

Im ersten Stock präsentierte Jesús stolz einen kleinen Arbeitsraum mit zwei Computern. Er sagte auf Englisch: *»For you. Internet. And Word.«* Und strahlte dabei.

Brigitte bedankte sich im Namen der Gastermittler für das Equipment und fragte, was denn nun als nächster Ermittlungsschritt gedacht sei.

Jesús meinte, es sei höchste Zeit für die Mordkommission, in Fataga aufzutauchen. Er schlug vor, dass er mit Álvaro Elena befragen könne, während die deutschen Kommissare nebenan diesem Dieter auf den Zahn fühlten. Deutlich war Jesús dabei anzumerken, dass er sich immer noch schämte, die Nachbarschaft der beiden nicht bemerkt zu haben. Und dass er die räumliche Nähe von Dieter und Elena für alles andere als einen Zufall hielt.

***

Dieter Auwärter saß in einem bunten Sessel und telefonierte. Festnetz natürlich, alles andere arbeitete ja mit schädlichen Strahlen und wurde nur im äußersten Notfall angerührt.

»Inwiefern beziehet Sie bisher die Mondphase in Ihre Entscheidunge ei? Gar net? Des isch nadürlich schlecht. Hen Sie sich mim Mond übrhaupt scho mal ausenandergsetzt?«

Am anderen Ende der Leitung befand sich ein Personalchef aus Frankfurt. Dieser hatte in letzter Zeit den Eindruck, dass sein Instinkt für geglückte Neueinstellungen stark nachgelassen hatte – und bekam schließlich von einer Freundin seiner Frau den Tipp mit Dieter. Natürlich beriet dieser für den bekannten Stundensatz auch am Telefon, es hatte ja nicht jeder die Zeit, zu ihm auf die Insel zu kommen.

»Schauet Se, mir könnet von de Generatione vor uns ja a Menge lerne. Viele Fraue hen zum Beispiel früher bloß bei abnehmendem Mond gwasche. Da hasch Flecke g'habt, die hasch im erschten oder zweiten Viertel der Lunation gar net nausbracht. Jetzt fraget Sie sich nadürlich: Was heißt des für mich?«

Ein Geräusch am anderen Ende der Leitung bestätigte, dass der Gesprächsteilnehmer genau das offenbar dachte.

»I sag's Ihne. Stellet Sie Ihren Berufsalltag oifach um, nach den Mondphase. Es gibt ja sicher Zeite, da hen Sie Verwaltungskram zum doa. Oder gebet Anzeige mit Jobangebote auf. Des könnet Sie ja wunderbar bei zunehmendem Mond mache, abr wenn's um Entscheidunge goht, no tät i Ihne ganz klar die Zeit zwische Vollmond und Neumond empfehle. Es gibt ja sogar Klinike, die bloß in der Zeit operieret. Ebbe und Flut saget Ihne ja was ...«

In diesem Augenblick klopfte es an Dieters Tür.

»Augeblickle«, sagte er zu dem Mann am Telefon, und zu sich selbst: »Isch doch gar koi Patient angmeldet jetzt.« Er öffnete unter den sanften Klängen eines Glockenspiels das Portal zu seinem Haus und stand zwei fremden Gesichtern gegenüber, die er auf den ersten Blick für Deutsche hielt. Auf den zweiten wurden ihm zwei Ausweise unter die Nase gehalten, die die unangemeldeten Besucher als Mitarbeiter der hessischen Polizei identifizierten.

»Herr Auwärter, Rohde ist mein Name, von der Kripo Bad Hersfeld, das ist meine Kollegin Schilling. Wir hatten auch schon von Deutschland aus telefoniert, jetzt bilden wir zusammen mit der spanischen Polizei eine internationale Ermittlergruppe in der Mordsache Siepe. Hätten Sie Zeit, uns ein paar Fragen zu beantworten?«

Auwärters Miene signalisierte, dass ihm das momentan überhaupt nicht passte. »I han grad en telefonischen Beratungstermin. Des dauert mindeschtens no e Viertelstund.«

Eine kleine Gesprächspause entstand. Daniel hielt dem

Blick seines langhaarigen Gegenübers stand. Er hatte keine Lust, sich abwimmeln zu lassen.

»No kommet Se halt nei.« Auwärter machte die Tür weiter auf. Er wies auf eine andere aus Glas. »Sie könnet sich solang auf die Terrasse setze. I komm dann zu Ihne, wenn i fertig bin am Telefon.«

Daniel und Brigitte durchquerten einen großen Raum, der in einem warmen Gelbton gestrichen war. Über einem großen Tisch hing eine Pyramide aus Eisenstäben, an der Mauer prangte ein riesiges Yin-Yang-Wandtattoo. Daniel hätte sich diese Örtlichkeit gern länger angeschaut, aber Dieter nahm sein Telefonat im selben Zimmer wieder auf, deswegen traute sich der Kommissar nicht, über Gebühr in dieser Esoterik-Bude herumzuglotzen.

Die Terrassentür führte auf einen kleinen gemauerten Hof mit einem winzigen Gärtchen dahinter. Auwärter zog hier alle möglichen Kräutersorten, dazwischen standen Windspiele, und ein kleiner Steinspringbrunnen, der eine glänzende Kugel auf seiner Fontäne tanzen ließ, plätscherte vor sich hin. Im Stehen hatte man einen herrlichen Blick über das Tal von Fataga.

»Schön ist das hier«, flüsterte Brigitte. Sie hatte die Tür zum Haus hinter sich zwar zugezogen, trotzdem schien sie Angst zu haben, Dieter könne sie belauschen. Oder sie war von dem ganzen spirituellen Klimbim schon beseelt.

»Wenn du mich fragst, ist das alles ganz üble Scharlatanerie«, flüsterte Daniel vollkommen unbeseelt zurück. »Der nutzt Menschen aus, die irgendein Problem haben, und zieht ihnen mit seinen Ratschlägen das Geld aus der Tasche.«

Brigitte wiegte ihren Kopf hin und her. »Ich weiß nicht. Einerseits bin ich auch skeptisch, was solche übersinnlichen Dinge angeht. Andererseits denke ich aber manchmal, dass es doch mehr zwischen Himmel und Erde gibt, als wir rationalen Menschen so vermuten.«

»Ich verlasse mich lieber auf Fakten. Muss 'ne Berufskrankheit sein«, antwortete Daniel und zwinkerte Brigitte lächelnd zu.

Die Kommissare schwiegen und genossen die Ruhe. Irgendwo in der Ferne krähte ein Hahn, ansonsten herrschte völlige Stille in dem kleinen Garten, der von einer Natursteinmauer eingefasst war.

Daniel konnte nicht leugnen, dass ihm dieser Ort schon irgendwie gefiel. Und dass er vielleicht ein bisschen neidisch war, dass sich Auwärter mit seiner seltsamen Beratungstätigkeit so ein kleines Paradies leisten konnte. Sein Blick wanderte durch den Garten und blieb an Brigitte hängen, die sich ihre Sonnenbrille ins Haar gesteckt und die Augen geschlossen hatte. Sie bemerkte nicht, dass Daniel sie von schräg hinten musterte.

Er war in diesem Augenblick fasziniert von ihrer Gelassenheit. Von einer Minute auf die andere schien sie in der Lage zu sein, von Ermittlung auf Entspannung umzustellen. Sicher, auch Daniel hätte die Augen schließen und auf einen außenstehenden Beobachter einen völlig ausgeglichenen Eindruck machen können. Aber innerlich spürte er oft einen Druck, unter den er sich selbst setzte. Schneller zu sein als seine Kollegen, Spuren kreativer zu lesen, in Verhören die intelligenteren Fragen zu stellen. Daniel wusste, dass er als kollegial und umgänglich galt, aber dennoch brannte die Flamme des Ehrgeizes in ihm. Er wollte es eines Tages weiter nach oben schaffen, nicht auf Kosten anderer und auch nicht in einer anderen Polizeidirektion als in Bad Hersfeld. Aber eine Führungsposition konnte er sich mit Anfang vierzig langsam schon vorstellen.

Brigittes Gesichtszüge waren vollkommen entspannt. Ihre lockigen Haare fielen über die Rückenlehne des Gartenstuhls, und Daniel erwischte sich dabei, dass er ihre dunkelbraune Naturkrause attraktiv fand. Er schüttelte leicht den Kopf und rief sich in Gedanken zur Ordnung. Er hatte in Brigitte nie mehr als eine gute Kollegin gesehen – und so sollte das auch bleiben.

Na gut, als sie vor knapp fünf Jahren in seine Abteilung kam, da hatte er sie auch mal einem kleinen männlichen Attraktivitäts-Check unterzogen. Aber das hatte daran gelegen, dass er gerade Stress mit seiner damaligen Freundin Cornelia gehabt hatte. Und nun musste es die südliche Sonne sein – oder Brigittes Flirt mit Álvaro oder die Anmache von einem Schwulen gestern, jedenfalls erklärte Daniel das kurze Angezogen-worden-Sein durch seine Kollegin hiermit für beendet.

Genau in diesem Augenblick betrat Dieter Auwärter die Terrasse. Brigitte zuckte kurz zusammen, sie war wohl tatsächlich eingenickt. Daniel merkte, dass sie sich erst mal sammeln musste, und begann das Gespräch. Er hielt einen freundlichen Einstieg für die beste Möglichkeit, diesem entrückten Typen etwas zu entlocken.

»Herr Auwärter, zunächst vielen Dank, dass wir bei Ihnen warten durften. Sehr schön haben Sie es hier. Wir müssten mit Ihnen noch mal über Wolfgang Siepe sprechen. Die Kollegen haben vor einigen Tagen seinen Wagen aus einem Stausee in Nordhessen gezogen. Wir gehen davon aus, dass das Auto dort im Mai versenkt wurde. War Herr Siepe seit diesem Zeitpunkt hier bei Ihnen?«

Dieter tat, als müsse er überlegen. »Ja, so in etwa könnt des hinkomme.«

»Okay, er war also recht lang in Behandlung, oder sind vier Monate normal?«

»Ja, Herr Rohde, was isch scho normal? Sie würdet wahrscheinlich sage, i bin's net.« Auwärter grinste. »Aber gleichzeitig reklamiere, dass Sie's nadürlich sen. Wisst Se, wer transzendental denkt, isch über solche Kategorie erhabe.«

Brigitte sah Daniel an, dass er die nächste Frage möglicherweise weniger freundlich stellen könnte, und kam ihm deswegen zuvor: »Herr Auwärter, vielleicht lassen wir diese weltanschaulichen Dinge mal beiseite. Wir hatten ja schon am Telefon nach dem Grund gefragt, weswegen Herr Siepe bei

Ihnen in Behandlung war. Das möchten wir weiterhin gern wissen und Sie in diesem Zusammenhang auf zwei Dinge aufmerksam machen: Erstens gilt für Ihren Berufsstand die ärztliche Schweigepflicht nicht, und zweitens könnten wir Sie auch mit aufs Revier nehmen, um Sie dort zu verhören.«

Daniel zog innerlich den Hut vor seiner Kollegin. Knallhart, aber freundlich, so hätte er das nicht hinbekommen.

Auwärter wand sich kurz, entschloss sich dann aber doch zur Kooperation und bemühte sich sogar um ein einigermaßen verständliches Hochdeutsch. »Herr Siepe hat sehr schweren Liebeskummer gehabt. Ich würd sogar sagen, er war suizidal, als er bei mir eintraf. Ich habe extrem intensiv mit ihm zusammengearbeitet. Zum Schluss war er wieder recht stabil. Ich denke, wir hätten die Behandlung in Kürze beenden können.«

»Umso tragischer, dass er gerade auf dem Wege der Besserung Opfer eines Mords wurde«, sagte Brigitte völlig ironiefrei, und Dieter nickte angelegentlich. »Leider wissen wir bisher viel zu wenig über Herrn Siepe. Seine Kollegen konnten uns nicht viel sagen, und seine Mutter leidet unter fortgeschrittener Demenz. Ihr Betreuer ist zwar verständigt, aber auch er hatte nicht viele Informationen über den Sohn der alten Dame. Wissen Sie, wie die Frau hieß, die den schweren Liebeskummer bei Herrn Siepe verursacht hat?«

Auwärter schüttelte bedauernd den Kopf. »Darüber hat mein Patient nie gesprochen. Aber vielleicht finden Sie ja Hinweise in seinem Gepäck. Das habe ich zusammengepackt und bewahre es in einem Abstellraum auf.«

»Das würden wir auf jeden Fall an uns nehmen«, sagte Daniel, der sich wieder ins Gespräch einschaltete, nachdem der sanfte Dieter etwas kooperativer wirkte. »Wir würden gern auch das Zimmer sehen, in dem Herr Siepe bei Ihnen gewohnt hat.«

Auwärter fasste an einen silbernen Armreif, den er an seinem Handgelenk hin- und herdrehte. »Das ist leider nicht möglich. Dort befindet sich bereits ein neuer Patient. Und wie gesagt, das gesamte Gepäck habe ich schon zusammengepackt.«

Brigitte legte skeptisch die Stirn in Falten. »Sie haben das Zimmer schon weitergegeben, obwohl die Behandlung von Herrn Siepe eigentlich noch länger dauern sollte?«

»Die Warteliste ist lang.«

»Wie viele Zimmer haben Sie denn für Patienten? Und wo sind die?«

»Zwei Zimmer sind das, oben im Haus.«

Daniel hatte den Eindruck, dass Brigitte auf dem richtigen Weg war, und hielt sich deswegen zurück.

»Ist es denn sinnvoll oder üblich, dass Ihre Patienten mit Ihnen unter einem Dach wohnen?«, fragte Brigitte überrascht.

»Mir isch en enges Vertrauensverhältnis zwischen Patient und Therapeut uhnglaublich wichtig. I sag immer, du kannsch bloss in're Seele neischaue, die du langsam öffnesch.« Sobald Dieter ins Salbadern geriet, war sein Schwäbisch wieder da.

Daniel sah sich langsam zu schwererem Geschütz genötigt. »Herr Auwärter, wir können uns über die spanischen Kollegen auch einen Durchsuchungsbeschluss besorgen. Wir würden das Zimmer von Herrn Siepe gern sehen. Er hat hier vier Monate gelebt, da wäre uns ein Eindruck der Örtlichkeiten sehr wichtig. Sie können ja den momentanen Gast bitten, es kurz zu verlassen.«

»Der Patient isch schwer labil. I kann ihm koin Ortswechsel zumute, so leid mer's tut.«

Brigitte legte ein kleines Faltblatt auf den Tisch und schob es in Dieters Richtung. »Schauen Sie mal, ich habe mir vorhin aus der Schale im Flur einen Ihrer Flyer mitgenommen. Darin bieten Sie allerhand Dienstleistungen an, von Übernachtungsmöglichkeiten steht da aber nichts. Ich sage Ihnen mal offen, was ich vermute: Siepe hat gar nicht bei Ihnen gewohnt.«

Auwärter schaute erschrocken. »Doch, nadürlich hat er das. Wieso sollt' i Sie da anlüge?«

»Das frage ich mich auch. Wissen Sie, was mich auch noch zweifeln lässt? Der Mann hat in einer Großbäckerei gearbeitet. Ich kann mir in etwa ausmalen, was er da so verdient hat. Mit Sicherheit nicht genug, um sich monatelang bei Ihnen einzuquartieren und die Behandlung zu bezahlen.« Brigitte tippte auf den Flyer, der einen Stundensatz von fünfundsechzig Euro für Dieters Heilkünste auswies.

Daniel war erstaunt über das forsche Vorgehen seiner Kollegin, hielt ihre Argumente aber für schlüssig und erhöhte den Druck auf Dieter. »Sie machen sich in einem Mordfall verdächtig, wenn Sie nicht die Wahrheit erzählen.«

Dieter starrte auf den Boden. Er schwieg lange. Schließlich sagte er sehr leise: »Ich hab's für Elena getan.«

Brigitte signalisierte Daniel, dass sie weitermachen wollte. Der Mann war kurz davor, auszupacken, da war Fingerspitzengefühl angesagt. »Was haben Sie für Elena getan, Herr Auwärter?«

Der selbst ernannte Heiler legte seine Hände auf den Tisch und schaute konzentriert auf seine Finger. »Ich habe zwar wirklich zwei Patientenzimmer, aber Wolfgang Siepe hat bei Elena gewohnt«, sagte er tonlos. »Und bei ihr gearbeitet. Er war ihr Freund. Sie hat ihn nicht angemeldet und sein Gehalt nicht versteuert. Deswegen wollte sie nicht, dass eine Verbindung zwischen Wolfgang und ihr hergestellt wird. Also habe ich ihr angeboten, ihn bei der Polizei als meinen Patienten auszugeben. Saudumme Idee, ich geb's zu. Musste ja rauskommen.« Er machte eine kleine Pause. »Und weil es sich bei dem Gerede hier im Dorf ja eh bis zu Ihnen rumsprechen wird, sag ich's lieber gleich ...«, setzte er zögerlich nach. »Bevor Siepe aufgetaucht ist, bin ich gelegentlich mit Elena intim geworden. Aber ich habe mit Wolfgangs Tod nichts zu tun, das schwöre ich Ihnen.«

»Das, Herr Auwärter, werden wir dann noch überprüfen«, sagte Daniel streng. »Sie haben mit Ihrer Falschaussage unsere Ermittlungen in die falsche Richtung geführt. Herr Siepe war also kein Patient von Ihnen, sondern offenbar ein Freund von dieser Elena. Stimmt denn wenigstens der Zeitpunkt seines Auftauchens hier auf der Insel? Also im Mai?«

Auwärter nickte. »Aber ich kann Ihnen nicht sagen, warum er hier plötzlich hingekommen ist. Ich weiß, dass Elena mit ihm schon lange befreundet ist. Er war vor vielen Jahren als Tourist auf der Insel, da haben sich die beiden wohl kennengelernt. Seitdem war er zwei- oder dreimal bei ihr. Aber weswegen er jetzt längerfristig hergekommen ist, weiß ich nicht. Ob er für immer bleiben wollte, darüber habe ich mit Elena nie gesprochen.«

»Aber wenn Siepe Elenas Freund oder Lebensgefährte war, dann hat sie ja durch die Morde Sohn *und* Partner verloren. Wie schrecklich.« Brigitte tat die Frau ernsthaft leid. »Und wir haben eine Verbindung zwischen den zwei Morden: Elena Jiménez. Hm.« Sie dachte kurz nach. »Gibt es irgendjemanden, der einen Grund haben könnte, ihr so etwas anzutun?«

Dieter zog nachdenklich an einer Hautfalte unter seinem Kinn. Dann zuckte er die Schultern. »Also, ich möchte hier niemandem etwas unterstellen. Wir leben in Fataga alle friedlich miteinander. Aber Gonzalo dürfte schon ziemlich sauer auf Elena sein. Das ist der andere Bäcker hier im Ort. Wolfgang hat Elenas Laden ziemlich auf Vordermann gebracht und das Sortiment auf Touristen umgestellt, die hier vorbeikommen. Seitdem brummt's bei Elena. Und Gonzalo verkauft kaum mehr was, habe ich gehört. Der kann eh keine Deutschen leiden, und dann macht ihm auch noch einer davon das Geschäft kaputt. Aber ob man deswegen gleich zum Mörder wird?«

»Auch das werden wir überprüfen, Herr Auwärter«, sagte Daniel, der mit Dieter ein bisschen versöhnt war, seit er mit der Wahrheit herausgerückt war und sein einlullendes schwäbisches Gesäusel abgestellt hatte. Stattdessen wurde jetzt jede Silbe überbetont wie bei vielen Schwaben, wenn sie vermeintliches Hochdeutsch sprachen.

»Bitte halten Sie sich zu unserer Verfügung, es kann sein,

dass wir noch Fragen an Sie haben werden«, schloss Daniel das Verhör ab.

Auwärter nickte pflichtbewusst, die Kommissare standen auf. Sie verabschiedeten sich von dem selbst ernannten Heiler und gingen durch sein Haus zurück auf die Straße. Zwei Ecken weiter war ein kleines Café, in dem sie Jesús und Álvaro nach den getrennten Befragungen treffen wollten.

Die spanischen Ermittler saßen schon in der Sonne, der Chef plauderte mit dem Wirt, während sein junger Kollege mit ausgestreckten Beinen offensichtlich vor sich hin döste. Daniel konnte sich einen boshaften Gedanken über Àlvaros Arbeitsmoral an dieser Stelle nicht verkneifen.

Weil sie Daniels Geschmack kannte, bestellte Brigitte zwei *cortados* und fing an, die spanischen Kollegen auf den aktuellen Stand zu bringen. Danach berichtete Jesús über den Besuch bei Elena, Daniel verstand ein paar kleine Brocken und bemerkte, dass der Name »Gonzalo« häufiger fiel.

»Also, Elena weiß natürlich noch nicht, dass wir wissen, dass Siepe bei ihr gewohnt hat. Aber damit können wir sie beim nächsten Mal konfrontieren«, fasste Brigitte schließlich zusammen. »Viel interessanter ist, dass sie auch diesen Gonzalo im Verdacht hat, was die vergifteten Backwaren angeht. Einige Leute aus dem Dorf hätten ihr schon zugetragen, dass er permanent schlecht über sie redet und wohl auch schon Drohungen ausgesprochen hat. Ich denke, diesen feinen Herrn sollten wir dringend mal besuchen.«

Daniel sah das ähnlich. Er schaute Jesús und Álvaro an. »*Vamos a Gonzalo*«, sagte er, um auch mal was auf Spanisch beigetragen zu haben.

Die Kollegen nickten und orderten die Rechnung.

Daniel war wegen des anstehenden Verhörs ein bisschen ungeduldig und konnte dem spanischen Bezahlungsritual an dieser Stelle nichts abgewinnen: Erst musste man Blickkontakt zum Kellner aufnehmen. Der brachte dann nach einigen Minuten ein winziges Tellerchen mit der Rechnung drauf und entfernte sich sofort wieder. Anschließend kramte jeder sein Geld heraus und legte es auf das Tellerchen, welches einige Minuten auf dem Tisch wartete, bis sich der Ober seines wieder entsann und schließlich kam, um es kommentarlos mitzunehmen. Wiederum ein paar Minuten später kehrte das Tellerchen mit dem Wechselgeld und vier sehr bunten Bonbons zurück. Insgesamt dauerte das Begleichen der Rechnung eine knappe Viertelstunde, allein der Preis von fünfundachtzig Cent für den kleinen Milchespresso versöhnte den ungeduldigen Kommissar mit den südländischen Zahlungsmodalitäten.

***

Zu viert tauchten die Ermittler vor der Bäckerei von Gonzalo auf. Daniel würde von dem bevorstehenden Geschehen zwar nicht allzu viel verstehen, aber er konnte bei Bedarf grimmig schauen – und vielleicht wurde diese Fähigkeit ja gebraucht.

Der Eingang in den Laden führte durch einen ausgeblichenen Türvorhang aus speckigen Plastiklamellen. Der sollte offenbar Fliegen und Hitze abhalten, was beides nicht gelang.

Daniel fing auf der Stelle an, sich zu ekeln. Er wusste nicht, wie Elenas Laden im Vergleich dazu aussah, aber dass Gonzalos Bäckerei nur die zweitbeste am Ort war, fand er mehr als eindeutig.

Offenbar war der Inhaber zu faul, seine Backwaren in der Vitrine zu platzieren. Diese dämmerte ungeputzt vor sich hin, während auf ein paar silbernen Blechen in einem Regalwagen Brötchen und einige Brote lagen. Über der Theke hing ein bläulich strahlender Insektenvernichter, der ab und zu mit einem spratzelnden Geräusch vom Erfolg seiner mörderischen Arbeit kündete.

Gonzalo kam aus der Backstube in den Verkaufsraum geschlufft und stutzte, als er die vier Leute dort stehen sah.

Jesús zog seine Dienstmarke aus der Tasche und hielt sie

dem Bäcker unter die Nase. »Señor Castro, wir sind ein internationales Ermittlerteam und wollen die Morde an Diego Jiménez und Wolfgang Siepe aufklären, den hier alle Toto genannt haben. Ich nehme an, Sie haben davon gehört?«

Gonzalo nickte und fragte mürrisch: »Und was soll ich damit zu tun haben?«

»Das können wir Ihnen sagen«, antwortete Jesús. »Sie stehen in direkter Konkurrenz zu Elena Jiménez, deren Laden immer besser läuft, seit dieser Deutsche bei ihr eingestiegen ist. Sie sollen Drohungen gegen ihn ausgesprochen haben.«

»Wer behauptet so was?«

»Das geht Sie leider nichts an, Señor Castro, aber wir haben unsere Quellen. Die übrigens auch behaupten, dass Sie hinter der Vergiftungsaktion in Elenas Laden stecken.«

Gonzalo wischte sich die Hände an einem schmutzigen Handtuch ab, das in seinem Hosenbund steckte. Dann beugte er sich auf seine Theke und schaute die Ermittler bedrohlich an. »Ich sage Ihnen mal was. Ja, meine Geschäfte laufen nicht gut, und ja, es würde mich nicht stören, wenn Elenas Bude den Bach runtergehen würde. Aber ich bin ein ehrlicher Geschäftsmann und kein Gangster, der Leute umbringt oder Lebensmittel vergiftet. Wie ich gehört habe, ist Diego auch erschossen worden. Warum sollte ich das tun? Ich kenne den Jungen, seit er ein Kind ist. Um ihn tut es mir leid. Um Toto weniger, wenn ich ehrlich sein soll. Kommt hierher und bringt alles durcheinander. Aber deswegen bringe ich doch niemanden um. Haben Sie eigentlich mal überprüft, wie Elena ihren Laden führt? Ob sie überhaupt versteuert? Ich habe noch nie eine Kasse bei ihr gesehen. Aber klar, als Frau ist sie natürlich grundsätzlich unschuldig oder wahrscheinlich nur zu ungeschickt in Finanzdingen.«

Álvaro schaltete sich ein. »Finanzdinge, wie Sie das nennen, sind nicht unsere Aufgabe. Wir sind die Mordkommission. Und wer es mit uns zu tun hat, wünscht sich meistens, es ginge nur um Finanzdinge.« Zu diesem Satz zog Álvaro die

Augenbraue warnend nach oben, Brigitte musste sich bemühen, nicht zu grinsen. »Dürften wir uns vielleicht mal in Ihrer Backstube umsehen?«

»Warum das denn?«

»Die Fragen stellen wir. Also?«

»Nein, das dürfen Sie nicht.« Gonzalo wandte sich an Jesús, den er offenbar für den milderen der spanischen Kriminalisten hielt. »Ich habe nichts zu verbergen, aber ohne Beschluss muss ich hier niemanden reinlassen, oder?«

Jesús nickte gütig, was Gonzalo kurzzeitig in Sicherheit wog. Dann jedoch legte der Kommissar senior sein Smartphone auf die Theke und zeigte auf das Display. »Noch habe ich keinen Durchsuchungsbeschluss, aber so was geht heutzutage innerhalb von zehn Minuten. Ein Anruf bei der Staatsanwaltschaft – und kurz danach habe ich hier eine Datei drauf, die mir erlaubt, Ihr Haus auf den Kopf zu stellen.«

Brigitte wunderte sich. Entweder galten in Spanien bei einer Hausdurchsuchung tatsächlich andere Regeln, oder der Alte bluffte meisterhaft.

Gonzalo schien dem Kommissar die Nummer auch nicht abzukaufen. »Dann können Sie gern wiederkommen, wenn Sie die notwendigen Unterlagen zusammenhaben. Ich muss mich jetzt um die Brötchen im Ofen kümmern. Eine Sache vielleicht noch: Bevor Sie hier unschuldige Bürger verdächtigen, sollten Sie sich mal bei dieser verrückten Künstlerin umschauen. Die malt Bilder aus Blut und so ein Quatsch. Wenn Sie mich fragen, ist die nicht mehr ganz richtig im Kopf, wahrscheinlich sogar gefährlich.«

Jesús wollte nicht den Eindruck einer Vorverurteilung Gonzalos erwecken und nahm den Hinweis deswegen ernst. »Welche Künstlerin meinen Sie? Und wo finden wir die?«

Der Bäcker stützte sich auf seinen Tresen. »Die Hauptstraße runter Richtung Meer, hinter der Tankstelle links rein in die Avenida de la Corte. Zweites oder drittes Haus rechts. Das erkennen Sie gleich. Auf die Mauer davor hat sie ein riesiges

Auge gemalt. Potthässlich, wenn Sie mich fragen. Gisèle von Goch heißt die Alte.«

Álvaro notierte den Namen, Jesús sagte: »Vielen Dank erst mal für diesen Hinweis, Señor Castro. Ich gehe davon aus, dass Sie Fataga heute nicht verlassen? Es kann sein, dass wir schnell wieder bei Ihnen sind, Sie wissen ja, der Durchsuchungsbeschluss …«

»Tz«, machte Gonzalo, ließ die Ermittler stehen und ging in seine Backstube.

»*Bueno, vamos*«, sagte Jesús, und die vier Kommissare verließen den Laden.

Draußen auf der Straße blendete die grelle Sonne. Álvaro zog seine Pilotensonnenbrille aus der Hemdtasche und setzte sie auf. Sein Chef gab ihm mit einer zackigen Kopfbewegung zu verstehen, was zu tun sei. Álvaro nickte wissend und machte sich auf den Weg in die kleine Gasse neben Gonzalos Bäckerei.

Die deutschen Kommissare verstanden nicht ganz, was hier passierte. »Wo geht Álvaro denn hin?«, fragte Brigitte. »Und ist es wirklich so leicht in Spanien, auf die Schnelle das Recht auf eine Durchsuchung zu bekommen?«

Jesús antwortete nicht, sondern signalisierte, dass man sich kurz gedulden solle. Daniel und Brigitte schauten sich an, der spanische Seniorermittler warf einen raschen Blick auf seine Uhr und grinste spitzbübisch.

Nach wenigen Sekunden waren aus der Gasse, in die Álvaro geschlichen war, ein lauter Wortwechsel und ein kurzer Schrei zu hören. Jesús rannte los, Daniel und Brigitte hinterher.

Neben einer Mülltonne kniete sich Álvaro auf Gonzalo und hielt ihn im Polizeigriff fest. Der Bäcker hatte einen hochroten Kopf, fluchte und winselte gleichzeitig.

»Hat unser Trick mit dem Durchsuchungsbeschluss also mal wieder geklappt«, triumphierte Jesús. »Was hat der feine Herr Bäcker denn so hektisch entsorgt?«

Álvaro hielt ein kleines Fläschchen in die Höhe, sein Chef

nahm es ihm ab. »Ah, Ipecacuanha, das Brechmittel aus dem Regenwald. Kennen Sie das, Kollegen?«

Daniel und Brigitte schüttelten den Kopf.

»Das ist ein homöopathisches Mittel, das aus einem Strauch in Südamerika gewonnen wird. Putzt bei der richtigen Dosierung den gesamten Magen-Darm-Trakt aus, oben- und untenrum, wenn ihr versteht, was ich meine. Und ich glaube, halb Fataga ist kürzlich in den Genuss davon gekommen, hm, Gonzalo?«

»Lass mich in Ruhe, ich will einen Anwalt«, knurrte der Bäcker, der immer noch einen muskulösen Álvaro auf sich knien hatte.

»Der wird dir auch nicht helfen. Aber bitte, es ist dein gutes Recht. Wir nehmen dich jetzt erst mal mit aufs Revier.«

***

Da sich Jesús und Álvaro um den Abtransport des mutmaßlichen Giftmischers kümmern mussten, einigten sich die Kommissare darauf, dass Brigitte und Daniel zunächst noch in Fataga bleiben sollten, um Gisèle von Goch zu besuchen. Viel versprachen sie sich davon zwar nicht, aber bei der überschaubaren Anzahl an Hinweisen in diesem Fall wollten sie dem trotzdem nachgehen.

Auf dem Weg zu Gisèle von Gochs Haus fragte Daniel: »Glaubst du, dass dieser Gonzalo etwas mit den Morden zu tun hat? Mein Gefühl sagt mir, mehr, als Elenas Backwaren zu vergiften, hat er nicht getan. Ich meine, klar, seinen Widersacher aus dem Weg zu räumen, das wäre schon ein Motiv. Aber Diego? Wie groß müsste der Hass auf die Konkurrentin sein, um ihren Sohn umzubringen?«

»Sehe ich ähnlich«, sagte Brigitte und blieb vor einem weiß gekalkten Häuschen stehen. Um die Eingangstür rankte sich eine riesige Bougainvillea. Brigitte machte schnell ein Foto von der prächtigen Pflanze und kam zu ihrem Fall zurück. »Was die ganze Angelegenheit so kompliziert macht: Zwischen Siepe und dem Sohn von Elena scheint ja keine größere Verbindung zu bestehen. Weswegen sucht sich der Mörder also gerade diese beiden als Opfer aus?« Sie hatte die Bilder der beiden Toten aus den Ermittlungsakten abfotografiert und wischte auf ihrem Smartphone vom einen zum anderen hin und her.

Daniel schaute ihr über die Schulter und stellte dabei fest, dass sie auch nach einigen Stunden Ermittlung in der Hitze der Kanaren noch angenehm duftete.

»Was für ein hübscher Junge dieser Diego war. Dunkle Haut und helle Haare, so eine tolle Kombination.« Brigittes Ton zeugte von einer Traurigkeit, die erahnen ließ, dass ihr Beruf sie emotional manchmal ganz schön forderte.

»Kann es vielleicht sein, dass Siepe Diegos Vater war?«, sagte Daniel, als sie ihr Handy gerade wieder wegstecken wollte. »Erinnerst du dich, was Auwärter über ihn gesagt hat? Dass er Elena vor vielen Jahren als Tourist kennengelernt hat. Ist doch möglich, dass dabei ein Kind gezeugt wurde, oder? Zeig noch mal das Foto von Siepe.«

Brigitte und Daniel starrten auf das Display.

»Ja, das könnte tatsächlich sein. Wolfgang Siepe ist dunkelblond. Irgendwo müssen Diegos helle Haare ja herkommen. Das sollten wir beim nächsten Gespräch mit Elena dringend klären«, meinte Brigitte.

»Ob sie auch in Gefahr ist? Ich meine, man hat ihren Sohn und ihren Lebensgefährten umgebracht. Und vielleicht war die Aktion mit dem Brechmittel in ihren Backwaren ein weiterer Warnschuss. Ganz egal, ob da jetzt dieser Gonzalo hintersteckt oder nicht. Mir wäre es lieber, wenn Elena Personenschutz bekäme.«

»Zumal sie in ihrem Haus ganz allein ist«, fügte Brigitte an.

»Könnte sein, dass du recht hast. Wir sollten den spanischen Kollegen vorschlagen, dass sie sich darum kümmern. Wir werden ja leider nicht dabei sein können, weil du dich mit Jesús auf diesem Trachtenfest im Norden amüsierst.«

Daniel hatte völlig verdrängt, dass er aus Trotz Interesse an dem folkloristischen Mummenschanz geheuchelt hatte. Angesichts der Tatsache, dass Brigitte die Nacht möglicherweise mit diesem spanischen Schönling verbringen würde, hatte er noch weniger Lust darauf. Trotzdem sagte er: »Tut mir echt leid, aber ich freue mich auf heute Abend. Trachten haben in meiner Familie eine lange Tradition.« Das stimmte zwar nicht, klang aber ganz gut, fand Daniel.

Die beiden Kommissare waren vor dem Haus angekommen, das Gonzalo beschrieben hatte. Die Mauer, die das Grundstück umgab, war auf ihrer gesamten Länge hellblau gestrichen. Zur Straßenseite hin schaute tatsächlich ein gewaltiges Auge alle Menschen an, die am Anwesen der Künstlerin vorbeikamen. Die Iris war ebenfalls hellblau, die Pupille gelblich und in Form eines Halbmonds. Dieser korrespondierte offensichtlich mit mehreren Sonnen rechts und links von dem riesigen Auge, die Gisèle von Goch so gemalt hatte, als seien sie auf Zweigen zum Trocknen aufgehängt worden. Die Ähnlichkeit zu den Uhren auf einem der bekanntesten Werke von Salvador Dalí war unübersehbar.

Brigitte und Daniel starrten die bemalte Mauer an. »Bin ich ein Kunstbanause, wenn ich das sehr, sehr hässlich finde?«, wisperte Daniel Brigitte zu.

Die schüttelte wortlos den Kopf.

Ein paar Meter weiter befand sich das Portal, das Besucher durch den Garten zum Haus der Künstlerin brachte. Der Klingelknopf an der Mauer war durch eine kleine, kreisrunde Kerbung eingefasst. Dasselbe Ensemble war im Abstand von wenigen Zentimetern noch mal danebengemalt worden, umgeben von einem nackten weiblichen Körper. Die Klingel war in dem Kunstwerk also die rechte Frauenbrust, auf die man drücken musste, um sich Gehör zu verschaffen.

Daniel wand sich und signalisierte schließlich seiner Kollegin, dass sie dem Kunstwerk bitte an den Busen fassen möge. Brigitte drückte beherzt zu und konnte sich ein Grinsen nicht verkneifen.

Ein paar Augenblicke später sprang das eiserne Tor mit einem Surren auf.

Vorbei an einigen Statuen aus verrostetem Metall ging das Ermittlerduo auf eine wuchtige Holztür zu, in deren Rahmen eine kleine Frau mit einer weißen Schürze stand.

»Dürfen wir kurz stören?«, rief Brigitte ihr zu.

»Selbstverständlich, kommen Sie nur rein. Ich wollte zwar gerade mit einem neuen Bild anfangen, aber das hat Zeit. Verraten Sie mir, wer von Ihnen beiden auf die Klingel gedrückt hat?«

Daniel zeigte auf Brigitte und sagte wie ein Schuljunge: »Sie war's.«

»War mir klar. Aber da sehen Sie, wie Kunst wirkt. Das Werk da draußen soll den Machismus ad absurdum führen. Das starke Geschlecht ist zu schwach, um einer gemalten Frau an die Brust zu fassen. In der Öffentlichkeit. Aber in den privaten vier Wänden geht die Unterdrückung weiter. Ist nichts gegen Sie persönlich, junger Mann. Sie interessieren sich für Kunst?«

Brigitte übernahm, weil sie das Gefühl hatte, dass ein Gespräch von Frau zu Frau hier besser funktionieren würde. »Für Kunst auch, aber uns führt etwas anderes zu Ihnen. Wir sind von der deutschen Polizei.« Sie zückten ihre Dienstmarken, Gisèle interessierte sich nicht dafür. »Wir ermitteln zusammen mit den spanischen Behörden. Kennen Sie Elena Jiménez, die Bäckerin hier am Ort?«

»Ach, die Polizei? Und ich hatte gehofft, Sie würden sich für eines meiner Kunstwerke interessieren. Aber na gut.« Die Künstlerin zeigte auf zwei Korbsessel. »Nehmen Sie Platz. Ich habe vorhin Papayasaft frisch gepresst. Darf's ein Glas davon sein?«

»Bei der Hitze gern, das ist sehr nett von Ihnen«, sagte Daniel und hoffte, durch ausgewählte Höflichkeit Gisèles Sorge zu zerstreuen, dass er qua Geschlecht automatisch zu den Frauenunterdrückern zählte.

Die Künstlerin verschwand kurz in der Küche und kehrte

mit einer Karaffe und drei Gläsern auf einem Tablett zurück. Sie goss ihren Gästen ein, die durstig tranken und vom Geschmack begeistert waren.

»Das schmeckt nach Süden pur. Wachsen die Früchte bei Ihnen im Garten?«, wollte Daniel wissen.

»Nein, junger Mann, die gibt es in dem kleinen Dorfladen an der Hauptstraße. Aber fast geschenkt. Deswegen lebe ich auch auf den Kanaren. Sonne, Wärme, Inspiration – und alles viel günstiger als in Deutschland. Aber Sie sagten, es gehe um Elena, wie kann ich Ihnen helfen?«

In diesem Augenblick drang eine seltsame Stimme hinter einem Paravent hervor, die »Mmmmmbluuuut, mmmmmbluuuuut« krächzte. Die Kommissare schauten sich verdutzt an.

»Ah«, machte Gisèle, schickte ein gekünsteltes Lachen nach und wirkte ertappt. »Das ist Coco, ein Beo. Er lebt dahinten in einer großen Voliere. Sie wissen vielleicht, dass diese Vögel sehr sprachbegabt sind.«

»Aber die sprechen doch nur das nach, was sie hören. Woher kennt er das Wort ›Blut‹?« Brigitte war irritiert.

»Jaha, also, was man eben so vor sich hin brabbelt, wenn man allein ist. Sie müssen wissen, die Kunstwerke, die Sie bisher gesehen haben, stammen aus einer früheren Schaffensphase. Mittlerweile bin ich zur Malerei mit Körperflüssigkeiten übergegangen. Und da ist Blut ein wichtiger Bestandteil.«

Brigitte und Daniel schauten sich an. Gisèle merkte, dass ihre Erklärung den Ermittlern noch nicht genügte.

»Ich versuche, Ihnen meinen Ansatz näherzubringen. Die meisten Künstler arbeiten mit Ölfarben, Acryl, Gouache oder Aquarellfarben. Alles künstlich hergestellte Farbstoffe. Aber wie soll ein lebendiges Werk aus toten Grundstoffen entstehen? Deswegen bin ich mittlerweile so weit, meine Farben aus Flüssigkeiten von Lebewesen anzurühren. Andres Serrano sagt Ihnen ja bestimmt was.«

Daniel und Brigitte nickten nach einem kurzen fragenden Blickwechsel, obwohl sie diesen Namen noch nie gehört hatten. Aber Gisèle von Goch redete sich gerade warm – und eine Vernommene, die sich zu einer möglichen Verdächtigen hochquatschte, sollte man ja nicht unterbrechen.

»Blut gibt natürlich ein wunderbares Rot. Blau stelle ich her, indem ich die Kornblume als Färberpflanze mit Urin mische. Manchmal auch mit Tränenflüssigkeit, kommt auf den Kontext an. Für ein kräftiges Grün setze ich Muttermilch mit Liguster an. Und für Gelb können Sie so gut wie alles nehmen. Schafgarbe, Johanniskraut oder Frauenmantel.«

Die Kommissare bekamen langsam Angst vor dem, was Gisèle als Papayasaft serviert hatte. »Wo bekommen Sie Ihre Materialien her?«, traute sich Brigitte zu fragen. »Also, die Flüssigkeiten meine ich, nicht die Pflanzen.«

»Ich stehe in engem Kontakt mit dem Schlachthof hier auf der Insel. Die halten mich bestimmt für verrückt, aber wissen ganz genau, was ich will. Blut nehme ich übrigens nur von männlichen Lebewesen. Denn auch im Tierreich sind das die Unterdrücker.«

Daniel schwieg, Brigitte machte ein zustimmendes »Mhmm, mhmm«, um die Verbindung unter Frauen nicht zu gefährden. Sie hatte erkannt, dass es keinen Sinn hatte, mit dieser Irren über ihre Philosophie zu diskutieren, und fragte nach einer kleinen Pause schließlich: »Aber wenn Ihre Kunst gerade auf Menschen besonders lebendig wirken soll, wäre es dann nicht konsequent, auch mit menschlichen Körperflüssigkeiten zu arbeiten?«

Gisèle strahlte. »Sie verstehen mich, Kindchen. So viel Sachverstand hätte ich einer Polizistin gar nicht zugetraut. Ja, Sie haben recht. Aber es ist sehr schwer, an menschliches Blut heranzukommen. Das wird für Konserven und Transplantationen benötigt, niemand denkt an die Kunst.«

In diesem Moment klingelte Daniels Handy. Einen besseren Zeitpunkt hätte sich das Gerät kaum aussuchen können, denn als potenzieller Despot gegenüber Frauen fühlte er sich eh nicht in der Lage, viel zum Gespräch beizutragen. Er murmelte eine kurze Entschuldigung und verzog sich mit dem bimmelnden Mobiltelefon nach draußen.

Dem Beo schien das Geräusch zu gefallen, er rief Daniel noch mal »Mmmmmbluuut« hinterher.

Auf dem Display sah Daniel schon, dass es die Kollegen aus der Direktion in Bad Hersfeld waren. Gerhard Behrendt war dran. »Na, mein Lieber, wie läuft der Ermittlungsurlaub im Süden?«, eröffnete er das Gespräch.

»Von Urlaub kann keine Rede sein. Nur Verrückte hier, ich kann es dir sagen. Gerade sitzen wir in dem Haus von einer durchgeknallten Künstlerin, die Bilder aus Blut und Pipi malt. Außerdem hält sie alle Männer für Tyrannen, deswegen kommt dein Anruf genau im richtigen Augenblick.«

Behrendt lachte. »Dann beneide ich dich jetzt mal nicht. Nur ums Wetter. Hier hat der Herbst voll zugeschlagen, gerade noch zwölf Grad. Aber um dir das mitzuteilen, rufe ich nicht an. Es gibt neue Erkenntnisse. Und zwar haben die Kollegen aus Kassel den Wagen von Siepe noch mal genauer untersucht. Sie gehen davon aus, dass er einen Unfall hatte, bevor er im Edersee versenkt wurde. Das war wohl nicht so offensichtlich, weil er ja zunächst die Schranke durchbrochen hat und dann etliche Meter in die Tiefe gepurzelt ist und eh schon ziemlich zerbeult war. Aber die Kriminaltechniker haben noch eine andere Delle und Lackspuren gefunden. Schwarz, leider keine sehr auffällige Farbe. Nach der Analyse ist es eine Lacksorte, die die PSA Group in Frankreich verwendet. Also Peugeot und Citroën. Und bei älteren Fabrikaten von Renault kam sie auch zum Einsatz.«

»Das klingt interessant. An welcher Stelle des Autos ist der Schaden denn?«

»Am rechten hinteren Kotflügel. Das muss natürlich nichts bedeuten, so groß ist die Beule auch nicht. Kann sein, dass Siepe einfach nur jemanden beim Ausparken touchiert hat. Aber falls es tatsächlich ein schwerer Unfall war, könnte das vielleicht mit seinem Verschwinden zusammenhängen. Wir untersuchen jetzt alle gemeldeten Fälle des letzten halben Jahres und schauen, ob da ein schwarzer französischer Wagen beteiligt war. Das kann natürlich dauern, wir wissen ja nicht mal, ob der Unfall überhaupt im Kreisgebiet stattgefunden hat.«

Daniel sagte »Mhm« und machte eine kurze Pause. In seinem Kopf flogen die Gedanken hin und her. Ständig gab es in diesem Fall neue Informationen, die er einzuordnen versuchte. Siepe hatte doch nicht bei Dieter gewohnt, war möglicherweise der Vater von Diego und hatte vielleicht einen Unfall gehabt. Er musste sich dringend mit Brigitte besprechen.

»Bist du noch da?«, fragte Behrendt nach einer Weile.

»Jaja, war nur kurz abgelenkt. Du, wenn ich dich gerade dranhabe: Schau doch mal nach, ob im System irgendetwas über eine Gisèle von Goch zu finden ist. Hinten mit ch, also nicht so wie der berühmte Maler, sondern wie die Stadt am Niederrhein. Ist wahrscheinlich ein Künstlername, aber vielleicht findest du ihren echten ja auch heraus.«

»Ist das die Pipi-Malerin?«

»Genau die. Es würde mich nicht wundern, wenn sie schon drei bis vier Männer um die Ecke gebracht hätte und sich hier zwischen ihren komischen Kunstwerken unter einem Pseudonym vor den Behörden versteckt.«

★★★

Sofort nachdem die Polizei ihm den Besuch abgestattet hatte, war Dieter zu Elena geeilt, um ihr zu beichten, dass er die Geschichte mit Wolfgang als seinem Patienten nicht hatte aufrechthalten können. Elena nahm die Nachricht schulterzuckend entgegen. Sie wirkte schwach, fahl und resigniert. Dieter kam es vor, als sei aus der einst lebenslustigen Frau sämtliche Energie gewichen.

Elena ließ sich auf ein Sofa in ihrem Wohnzimmer fallen, das sich an die Backstube und ihren kleinen Laden anschloss. Dieter setzte sich neben sie. Kraftlos legte Elena ihre Hand auf seine.

»Ich danke dir trotzdem, dass du versucht hast, für mich zu

lügen. Aber wahrscheinlich ist es noch das kleinste Problem, dass Toto hier unangemeldet gewohnt und gearbeitet hat. Ich werde wohl irgendwelche Steuern nachzahlen müssen, ist mir auch egal. Ich frage mich nur, wie das hier alles weitergehen soll.«

Dieter streichelte ihre Hand. »Du bist so eine starke Frau. Du hast es sogar geschafft, den Laden schon wieder aufzumachen. Wenn du in die Zukunft ...«

»Ich habe den Laden wieder aufgemacht, und man hat mir meine Waren vergiftet«, unterbrach Elena ihn heftig. »Dieter, ich frage mich, ob das ein Warnschuss war. Die Männer werden gleich umgebracht, die Frau kriegt erst mal einen Denkzettel und steht dann als drittes Opfer auf der Liste. Wie bei der Mafia, die dir einen Schweinekopf vor die Tür legt oder einen toten Vogel in den Briefkasten.« Sie bekam wässrige Augen. »Ich bin die einzige Verbindung zwischen den beiden Toten. Ich weiß nicht, wer es auf meine Familie abgesehen hat, aber ich habe Angst.« Sie fing an zu weinen.

Dieter nahm sie in den Arm. Er wusste nicht, was er sagen sollte. Es konnte ja tatsächlich sein, dass sie recht hatte und irgendjemand einen Rachefeldzug gegen Elena und ihre Angehörigen führte. Die ersten Tage nach den Morden hatte die Trauer im Vordergrund gestanden, jetzt kamen die Gedanken, was als Nächstes passieren könnte.

»Ich glaube nicht, dass du in Gefahr bist«, versuchte er, Elena zu trösten. »Wenn es dieser Wahnsinnige auch auf dich abgesehen hätte, würde er nicht so lange warten. Und schon gar keine Warnsignale aussenden. Ich vermute, dass die vergifteten Backwaren überhaupt nicht mit den Morden in Zusammenhang stehen. Du kannst auch eine Weile bei mir wohnen, wenn dir das sicherer vorkommt.«

Mit verheulten Augen schaute Elena Dieter an. Sie schaffte es, sich ein schwaches Lächeln abzuringen. »Das ist lieb von dir. Aber das ist keine Lösung. Vielleicht sollte ich von hier fortgehen. Vielleicht will mir der Mörder sagen, dass ich abhauen soll. Aus Fataga. Oder von Gran Canaria. Wenn ich nur wüsste, was ich falsch gemacht habe. Ich habe doch nie einen Menschen provoziert, nie jemandem geschadet. Wer kann nur so einen Hass auf mich haben?«

Dieter strich Elena übers Haar. »Wir müssen darauf setzen, dass die Polizei dieses Schwein so schnell wie möglich findet. Nur dann wissen wir, wer dir das angetan hat. Und warum. Schau mal, wenn die sogar Leute aus Deutschland zu den Ermittlungen einfliegen lassen, dann geben die alles, um den Fall aufzuklären. Das ist doch ein gutes Zeichen.«

Elena schluchzte.

»Hast du ihnen denn alles erzählt, was wichtig sein könnte? Oder ist vielleicht irgendwas in der Vergangenheit vorgefallen, etwas, woran du gar nicht denkst, was aber trotzdem mit den Morden zu tun haben könnte?«

Elena hatte aufgehört zu weinen. Sie starrte einen beliebigen Punkt ihres Wohnzimmers an. Ihr Blick war leer. Fast unmerklich schüttelte sie den Kopf.

***

Der Schatten schaute einem Flugzeug hinterher. In dem Augenblick, als es aus seinem Blickwinkel an der Sonne vorbeiflog, huschte ein anderer kurzer Schatten über die Landschaft. Genau wie ich, dachte er. Ein kurzes Auftauchen, ohne Spuren zu hinterlassen. Keine Spuren, nur Konsequenzen. Er hatte einem Menschen sein Kind und seinen Lebensgefährten genommen. Und genau das war sein Plan gewesen. Schmerz zu hinterlassen. Schmerz im gleichen Maße, wie der Schatten ihn verspürte. Er hatte den Abschnitt im Alten Testament gesucht und gefunden: »Entsteht ein dauernder Schaden, so sollst du geben Leben um Leben, Auge um Auge, Zahn um Zahn.«

Auch wenn der Schatten sonst auf Kirche und Glauben pfiff, hatte er doch im biblischen Sinne gehandelt. Er fragte sich, ob er sich in einer Verhandlung auf diesen Rechtssatz berufen konnte. Wenn Politiker bei ihrem Amtsantritt auf Gott schworen, konnte es doch nicht verkehrt sein, dem Buch Gottes Folge zu leisten.

Der Schatten grinste. Verhandlung. Dazu würde es sowieso nie kommen. Denn ein Schatten kam und verschwand, ohne Spuren zu hinterlassen. Zu gern hätte er sich in diesem Bergdorf umgeschaut, ob man die Suche nach ihm dort spürte. Ob Polizeiwagen durch den Ort fuhren und das Blaulicht an den weiß gekalkten Häuserwänden vorbeizuckte.

Vielleicht sollte er diese Frau von ihrem Leid erlösen. Zwei oder drei, was machte das schon? Nie hätte der Schatten gedacht, dass es so einfach ist, einen Menschen zu töten. Beim zweiten hatte er fast so etwas wie Lust dabei empfunden. Und bei Nummer drei wäre es vielleicht schon wie Routine. Aber drei Tote hätten der Bibel widersprochen. Und seinem Plan.

Andererseits: Was auf der Welt geschah schon geplant? Gab es tatsächlich irgendeine höhere Macht, die die Begegnung eingeplant hatte, durch die die Vergeltung des Schattens erst möglich wurde?

»Zufall« klang ihm zu billig, zu belanglos für die Konsequenzen, die dieses Aufeinandertreffen nach sich zog. »Fügung« war vielleicht das passendere Wort.

»Alles fügt sich und erfüllt sich, musst es nur erwarten können. Und dem Werden deines Glückes Jahr und Felder reichlich gönnen.« Diesen Spruch kannte der Schatten noch aus der Schule. Er war ihm irgendwann eingefallen. Er hatte im Internet überprüft, von wem dieser Schwulst stammte. Christian Morgenstern. Na gut, der hatte ja nicht wissen können, dass die Kategorie »Glück« im Denken des Schattens nicht mehr vorkam. Für ihn zählte allein, dass der Schmerz nachließ. Und er hatte den Eindruck, auf einem guten Weg zu sein.

Wie hieß ein anderer kluger Spruch? »Geteiltes Leid ist halbes Leid.« Der gefiel dem Schatten. Aber nicht so, wie der Volksmund ihn meinte. Sich zur Leidhalbierung einem anderen anzuvertrauen, völliger Blödsinn. Außerdem: Wem? Aber einem anderen Menschen exakt dosiert dieselbe Portion Leid zuzufügen, die man selbst erfahren hatte, das brachte Erlösung. Oder zumindest eine Stufe drunter, Genugtuung. Woher kam dieses seltsame Wort nun wieder? War es Genugtuung, wenn man genug getan hat? Falls das wirklich der Ursprung war, war er sich sicher, dass er sich jetzt in der Phase kompletter Genugtuung befand. Denn er hatte genug getan. Und genau das Richtige.

***

Am Nachmittag kamen Jesús und Álvaro wieder nach Fataga, um die deutschen Kommissare abzuholen. Die spanischen Kollegen hatten Gonzalo nach seinem Geständnis zunächst weiter verhört und schließlich in eine kleine Arrestzelle im Keller der Polizeistation in Playa del Inglés verfrachtet. Er hatte gestanden, sich durch die Hintertür in Elenas Backstube geschlichen und ihren Teig mit Ipecacuanha versetzt zu haben. Nachdem Álvaro ihn in flagranti bei der Entsorgung des Brechwurzel-Serums erwischt hatte, blieb ihm auch nichts anderes übrig. Als Motiv gab Gonzalo an, dass er damit Elenas Geschäft schaden wollte. Die Verantwortung für die Morde an Wolfgang und Diego wies er allerdings von sich, angeblich hatte er zum Zeitpunkt seiner Giftmischer-Aktion nicht einmal gewusst, dass Elena ihren Sohn und ihren Kompagnon verloren hatte. Der Haftrichter hatte nun zu entscheiden, wie es mit dem erfolgloseren der beiden Bäcker aus Fataga weitergehen sollte.

Während der Fahrt in Jesús' klapprigem Pick-up fasste Brigitte die Erkenntnisse zusammen, die sie währenddessen mit Daniel in dem kleinen Bergdorf gesammelt hatte: dass Gisèle von Goch Bilder aus Blut malte und dass Siepe mit seinem

Wagen möglicherweise einen Unfall gehabt hatte, bevor er ihn versenkte. Auch den Verdacht, dass die beiden Mordopfer Vater und Sohn sein könnten, ließ Brigitte nicht aus.

»Wenn dieser Siepe bei Elena gewohnt und gearbeitet hat, könnte sie in Gefahr sein«, antwortete Jesús auf ihre Schilderungen. »Sie ist offensichtlich die Verbindung zwischen den beiden Opfern. Wer sagt uns, dass dieser verrückte Mörder haltmacht, nachdem er ihre Angehörigen umgebracht hat?«

»Darüber haben wir auch schon gesprochen. Vielleicht sollten wir Elenas Haus überwachen lassen«, sagte Brigitte.

»Sofern nicht Gonzalo der Mörder war«, warf Álvaro ein. »Der ist erst mal aus dem Verkehr gezogen und stellt keine Gefahr mehr dar.«

»An der Theorie, dass er für die Taten verantwortlich sein könnte, gefällt mir die Reihenfolge nicht. Er schafft es, zwei Menschen umzubringen, ohne jegliche Spur zu hinterlassen – und läuft dann mit dieser dummen Vergiftungsnummer Gefahr aufzufliegen? Der ist ja sogar so blöd und entsorgt dieses Fläschchen, während wir noch zehn Meter von seinem Laden entfernt sind.«

Daniel hatte mit seinen paar Brocken Spanisch in etwa verstanden, wie Brigitte argumentierte, und hielt für schlüssig, was sie sagte. Seit ihrer Ankunft auf Gran Canaria staunte er, wie gut sie Spanisch sprach. Selbst kriminalistische Fachausdrücke schienen ihr nur selten Probleme zu bereiten. Für ihn stand fest, dass sie bei der Beschreibung ihrer Fremdsprachenkenntnisse mächtig untertrieben hatte.

Jesús lachte. »Du willst sagen, diesem armen Dorfbäcker fehlt der Intellekt für zwei Morde? So eine Verteidigungsargumentation habe ich auch noch nie gehört.«

Álvaro kam noch mal auf einen vorhergehenden Punkt zu sprechen: »Hätten wir denn die Leute dafür, um Elenas Haus überwachen zu lassen? Kann das die *Policía Local* von San Bartolomé übernehmen?«

»Das werde ich klären«, versprach Jesús. »Mir kommt aber

gerade noch eine andere Idee: Falls eure Vermutung stimmt, dass Wolfgang der Vater von Diego war, sollten wir überprüfen, ob die beiden hier zusammen irgendein Ding gedreht haben. Und sich vielleicht mit Leuten angelegt haben, die sie unter der Erde sehen wollten.« Er machte eine kleine Pause. »Oder ob Diego seinen Vater in Deutschland besucht hatte und dort irgendetwas vorgefallen ist.«

»Das ist eine gute Idee«, fand Brigitte. »Wir sollten auch die eventuellen Unfallspuren an Siepes Auto nicht vergessen. Vielleicht war Diego in Deutschland und hat mit dem Wagen von seinem Vater einen Crash gebaut.«

Álvaro hielt von dieser Theorie wenig. »Und um sich für die Beule zu rächen, kommt der andere Unfallbeteiligte nach Gran Canaria und bringt die beiden um?« Er lächelte Brigitte herausfordernd an. »Ich kenne die Feedback-Regeln bei Ermittler-Brainstormings und weiß, dass man keine Idee abtun soll. Aber das kommt mir doch ein bisschen unwahrscheinlich vor.«

Daniel verstand diesmal nicht, worum es ging, aber Álvaros blödes Gegriene störte ihn.

»Manchmal sind die Dinge vielleicht etwas vielschichtiger, als sich ein Kommissar auf einer sonnigen Insel im Atlantik vorstellen kann«, sagte Brigitte und grinste zuckersüß zurück.

»Gut gekontert«, gestand Álvaro und zwinkerte Brigitte zu. Daniel gefiel das alles gar nicht.

Die Straße, die von Fataga an die Küste führte, hatte einen seltsamen Verlauf. Sie blieb an ihrem Ende nicht im Talgrund, sondern wand sich in vielen engen Kurven den Hang hinauf, um sich danach hinter einem kleinen Pass serpentinenreich wieder hinabzuschlängeln. Am höchsten Punkt blieb Jesús kurz stehen. Er wollte seinen deutschen Kollegen die Aussicht über Playa del Inglés, Maspalomas und die Dünenlandschaft zeigen.

Die vier Ermittler stiegen aus. Brigitte und Daniel waren beeindruckt von dem Panorama. Der Kontrast zwischen hundertfachen Bausünden, gelben Dünen und blauem Atlantik brachte hier oben jeden zum Staunen.

Die deutschen Kommissare ließen die Blicke schweifen, Jesús zündete sich eine Zigarette an, und Álvaro hielt Ausschau, ob es vielleicht ein paar schwedische Touristinnen in der Nähe gab. Schließlich fragte Brigitte: »Was denkt ein Einheimischer, wenn er das alles sieht?«

Jesús überlegte kurz. »Weißt du, jede Münze hat zwei Seiten. Ich kenne Gran Canaria noch ohne Touristen. Bei uns im Norden herrschte bittere Armut, hier unten an der Küste stand kaum ein Haus. Ein paar Fischerhütten vielleicht, mehr nicht. Dahinten rechts um die Ecke, man kann es gerade nicht sehen, da kam das erste Dorf. Arguineguín. Auf diesen Ort sind alle *canarios* sehr stolz, David Silva kommt da her, Spieler in der *Selección*, also unserer Fußballnationalmannschaft. Aber man darf sich von diesem Blick hier nicht täuschen lassen. Natürlich ist vieles scheußlich. Aber mehr als vierzig Prozent der gesamten Inselfläche stehen unter Naturschutz. Sobald man dieses Loch da unten verlässt«, Jesús machte eine wegwerfende Handbewegung, »bist du in der schönsten Natur. Vielleicht reicht die Zeit ja noch, dass ich euch etwas vom Norden der Insel zeige ...«

In diesem Augenblick mischte sich Álvaro ein. »Er immer und sein Norden. Ständig in den Passatwolken und mindestens einmal am Tag Regen. Schau dir seine Hautfarbe an, Brigitte. Er sieht aus wie ein Finne.«

»Ich geb dir gleich Finne!« Jesús holte spaßeshalber aus, als wolle er seinem Kollegen eine Backpfeife geben.

Dieser duckte sich lachend weg. »Álvaro und seine Familie wohnen in Ingenio, das liegt direkt am Flughafen. Manchmal riecht es morgens nach Kerosin, wenn er das Büro betritt.«

Brigitte musste lachen und anschließend den Dialog der beiden Spanier für Daniel übersetzen. Dem gefiel die Vorstellung, dass Álvaro nach Flugbenzin stank, und er lachte ebenfalls.

Jesús wollte ihn mit einbeziehen und machte ein paar lockere Kreise mit der Hüfte. Er sagte in einfachem Spanisch: »*Hoy, noche, fiesta, he?*« Jesús hatte offenbar nicht vergessen, dass Daniel ihm in der gestrigen Weinlaune einen Besuch für den heutigen Abend versprochen hatte.

»*Sí, sí, claro*«, antwortete der Eingeladene mutig und verdammte sich ein weiteres Mal dafür, Interesse am kanarischen Trachtenwesen geheuchelt zu haben.

Jesús legte den Arm um Daniel und bedeutete Álvaro und Brigitte, wieder ins Auto einzusteigen. »*Vamos a trabajar, amigos!*«

★★★

In ihrem provisorischen Büro auf der Polizeistation von Playa del Inglés sprachen die Kommissare durch, was als Nächstes zu tun war. Jesús wollte mit den Kollegen aus Tunte klären, ob sie die nächtliche Observation von Elenas Haus übernehmen konnten. Álvaro hatte vor, die Bäckerin zu kontaktieren, ihr Personenschutz anzubieten und gleichzeitig zu klären, wer an der Zeugung ihres hübschen Sohns beteiligt gewesen war. Brigitte und Daniel wollten noch mal die Akte der spanischen Polizei über die beiden Morde durcharbeiten und überprüfen, ob man bisher irgendetwas übersehen hatte.

Daniel begutachtete sämtliche Tatortfotos, während sich Brigitte durch die Protokolle kämpfte. Ein paar Fachwörter musste sie sich dabei von einem Programm im Internet übersetzen lassen. Für den Alltagsgebrauch reichte ihr Au-pair-Spanisch aus, für einige Amtsbegriffe in den Akten genügte es dann aber doch nicht ganz.

»Es gibt da eine Sache, die wir noch nicht geklärt haben«, sagte sie nach einer Weile. »Wir wissen, dass Diego mit einer Pizzalieferung an den Ort gelockt wurde, wo ihn der Mörder dann schließlich erschoss. Aber warum ist Siepe an dem Abend aus Fataga weggefahren? Laut Obduktionsbericht liegen zwischen den Taten nur wenige Stunden. Gehen wir also mal davon aus, dass der Mörder den Vorsatz hatte, innerhalb kurzer Zeit zwei Menschen umzubringen. Einen in Vecindario, den anderen wahrscheinlich irgendwo in der Nähe von Maspalomas. Dort jedenfalls ist Siepe gefunden worden, den genauen Ort seiner Hinrichtung kennen wir ja nicht. Es erfordert doch eine gewisse Ortskenntnis, beide späteren Opfer zu einer bestimmten Zeit an einen bestimmten Ort zu locken, an dem sich zum Mordzeitpunkt keine weiteren Zeugen aufhalten.«

»Du meinst, dann könnte es doch ein Einheimischer gewesen sein?«

Brigitte wiegte den Kopf zweifelnd hin und her. »Dagegen spricht der deutsche Waffentyp. Augenblick mal, jetzt, wo wir wissen, dass Siepe bei Elena gewohnt hat ... Sie müsste doch eigentlich wissen, wo ihr Lebens- oder Geschäftspartner am Abend seines Todes war. Das soll Álvaro gleich mal mit abklären, wenn er mit ihr telefoniert.« Sie ging zu ihrem spanischen Kollegen hinüber, der die Bäckerin schon am Telefon hatte. Während er kurz die Sprechmuschel zuhielt, flüsterte sie ihm ein, dass er diese Information dringend abfragen sollte.

»Mir fällt noch etwas anderes auf«, sagte Daniel, als Brigitte an ihren Arbeitsplatz zurückkam. »Auf so einer Insel gibt es doch Tausende Möglichkeiten, eine Leiche verschwinden zu lassen. Schluchten, einsame Wälder, was weiß ich. Aber wenn ich den einen Toten am Rande einer Wohnbebauung liegen lasse und den anderen in der Grünfläche einer Autobahnausfahrt deponiere, dann nehme ich doch in Kauf, dass die recht schnell gefunden werden, oder?«

»Das würde ich auch so sehen.«

»Vielleicht haben sich Diego und Wolfgang Siepe ja gar nichts zuschulden kommen lassen«, spann Daniel seinen Gedankenfaden weiter. »Vielleicht wurden sie nur ermordet, um einen anderen Menschen leiden zu lassen. Und der sollte so schnell wie möglich erfahren, dass die beiden tot sind. Ohne dass die Polizei ewig nach zwei Vermissten sucht und sie womöglich gar nicht findet.«

»So könnte es sein«, sagte Brigitte nach einer kurzen Denkpause. »Oder aber: Der Mörder will gefunden werden. Er überreicht uns die Leichen auf dem Präsentierteller, weil für ihn die Mission erst abgeschlossen ist, wenn er seine gerechte Bestrafung dafür bekommt. Hat es alles schon gegeben.«

»Diesen Gefallen wollen wir ihm gern tun, ich hätte in diesem Fall auch nichts gegen einen entscheidenden Tipp seinerseits«, meinte Daniel mit einem Grinsen. »Aber wenn wir noch mal bei meiner Theorie bleiben, dass es weniger um die Mordopfer als vielmehr darum ging, jemanden unglücklich zu machen, dann kann das Ziel dieser Attacke ja eigentlich nur Elena sein. Oder wissen wir von irgendeinem anderen Menschen, der unter dem Tod von Diego und Siepe in diesem Ausmaß leiden würde?«

»Kann ich mir nicht vorstellen. Die Frage ist, ob es sich die Bäckerin mit jemandem so gründlich verscherzt hat, dass er sich so grausam an ihr rächt.«

In diesem Augenblick kamen Jesús und Álvaro aus dem Nachbarzimmer in das kleine Behelfsbüro der deutschen Ermittler. Álvaro legte direkt los, er sprach Englisch, damit Daniel den Sachverhalt auch verstand. »Die wichtigste Nachricht zuerst: Siepe ist tatsächlich Diegos Vater. Der hübsche junge Mann ist wohl das Ergebnis eines Urlaubsflirts. Allerdings wussten weder Wolfgang noch Diego davon.« Er machte ein entschuldigendes Schulterzucken und sagte in seiner Muttersprache zu Brigitte: »Spanische Frauen, die über eine anonyme Empfängnis zu ihren Kindern kommen, können manchmal sehr eisern schweigen. Gerade auf den Dörfern wird der Katholizismus mit all seinen Tabus noch streng gelebt. Kannst du Daniel gern übersetzen, war mir auf Englisch zu kompliziert.«

Brigitte dolmetschte, Daniel nickte verständnisvoll, und Álvaro machte wieder in der Weltsprache weiter. »Außerdem hat sie mir gesagt, dass sie tatsächlich große Angst in ihrem

Haus hat. Ich wollte sie nicht mit dem Argument beruhigen, dass der Mörder sie wahrscheinlich schon längst umgebracht hätte, so er das denn vorhaben sollte, sondern habe ihr ab heute Nacht Polizeischutz versprochen. Dazu gleich mehr von Jesús. Und was eure Frage angeht: An dem Abend, als Siepe erschossen wurde, war er irgendwo unten an der Küste. Er wollte sich dort mit einem Kollegen treffen, der versuchte, auf den Kanaren einen Großhandel für Backzutaten aufzubauen. Das war jedenfalls der Grund, den Wolfgang Elena gegenüber für seine Abwesenheit genannt hatte.«

»Weiß Elena, ob der Mensch am Telefon Deutsch gesprochen hat?«, wollte Brigitte wissen. »Möglicherweise war das ja der Mörder, der ihn in die Falle gelockt hat. Diese Information wäre sehr wichtig.«

»Jaja, Elena sagte, Wolfgang habe sich mit einem Deutschen getroffen. Den Ort hatte er ihr nicht genannt, irgendwo hier bei den Touristen, aber es soll wohl ein Deutscher gewesen sein.«

Brigitte und Daniel schauten sich an. Dieser Aspekt war ein sehr entscheidender, aber weiter brachte sie diese Auskunft auch nicht unbedingt.

Jetzt war Jesús dran. Er erklärte Brigitte, dass die *Policía Local* aus San Bartolomé die Bewachung von Elenas Haus leider zunächst nicht übernehmen könne. Zwei Kollegen seien erkrankt, einer im Urlaub – und der Rest stecke mitten in der Vorbereitung für die Streckenabsicherung der Gran-Canaria-Rallye am kommenden Wochenende. Natürlich bestehe die Möglichkeit, ein paar Kollegen von der Bereitschaftspolizei aus der Inselhauptstadt anzufragen, das sei allerdings bürokratisch ein wenig kompliziert, weswegen er skeptisch war, ob er das für heute Nacht überhaupt hinbekäme.

»Also, ich könnte das machen«, mischte sich Álvaro plötzlich ein. »Jedenfalls heute. Bis morgen finden wir bestimmt jemand anderes.«

Sein Chef strahlte ihn an. »Ach, das wäre ja wunderbar.

Dann könnte die arme Elena wieder ohne Sorgen schlafen. Aber sag, Álvaro, wäre es nicht besser, die Observation zu zweit durchzuführen? Falls mal einer einnickt.«

»Oh, ja, sehr viel besser.«

Es entstand eine kleine Pause. Da die Dialoge auf Spanisch geführt wurden, sobald Jesús mitsprach, hatte Daniel nicht mitbekommen, worum es ging. Außerdem war er ja zum Trachtenfest heute Abend verabredet. Da sich sonst niemand im Raum befand, hatte Brigitte den Eindruck, als schwebe in der Gesprächspause eine große Portion Aufforderung mit, sich für diese nächtliche Tätigkeit anzubieten.

»Ah, ach so, ja, also ich könnte natürlich auch mitkommen zum Bewachen. Ich habe ja heute keine Termine mehr, also von mir aus gern ...«

»Phantastisches Engagement, liebe Brigitte. Dann schlage ich vor, dass Álvaro dich zur selben Zeit am Hotel abholt wie ich Daniel. Dann geht es für uns in den Norden – und für euch eine Nacht nach Fataga.«

Brigitte setzte Daniel über den Plan in Kenntnis.

»Ja, das ist doch eine prima Idee«, sagte er und wunderte sich selbst darüber, wie glaubwürdig harmlos er diesen Satz herausgehauen hatte. Innerlich brodelte er. Brigitte würde mit diesem Gockel eine Nacht verbringen, und das auch noch getarnt als offizieller Auftrag? Daniel war sich zwar sicher, dass er kein Interesse an Brigitte hatte, aber diese Kombination gefiel ihm ganz und gar nicht.

***

Um Punkt neunzehn Uhr standen die deutschen Kommissare vor dem Hotel und warteten auf ihre spanischen Kollegen. Brigitte war noch schnell zum gegenüberliegenden Supermarkt gelaufen und hatte sich zwei Thunfisch-Empanadas, eine große Flasche Wasser und eine kleine Dose Energydrink besorgt. So eine Beobachtungs-Nacht konnte schließlich lang werden. Daniel hatte sich eine leichte Übergangsjacke über die Schulter geworfen, trotz der Hitze des Tages konnten die Nächte recht frisch sein, und Álvaro wurde ja nicht müde zu betonen, was für ein kaltes Regenloch die Nordseite der Insel war.

Die gesamte Auffahrt des Hotels vibrierte, als ein weißer Seat Cupra mit vier Auspuffrohren über das Kopfsteinpflaster bollerte und mit einem leichten Quietschen vor den Kommissaren zum Stehen kam. Aus dem Wagen wummerten Latino-Rhythmen, die Insassen konnte man durch die abgedunkelten Seitenscheiben nicht sehen. An der Unterseite des Sportwagens beleuchtete blaues Licht den Straßenbelag.

Mit sehr viel Elan und einer ebenso großen Portion Stolz auf sein schönes Auto stieg Álvaro aus. Brigitte schaute Daniel kurz an und wusste sofort, dass er diesen Wagen für die größte Prollschüssel aller Zeiten hielt.

Álvaro trug in seiner Freizeit eine Baseballmütze auf dem Kopf, funkelnde Brillantstecker in den Ohren und ein viel zu tief ausgeschnittenes T-Shirt.

»*Great car!*«, sagte Daniel, weil er das Gefühl hatte, Männer müssten in dieser Situation so was sagen.

»Und die perfekte Tarnung«, gab Álvaro auf Englisch zurück. »Wer würde vermuten, dass in diesem Wagen ein Polizist sitzt. Oder zwei.« Das galt Brigitte, die mit einem Augenzwinkern begrüßt wurde.

»Dann ist ja gut, dass du dir extra für die heutige Observation« dieses unauffällige Auto zugelegt hast«, meinte Daniel und war recht sicher, dass Álvaro die Ironie seiner Worte nicht bemerkte.

Tatsächlich ging der spanische Kollege nicht weiter darauf ein, er wünschte Daniel viel Spaß beim Trachtenabend im verregneten Norden und riss die Tür für Brigitte auf.

Diese schaute Daniel beim Einsteigen etwas hilflos an, er grinste nur breit, beugte sich kurz zu ihr hinunter, sagte leise »Ludenkarre« und schlug die Tür zu.

Mit sehr viel Gas brauste Álvaro vom Hof.

Genau in diesem Moment näherte sich von der anderen Seite ein uralter Pick-up. Daniel winkte, Jesús beugte sich zur Beifahrertür herüber, öffnete sie, weil der Türgriff von außen klemmte, und ließ ihn einsteigen. Der Chef der grancanarischen Mordkommission sagte »Firgas« und signalisierte Daniel auf seiner Armbanduhr, dass die Fahrt etwa eine Stunde dauern würde.

Daniel lehnte sich zurück und ließ die Landschaft an sich vorbeiziehen. Am liebsten hätte er mit Jesús über Álvaros Auto gelästert, aber leider stand den beiden dafür keine gemeinsame Sprache zur Verfügung.

Die ersten zwanzig Kilometer der Fahrt führten durch die karge Landschaft mit Industriehallen und Windrädern, die Daniel vom Flughafentransfer schon kannte. Hinter dem Flughafen schlängelte sich die Autobahn durch weitere Gewerbeansiedlungen. Daniel war von der Insel enttäuscht, zumindest von ihrer Ostseite. Noch schlimmer wurde es, als hinter zwei überdimensionierten Einkaufszentren direkt an der Küste ein riesiges Kraftwerk auftauchte, in dem offenbar aus fossilen Brennstoffen Strom hergestellt wurde.

Jesús bemerkte, dass seinem Gast die Landschaft nicht ganz so gut gefiel. »*Firgas better. Green*«, sagte er.

Nach einigen Tunnels, die die betondominierten Ausläufer der Inselhauptstadt durchbohrten, wurde die Landschaft tatsächlich schlagartig lieblicher. Grüne, tief eingeschnittene Täler wechselten sich mit schroffen Felsformationen ab, dazwischen bunte Häuser, die teilweise atemberaubend an den Hängen klebten.

Die Autobahn endete, eine Umgehungsstraße führte an einer Kleinstadt namens Arucas vorbei, aus deren Zentrum eine auffällig überdimensionierte Kirche in den Himmel schoss.

Jesús griff in sein Handschuhfach und zauberte eine kleine Flasche mit goldbraunem Inhalt hervor. »*Ron*«, sagte er und zeigte auf das Etikett.

Da die Marke so ähnlich hieß wie die Stadt, an der sie soeben vorbeifuhren, wollte Jesús offenbar darauf hinweisen, dass hier die Manufaktur dieses Rums stand. Er signalisierte, dass Daniel gern einen Schluck aus der Flasche nehmen könne, der aber lehnte höflich ab und fragte sich, ob es bei der kanarischen Polizei üblich war, Rum im Handschuhfach mit sich zu führen. Immerhin war die Flasche noch zu und versiegelt.

Die Straße ging nun steil bergauf, es folgten ein paar Kurven durch ein unübersichtliches Wohngebiet, schließlich steuerte Jesús seinen Wagen durch ein hellgrünes Metalltor und blieb kurz danach stehen.

In einem fast tropischen Garten lag ein kleines Haus, hellblau gestrichen, mit weiß abgesetzten Fenster- und Türrahmen. Über der Eingangstür wies die Zahl 1923 das Baujahr aus, überall rankten Blumen und Büsche an den Mauern empor, vor dem Haus blühten in einem schmalen Beet Strelizien. Etwas Schöneres hatte Daniel selten gesehen. Es wunderte ihn nicht, dass Jesús bei diesem paradiesischen Fleckchen Erde einen längeren Arbeitsweg in Kauf nahm.

Der spanische Kommissar strahlte seinen deutschen Kollegen an und signalisierte ihm, mit um die Ecke zu kommen. Er führte ihn zu einer kleinen Terrasse, die einen spektakulären Blick bot: im Süden bewaldete Berge, im Norden der tosende Atlantik, dazwischen eine grüne, zerklüftete Landschaft, in der sich Palmen und Eukalyptusbäume im Wind bogen. Die untergehende Sonne tauchte alles in ein rötliches Licht.

Daniel konnte sich an so viel Schönheit kaum sattsehen. Hinter ihm klackerte es leise, zwei Personen betraten durch einen Makramee-Vorhang die Terrasse.

Eine kleine, dicke Frau kam lachend auf ihn zu, rief mit krächzender Stimme »Daniel, Daniel« und schüttelte ihm herzlich die Hand. Anschließend umarmte sie ihn. Die hutzelige Frau strahlte übers ganze Gesicht, oben links fehlte ihr ein Eckzahn.

Hinter ihr stand ein Mann in Daniels Alter und amüsierte

sich über die Begeisterung der älteren Dame. Auf Englisch sagte er:»Ich muss mich entschuldigen. Meine Mutter ist ganz vernarrt in Gäste. Sie ist so stolz auf ihr kleines Haus und die Aussicht. Ich bin Nicolás, der einzige Sohn von Jesús und Marta.«

Daniel fiel ein Stein vom Herzen. Er konnte sich mit jemandem verständigen. Er stellte sich Nicolás vor, lobte das Haus und das Panorama und bekam von Jesús ein kleines Glas in die Hand gedrückt.

Der Kommissar erklärte seinem Sohn etwas, dieser übersetzte:»Ich soll dir sagen, dass es nicht üblich ist, dass mein Vater Honigrum in seinem Auto umherfährt. Tatsächlich trinkt er nur selten. Diese Flasche hat er extra für dich besorgt, um dich mit dem kanarischen Nationalgetränk zu begrüßen.«

Daniel war gerührt, prostete der spanischen Familie zu und ahnte, dass das doch kein so schlechter Abend werden würde.

★★★

Álvaro stellte seinen Wagen in Fataga so ab, dass die Kommissare einen sehr guten Blick auf die Hintertür und einen halbwegs guten auf die Eingangstür zu Elenas Geschäft hatten. Eine Einfahrt zwischen zwei Häusern sorgte außerdem dafür, dass ein möglicher Eindringling das Auto kaum wahrnehmen würde. Über das Tal brach die Dämmerung herein, die Felswände, die das Dorf umgaben, leuchteten in einem warmen Licht.

Auf der Fahrt hatten Brigitte und Álvaro kaum miteinander gesprochen. Beiden war die Aussicht auf eine gemeinsame Nacht im Auto offenbar in irgendeiner Form unangenehm. Im Grunde war ja nichts dabei: Zwei Polizeibeamte taten ihren Dienst – und fertig. Allerdings war beiden auch klar, dass sie sich gegenseitig in den letzten anderthalb Tagen Signale zugesandt hatten, die ein außenstehender Beobachter durchaus für eine Flirterei hätte halten können.

Eigentlich war Álvaro völlig unmöglich und überhaupt nicht Brigittes Typ. Sie liebte französische Filme, skandinavische Kriminalromane und die Festspielaufführungen in ihrer Heimatstadt. Vermutlich gab es bei keinem dieser Themen eine gemeinsame Gesprächsbasis mit diesem südländischen Macho neben ihr.

Während Álvaro mit der Justierung der idealen Sitzposition für die nächsten Stunden beschäftigt war, schalt sich Brigitte selbst. Sie dachte schon wieder viel zu weit. Es ging darum, mit diesem Mann ein paar Stunden zu verbringen, nicht das ganze Leben. Und da konnte man Cineastik, Literatur und Theater als Gesprächsthemen ja ausklammern.

Álvaro hatte eine komfortable Sitzeinstellung gefunden, streckte sich und machte ein zufriedenes Geräusch. Er griff ins Ablagefach der Fahrertür, zauberte einen Becher mit geschälten Walnüssen hervor und stellte sie aufs Armaturenbrett. Mit einer einladenden Geste signalisierte er Brigitte zuzugreifen.

Beide Kommissare knusperten auf den Nüssen herum und schwiegen. Ein paar Minuten vergingen, Brigitte kam die Situation verkrampft vor. Sie suchte nach dem optimalen Gesprächseinstieg. Sofern Álvaro überhaupt vorhatte, sich zu unterhalten.

Sie griff zur nächsten Nuss und schielte ihren Kollegen dabei heimlich an. Er sah nicht so aus, als bereite ihm die Konstellation Auto/fremde Kollegin/hereinbrechende Nacht irgendwelche Schwierigkeiten.

Álvaros Hand wanderte in den Becher, er suchte nach einer besonders großen Nuss. Brigitte beobachtete die Bewegungen seiner Finger, sie waren schlank und sauber manikürt. Auf dem Rücken seiner gebräunten Hände wuchsen ein paar schwarze Haare. Sie musste jetzt etwas sagen, irgendwas.

»Ob überhaupt ...«

»Wie sieht ...«, hob Álvaro genau im selben Moment an.

Nach einer kurzen Pause mussten beide lachen. Es war ein erlösendes Lachen, denn offensichtlich hatte jeder für sich minutenlang nach der passenden Konversationseröffnung gesucht.

»Du zuerst«, sagte Brigitte.

»Ach, völlig unwichtig. Ich wollte fragen, wie die Stadt aussieht, in der du lebst. Ich war noch nie in Deutschland. Nur ein paarmal in Madrid, in Barcelona und Paris.«

Brigitte fand die Frage niedlich. »Bad Hersfeld ist etwas kleiner als Paris«, antwortete sie schmunzelnd. »Drum herum gibt es viel Wald und Hügel, ein Fluss fließt durch die Stadt, der ganzjährig Wasser führt. Und es gibt viele Fachwerkhäuser. Weißt du, was das ist?«

Álvaro wiederholte das Wort auf Deutsch: »Fackwekhose?«

Brigitte musste wieder lachen. »Fachhhwerrrrkhäääuser. Das sind alte Häuser mit einem Skelett aus Holz, das man an der Fassade sieht. Wie so eine Art Gitter.«

»Das habe ich noch nie gehört. Ich kenne Schloss Neuschwanstein und Bayern München. Und Merkel.«

Brigitte zog ihr Handy aus der Tasche. »Moment«, sagte sie und wischte in den Fotos hin und her. Als sie gefunden hatte, wonach sie suchte, hielt sie Álvaro das Mobiltelefon vor die Nase. »Schau hier, das ist das berühmteste Gebäude meiner Stadt. Die Stiftsruine. Das war mal ein Kloster, jetzt finden darin Festspiele statt. Im Sommer ist bei uns echt was los, den Rest des Jahres ... na ja ...« Sie zeigte Álvaro weitere Fotos, die sie an einem sonnigen Frühlingstag in Bad Hersfeld aufgenommen hatte. »Das ist das Kurhaus, hier siehst du die Stadtkirche, und hier ist unser Rathaus. Das gibt es seit 1371.«

Álvaro staunte, Brigitte wischte auf dem Display ein Foto weiter, weil sie dachte, es kämen noch weitere Sightseeing-Aufnahmen. Das nächste zeigte aber einen Mann mit Hipster-Vollbart und kurzen Haaren.

»Oh, wer ist das denn? Dein Freund oder dein Mann?«

»Nein, neinnein, das ist mein Bruder. Thomas.«

Álvaro merkte, dass ihr das private Foto unangenehm war. Er stellte keine Fragen.

Brigitte wiederum wollte nicht verstockt wirken, deswegen sprach sie weiter. »Er lebt in Köln und arbeitet als Grafiker. Thomas macht Lebensmittelverpackungen. Ich muss immer eine bestimmte Schokolade kaufen, weil er die Kuh darauf designt hat.«

»Das ist lustig«, sagte Álvaro. Und nach einer kurzen Pause: »Hast du einen Partner?«

Brigitte schüttelte den Kopf. Sie überlegte kurz, wie viel sie dem spanischen Kollegen gegenüber von ihrem Privatleben preisgeben sollte. Einerseits war er ein nahezu fremder Mensch. Andererseits würde sie mit ihm in diesem Auto die Nacht verbringen – und da würde ein Ausklammern dieses Themas nur zu einer unnötigen Gehemmtheit im Gespräch führen. Also sagte sie: »Nein, meine letzte Beziehung ist schon eine Weile her. Wir waren fast fünf Jahre zusammen. Aber er hatte immer größere Probleme, meinen Job und die Arbeitszeiten zu akzeptieren. Und dann hat er sich während meiner Nachtdienste irgendwann eine andere Beschäftigung gesucht.« Der letzte Satz sollte leicht dahingesagt wirken, klang aber bitter.

Álvaro nickte verständnisvoll. »Ich glaube, dieses Problem kennt jeder Polizist. Wir müssen hier zwar nicht besonders oft in der Nacht ausrücken, aber manchmal ruft mich Jesús oder ein anderer Kollege nach Feierabend an, und wir kauen neue Ermittlungsansätze oder Strategien für Verhöre durch. Kannst dir ja vorstellen, wie die Frauen darauf reagieren.« Er zuckte mit den Schultern.

»Also auch Single?«

»Ja, aber mich stört es nicht. Ich ziehe mit meinen Jungs um die Häuser und habe Spaß dabei. Das ganze Jahr über sind Touristinnen in Flirtlaune hier, die eine Affäre mit einem *canario* sehr aufregend finden. Und, na ja, das nutzen wir halt manchmal aus.«

So ähnlich hatte sich Brigitte das schon vorgestellt. Immerhin war Álvaro ehrlich. Trotzdem wollte sie ihn ein bisschen provozieren. »Ich hätte jetzt gedacht, dass die südländischen Gene euch Spanier spätestens mit dreißig automatisch in die Arme einer Frau treiben, die euch so schnell wie möglich zwei Kinder schenkt, den Haushalt schmeißt und dem treu sorgenden Ehemann den Rücken freihält.«

Álvaro lachte. »Na ja, bestimmt auch kein schlechter Lebensentwurf. Wenn man dafür die richtige Frau findet, gern.«

Danach schwieg Álvaro und sah Brigitte eindeutig ein paar Sekunden zu lang an.

***

Elena hatte Angst. Und das Wissen um das Auto mit den zwei Polizisten vor ihrem Haus vergrößerte ihre Sorge noch. Man würde ja schließlich den Beamten nicht zumuten, die Nacht in diesem Dorf zu verbringen, wenn keinerlei Gefahr bestünde. Sie hatte den Wagen gesehen und geprüft, welche Eingänge zu ihrem Haus aus dieser Position observiert werden konnten. Um die Hintertür und den Eingang zu ihrem Laden machte sich die Bäckerin keine Sorgen, aber hinten zum Garten heraus gab es einige Fenster, die von dem Auto aus nicht einsehbar waren.

Oft hatte sich Elena darüber geärgert, dass sie ihr Gärtchen nur erreichte, wenn sie ihr Haus über die Hintertür verließ, kurz auf die Straße ging und ein paar Meter weiter das Portal zu ihrer kleinen Grünfläche aufschloss. Ihre Vorfahren, die das Haus erbaut hatten, sahen den Garten eher als Nutzfläche denn als Erholungsort, deswegen war ihnen ein direkter Zugang vom Haus nicht wichtig gewesen.

Die Fenster zu dieser Seite hatte Elena gewissenhaft verriegelt. Allerdings waren die Rahmen alt und morsch, sie machte sich keine Illusionen: Wenn jemand über diesen Weg in ihr Haus eindringen wollte, würde er es auch schaffen.

Noch nie hatte sie sich über den Sicherheitsaspekt ihres Hauses Gedanken gemacht. Na klar, unten an der Küste wurde alles geklaut, was nicht niet- und nagelfest war, auch eingeworfene Fensterscheiben an Mietwagen gehörten auf Gran Canaria leider zum Alltag. Aber von Einbrüchen in die Häuser von Fataga hatte Elena noch nie etwas gehört.

Sie saß mit einem Glas Wein vor dem Fernseher. Aufs Programm konnte sie sich nicht konzentrieren. Ein Nachbar hatte ihr erzählt, dass wiederum ein anderer Nachbar beobachtet hatte, wie die Polizei Gonzalo geschnappt hatte. Sein Geschäft war am Nachmittag geschlossen geblieben. Elena vermutete, dass es dabei um das Brechmittel in ihren Backwaren ging. Denn wenn Gonzalo für die beiden Morde tatverdächtig und jetzt in Polizeigewahrsam war, müssten ja draußen keine Bewacher stationiert werden.

Elena stand auf. Sie wollte sich zur Beruhigung ihrer Nerven etwas Süßes aus der Küche holen. Auf einmal fuhr sie herum. Was war das gerade für ein Geräusch? So ein seltsames Knarren. Waren das die Bodendielen aus dem Obergeschoss?

Elena atmete flach. Der verdammte Fernseher plärrte mit irgendeinem Mist vor sich hin. Sie schlich zur Fernbedienung. Jetzt schwieg der Kasten, und Elena lauschte konzentriert, ob sich das Geräusch wiederholte.

Sekunden vergingen. Die Bäckerin starrte angstvoll zur Decke. Es war ganz leise in ihrem Haus. Wenn sich da oben irgendjemand bewegte, müsste das doch zu hören sein.

Sie fühlte ihr Herz laut pochen, traute sich nicht von der Stelle, denn jeder Laut ihrer Bewegung konnte einen anderen im Haus übertönen.

Draußen bellte ein Hund, im Haus regte sich nichts.

Elena fragte sich, ob sie sich das Knarren nur eingebildet hatte. Oder vielleicht kam das Geräusch ja auch aus dem Fernseher?

Auf Zehenspitzen schlich sie zur Küche. Vorsichtig zog sie eine Schublade auf, in der sie Naschereien für schwache Momente hortete. Sie zog eine Tafel Schokolade heraus und bewegte sich leise ins Wohnzimmer zurück.

Als sie wieder auf ihrer Couch saß, entspannte sie sich etwas. Wieso sollte jemand gerade im Obergeschoss sein? Um dort hinzukommen, hätte man eine Leiter gebraucht, und es wäre den Polizisten mit Sicherheit aufgefallen, wenn jemand damit ums Haus geschlichen wäre.

Elena brach sich ein großzügiges Stück Schokolade ab. Vielleicht hätte sie sich doch einen Hund zulegen sollen. Fast alle hier im Dorf hatten irgendwelche Köter, weit verbreitet war auf den Inseln der *podenco canario*, ein rötlicher Jagdhund mit kurzem Fell, der Elena immer wie ein hochgeschossener, schlanker Fuchs vorkam. Aber wer allein eine Bäckerei schmeißt, hat nicht auch noch die Zeit, sich um ein Haustier zu kümmern.

Kurz dachte Elena darüber nach, ob sie die Nächte nicht doch besser bei Dieter hätte verbringen sollen. Mit einem Mann an der Seite hätte sie sich bedeutend sicherer gefühlt. Aber irgendeine innere Stimme sagte ihr, dass sie sich vor Dieter lieber in Acht nehmen sollte. In den vergangenen Jahren hatten ein paar weinselige Abende mit ihm im Bett geendet. Für Elena war dieses Arrangement der gelegentlichen nachbarschaftlichen Lustbefriedigung absolut in Ordnung, aber vielleicht wollte Dieter ja auch mehr? Er hatte zwar nie darüber gesprochen, aber möglicherweise war Wolfgangs Einzug bei ihr eine Kränkung für ihn gewesen. Andererseits: Wäre die Kränkung so gravierend, dass er Wolfgang gleich um die Ecke brachte? Und Diego?

Elena erinnerte sich, dass ihr Sohn manchmal abfällig über den selbst ernannten Geistheiler im Nachbarhaus gesprochen hatte. Deswegen hatte sie ihre Affäre für sich behalten.

Und wenn das der Grund für den Mord an Diego gewesen war? Wolfgang musste aus Eifersucht sterben, Diego wegen seiner kleinen Lästereien? So gesehen müsste Dieter dann halb Fataga um die Ecke bringen, wenn es darum ging, Leute aus dem Weg zu schaffen, die sein schamanisches Treiben argwöhnisch beäugten.

Du siehst ja schon Gespenster, sagte sich Elena in Gedanken und schenkte ein weiteres Glas Wein ein. Tatsächlich war ein mittelschwerer Schwips im Moment die einzige Möglichkeit für sie, halbwegs schlafen zu können.

***

Auch Daniel hatte schon leicht einen sitzen, als er mit Jesús und Nicolás in die Ortsmitte von Firgas lief. Es war mittlerweile kurz vor neun, in Deutschland würde bei einem Dorffest wahrscheinlich demnächst die letzte Runde geordert werden, die Spanier drehten zu dieser Zeit erst richtig auf.

Jesús hatte am Honigrum nur genippt und dann aufgehört zu trinken, weil er seinem Gast versprochen hatte, ihn nach der Feier noch ins Hotel zurückzufahren. Daniel war es unangenehm, dass der kanarische Kollege seinetwegen noch mal fast zwei Stunden über die Insel gondeln wollte, aber Nicolás hatte glaubhaft versichert, dass seinen Vater so was nicht störe.

Schon von Weitem schwebte die Musik durch die Dunkelheit. Daniel hatte erwartet, dass spanische Volksmusik ein bisschen nach Flamenco klingen würde und mit der entsprechenden Prise Schwermut gewürzt war. Aber was er hörte, war rhythmisch, melodisch und immer wieder von lustvollem Jauchzen unterbrochen.

Jesús erklärte, was auf dem Fest in diesem Moment passierte – und danach noch anstand. Nicolás übersetzte für Daniel. »Also, gerade tritt eine Trachtengruppe aus Moya auf. Das ist unser Nachbardorf, mein Vater hält die Leute von dort für Bauern. Du musst wissen: Dahinten im *Barranco de la Montaña* ist eine Quelle, die die gesamten Kanaren mit Mineralwasser versorgt. Deswegen sieht er Firgas als eine bedeutende Stadt an, während alle drum herum nur in Bauerndörfern wohnen. Nun ja. Jedenfalls gehört zu Moya ein Stück Lorbeerwald, den es früher auf der Insel sehr häufig gab und von dem heute nicht mehr viel übrig geblieben ist. Die Gruppe aus dem Nachbarort nennt sich ›Las hojas de laurel‹, also die Lorbeerblätter. Aus Sicht meines Vaters natürlich bäuerliches Gehopse, was die aufführen. Danach ist er mit seiner Gruppe dran, und dann …«

»Eh, Nicolás, du redest viel mehr, als ich gesagt habe«, mischte sich Jesús ein und zog die Eins-zu-eins-Übersetzung seines Sohnes in Zweifel.

»Ich muss Daniel doch ein bisschen erklären, was es mit unseren beiden Dörfern auf sich hat. Er kennt sich nicht aus.«

»Aber du hast ihm nicht gesagt, dass alle aus Moya jämmerliche Bauern sind? Er soll nichts Schlechtes über unsere Insel denken.«

»Natürlich nicht, Vater.«

Die drei Männer hatten den Dorfplatz erreicht. Es schien auf einmal, als sei der ganze Ort auf den Beinen. Über die Straßen und die Plaza hatte man Schnüre mit bunten Glühbirnen gehängt, ein Scheinwerfer leuchtete den schlanken Kirchturm aus schwarzem Vulkanstein an. Von kleinen Kindern bis zu zahnlosen Greisen war alles hierhergekommen, wo die Musik spielte. Daniel war zwar noch nie in Südamerika gewesen, aber so stellte er es sich dort vor.

Jesús verabschiedete sich von Sohn und Gast, weil er zu seiner Gruppe musste. Nicolás grüßte nahezu jeden und zog Daniel in eine kleine Straße. »Schau, das ist unsere größte Sehenswürdigkeit. Schön, oder?«

In die Mitte der abschüssigen Straße hatte man einen künstlichen Wasserlauf gebaut, der über mehrere Kaskaden herunterrauschte. Die einzelnen Becken waren mit Blumen eingefasst, am Rand der Straße standen gemauerte Bänke, die mit knallbunt bemalten Kacheln verziert waren.

»Das soll unseren Wasserreichtum symbolisieren«, erklärte Nicolás. »Und dass wir natürlich *keine* Bauern sind.« Er grinste.

Daniel musste zugeben, dass ihn dieser Ort mit den vielen fröhlichen Menschen, die über Generationengrenzen hinweg miteinander feierten, sehr faszinierte. So etwas hätte es in seiner osthessischen Heimat nicht gegeben.

»Das ist alles wunderschön hier«, sagte er. Mehr fiel ihm nicht ein.

»Na ja«, relativierte der Spanier, »bei Tageslicht sieht es schon wieder anders aus. Jede Menge Arbeitslose, aufgegebene Geschäfte und ziemlich viel Armut. Aber ich verspreche dir: Daran denkt hier heute Abend niemand. Wenn der Spanier Fiesta macht, dann macht er Fiesta. Das sind wir dem Klischee schuldig.« Nicolás schloss den Satz mit einem scherzhaften Zwinkern ab. »Was trinkst du? Ich hole die erste Runde.«

Rund um einen kleinen Getränkewagen standen überwiegend junge Menschen, darunter auffallend viele hübsche Frauen. Daniel konnte sich kaum auf das Sortiment konzentrieren. Die meisten hatten etwas Rotes in einem großen Glas und rührten mit ihren Strohhalmen darin herum. Das sah gut aus.

»Ich nehme das«, sagte Daniel und zeigte auf den Drink, den eine Schwarzhaarige mit langen Locken in der Hand hielt. Sie warf ihm einen scheuen Blick zu.

»Das kriegst du nicht, denn das ist Márcia, und die hat einen sehr strengen Vater. Aber das Getränk kannst du haben, ein Tinto de Verano. Das ist kalter Rotwein mit Limonade gemischt. Macht fröhlich.«

»Dann bitte einmal Tinto de Márcia für mich«, antwortete Daniel und begann sich immer wohler zu fühlen.

Ein paar Touristen hatten sich auch auf das Fest gewagt, aber die Einheimischen waren deutlich in der Überzahl. Der deutsche Polizist war sich sicher, dass sie ihn als Fremden wahrnahmen, aber die meisten, zu denen er Blickkontakt hatte, lächelten ihn an oder nickten kurz, er kam sich hier willkommen vor.

Einen Augenblick später hielten die zwei Männer zwei riesige Kelche mit dem spanischen Sommergetränk in der Hand und prosteten sich zu. Daniel wäre gern noch ein wenig in der Nähe dieser geheimnisvollen Márcia geblieben, aber Nicolás zog ihn Richtung Bühne.

»Gleich ist die Truppe von meinem Vater dran. Er spielt die Timple, das ist so eine Art Ukulele der Kanaren. Und dabei beobachtet er das Publikum immer ganz genau. Wenn er uns nicht sieht, ist der Teufel los.«

Sie fanden auf einer kleinen Mauer einen Platz, von dem aus sie die Bühne gut sehen und von Jesús noch besser gesehen werden konnten.

Etwa zwanzig Menschen in Tracht betraten den Tanzboden, alle trugen Strohhüte, die Frauen hatten unter dem Hut noch ein Kopftuch aus gestärktem Stoff umgebunden. Dazu kombinierten sie eine weiße Bluse und ein buntes Kleid. Die Männer trugen ebenfalls weiße Hemden, darüber eine bräunliche Weste und eine Art roten Kummerbund. Über einer weißen langen Hose, die sie in ihre Stiefel gesteckt hatten, folgte eine kurze Hose in Braun, die ein bisschen nach bayerischer Lederhose aussah.

»Die Truppe nennt sich ›Los hombres de la fuente‹, also ›Die Männer von der Quelle‹«, erklärte Nicolás. »Eben weil hier aus Firgas dieses berühmte Mineralwasser kommt. Die Trachten sind die typische Festtagskleidung von früher. Ältere Leute kommen heute noch so zu Hochzeiten oder hohen kirchlichen Feiertagen. Ich habe so was auch im Schrank hängen, aber ich ziehe es nur an, um meinen Eltern einen Gefallen zu tun.«

In diesem Moment schwoll die Musik an. Es war ein kraftvolles Lied, die Tänzer stampften dazu auf den Brettern. Der Rhythmus wurde schneller und schneller, die Männer wirbelten ihre Partnerinnen auf der Bühne umher und juchzten dazu lustvoll. Das hatte nichts mit dem ernsthaften Flamenco zu tun, den Daniel hier befürchtet hatte.

Obwohl einige Reihen auf dem Platz bestuhlt waren, sprang nach und nach jeder auf und ließ sich vom Temperament der Tänzer und Musiker mitreißen. Auch auf Daniel und Nicolás sprang die Stimmung über, sie standen tanzend und klatschend auf ihrem Mäuerchen. Jesús hatte die beiden entdeckt und strahlte sie glücklich an.

Daniel hatte sich am Anfang ein wenig geschämt für seine Bewegungen, die ihm ungelenker vorkamen als die der Südländer um ihn herum. Irgendwann aber wurde es ihm egal, er ließ sich vom Rhythmus tragen, achtete nicht mehr auf die anderen Menschen und genoss einfach die Wärme, die bunten Lichter und die Ausgelassenheit des Moments. An seinen Kriminalfall dachte er nicht ein einziges Mal – und auch nicht an Brigitte und Álvaro, obwohl er befürchtet hatte, dass deren gemeinsame Nacht im Auto ihm keine Ruhe lassen würde.

***

In Álvaros Sportwagen kehrte gegen zwei Uhr langsam Ruhe ein. Nachdem bei den beiden Kommissaren die erste Scheu vor der intimen Situation verschwunden gewesen war, hatten sie stundenlang geplaudert. Über ihren Job, ihre Hobbys, das Privatleben und über mancherlei Weltanschauungen.

Brigitte hatte den Eindruck gewonnen, dass ihr spanischer Kollege feinfühliger und nachdenklicher war, als sein Auftritt in puncto Kleidung und Privatwagen-Auswahl vermuten ließ. Irgendwann allerdings war das Gespräch abgeebbt – und in Brigitte hatte sich trotz des Energydrinks Müdigkeit breitgemacht. Álvaro hatte ihr angeboten, ein wenig zu schlafen. Er fühle sich fit, hatte er beteuert und versprochen, dass er auf keinen Fall einschlafen würde. Deswegen hatte Brigitte den Beifahrersitz leicht nach hinten geschraubt und sich auf ein Nickerchen eingelassen. Sie hatte noch gespürt, wie Álvaro eine Jacke über sie legte, und war dann weggedämmert.

Die Kommissarin wusste, dass ihre Träume gerade in diesen Kurzschlafphasen zu einer beachtlichen Kreativität in der Lage waren. Deswegen war sie fast enttäuscht, als sie aus völliger Traumlosigkeit durch ein hektisches Klopfen auf ihren Oberschenkel geweckt wurde.

»Brigitte, wach auf, da ist gerade jemand zu Elenas Haus geschlichen.«

Auf der Digitaluhr am Armaturenbrett war es drei Uhr zwölf. Tiefste Nacht. Trotzdem war Brigitte mit einem Schlag hellwach.

In Elenas Haus war alles dunkel. An der Hintertür war niemand zu sehen, der Eingang ins Haus durch den Laden lag hinter einer kleinen Hecke. Und tatsächlich. Dort waren im fahlen Licht der Straßenlaternen Bewegungen auszumachen.

»Hast du deine Pistole parat? Wir müssen raus«, flüsterte Brigitte ihrem Kollegen zu.

Der nickte und öffnete langsam die Fahrertür, um keine Geräusche zu machen. Auch Brigitte löste ihre Tür behutsam aus der Verriegelung und beobachtete weiter die Stelle, an der sie eben noch die Gestalt gesehen hatte. Jetzt konnte sie allerdings keine Bewegungen mehr erkennen. Entweder war die Person weitergegangen – oder schon im Haus!

Die beiden Kommissare sprinteten auf leisen Sohlen über das Kopfsteinpflaster. Hinter der Hecke sahen sie, dass der Eingang zu Elenas Geschäft geschlossen war. Durch das Schaufenster sah man auch in dieser Bäckerei das bläuliche Licht einer Insektenvernichtungslampe – und durch dieses Licht bewegte sich ein Schatten Richtung Backstube.

Álvaro riss die Tür auf. Jetzt ging es nicht mehr um Geräuschvermeidung, sondern um Schnelligkeit.

Die beiden Polizisten stürmten den Laden mit vorgehaltenen Waffen und riefen in die Dunkelheit der Backstube: »Polizei, sofort stehen bleiben!«

Aus dem Arbeitsraum drang ein metallisches Geräusch, danach ein kurzer Schrei.

Álvaro und Brigitte verharrten im Schutz des Türrahmens. Álvaro leuchtete den Raum mit einer kräftigen Taschenlampe aus, an die er dankenswerterweise für die Observation gedacht hatte.

Der Lichtkegel huschte über den Boden. Hinter der Teigrührmaschine lag ein Mensch. Er war offenbar gestolpert und machte keine Anstalten, die Kommissare anzugreifen.

»*No disparar*«, wimmerte eine weinerliche Stimme auf Spanisch, und dann auf Deutsch: »Nicht schießen.«

Brigitte erkannte die Stimme sofort. Dieter Auwärter.

Der Heiler versuchte, mit erhobenen Händen aufzustehen. Geblendet vom grellen Licht der Taschenlampe konnte er nicht sehen, wer in der Tür stand.

»Hände oben lassen, Herr Auwärter«, sagte Brigitte streng. »Was wollten Sie um diese Uhrzeit im Haus von Frau Jiménez?«

Dieter zitterte am ganzen Körper. Er blinzelte ins helle Licht. »Ich, ich wollte zu Elena.« Mehr kam nicht. Er sah aus, als würde er jeden Moment losheulen.

»Und warum schleichen Sie sich hier so heimlich rein? Wir sprechen jetzt auf Spanisch weiter, damit mein Kollege Sie auch versteht, klar?«

Dieter nickte. »Es war eine Eingebung. Ich bin wach geworden und habe gespürt, dass Elena mich braucht. Ich wollte sie nicht wecken, mich nur neben sie legen und ihr mit meiner Aura Kraft spenden.«

Álvaro guckte irritiert, Brigitte machte ein kurzes »So tickt der Typ eben«-Schulterzucken.

In diesem Moment ging im Treppenhaus, das sich an die Backstube anschloss, das Licht an. Von oben rief Elena: »Was ist denn da unten los? Dieter? Ich habe doch deine Stimme gehört.«

»Ja, Elena, ich bin's, komm schnell runter, die Polizei will auf mich schießen!«

Die Bäckerin nahm die paar Stufen und schaute ungläubig. Brigitte und Álvaro hatten weiterhin ihre Pistolenläufe auf den weinerlichen Dieter gerichtet, der immer noch die Hände in die Luft hielt.

»Was machst du in meinem Haus?«

»Du hast mir doch den Schlüssel gegeben, schon vor ein paar Jahren. Und vorhin bin ich aufgewacht, mitten in der Nacht, das passiert mir sonst nie. Das war für mich ein ganz deutliches Signal, dass du meine Hilfe brauchst. Kann ich vielleicht die Hände runternehmen?«, fragte er in Richtung der Polizisten.

Álvaro und Brigitte nickten unisono. Von Auwärter schien keine Gefahr auszugehen.

»Uns hat doch mal so viel verbunden«, fuhr er fort. »Ich wollte mich zu dir legen und dir Kraft geben, verstehst du denn nicht?«

Elena schüttelte den Kopf. Sie wusste nicht, was sie sagen sollte. War ihr Nachbar wirklich so vergeistigt, dass er sich glaubte, was er sagte? Oder wollte er sie als Nächstes um die Ecke bringen?

Álvaro durchsuchte Auwärter. Außer einem Schlüsselbund hatte er nichts bei sich, im Speziellen nichts, was auf einen möglichen Angriff schließen ließ. Allerdings lagen allein im Geschäft und in der Backstube so viele Messer herum, dass man eine Tatwaffe nicht erst hätte mitbringen müssen.

Brigitte wusste nicht, wie sie Auwärters Eindringen bei seiner Nachbarin bewerten sollte. Vielleicht hatte sich der Kontakt der beiden nach den Morden an Wolfgang und Diego wieder intensiviert. Immerhin hatte Dieter für Elena gelogen und Siepe als seinen Gast deklariert, damit sie keinen Ärger mit den Behörden bekam. Andererseits kam ihr die Bäckerin verstört vor. Es schien also nicht üblich, dass Auwärter des Nachts bei ihr auftauchte.

Álvaro hielt es offenbar für das Beste, Elena entscheiden zu lassen. »Frau Jiménez, das ist Ihr Haus, und Herr Auwärter ist Ihr Bekannter. Falls dieser Besuch nicht in gegenseitigem Einverständnis erfolgte, können wir den Herrn wegen Hausfriedensbruchs vorläufig festnehmen.«

Dieter schaute Elena flehentlich an. Sie stand ratlos da und suchte fragend Brigittes Blick, die die einzige andere Frau in der Runde war.

Brigitte bemerkte die Überforderung der Bäckerin und schlug vor: »Wie wäre es, wenn wir Herrn Auwärter nach nebenan zurückbringen und einen Platzverweis für Ihr Haus aussprechen, Elena? Er darf sich Ihrer Wohnung und Ihrem Geschäft dann für eine bestimmte Zeit nicht nähern. Sie können ihn aber jederzeit aufsuchen, wenn Sie mit ihm sprechen wollen.«

Álvaro musste sich beiseitedrehen, damit die anderen sein Grinsen nicht sahen. Was die deutsche Kommissarin hier vorschlug, entbehrte jeder gesetzlichen Grundlage und konnte erst recht nicht von einer ausländischen Beamtin festgelegt werden. Aber Dieter festzunehmen kam Álvaro auch etwas überzogen vor. Deswegen stellte er das Schmunzeln ab, schaute bedeutungsvoll und gab der Anregung seiner Kollegin durch ein kurzes »Sí« seinen Segen.

»Und natürlich bleibt die Überwachung bestehen, Frau Jiménez, Sie müssen also keine Sorge haben, dass Herr Auwärter den Bannkreis um Ihr Haus durchbrechen könnte«, fügte er hinzu.

Elena nickte langsam. »Nimm es mir nicht übel, Dieter, aber ich würde diesem Vorschlag gern zustimmen. Du hast mich wirklich erschreckt. Ich melde mich bei dir, und dann sprechen wir noch mal über alles.«

Dieter sah aus wie ein begossener Pudel. »Ich hab's doch nur gut gemeint«, flüsterte er, drehte sich von Elena weg und ließ sich von den Polizisten nach draußen begleiten. Auf Deutsch sagte er zu Brigitte: »Glaubet Sie mir wenigschtens? Des war e uhnglaublich reale Eingäbung, fascht en Fanal, dass Elena sich nach meiner Nähe gsehnt hat …« Wenn es ums Übersinnliche ging, war sein Schwäbisch sofort wieder da.

Brigitte wusste nicht, ob sie wütend war oder Mitleid mit dem Typ hatte, deswegen sagte sie: »Legen Sie sich am besten wieder hin. Versuchen Sie zu schlafen und warten Sie, bis Elena auf Sie zukommt. Ich bin sicher, dass sich alles wieder einrenkt. Und halten Sie sich bis dahin von ihrem Haus fern.«

Dieter nickte wie ein zurechtgewiesener Schuljunge und schloss seine Haustür auf. Mehrere Katzen schienen auf ihn gewartet zu haben, es miaute aus allen Ecken.

Brigitte blickte zu Álvaro, der Dieter nachdenklich hinterherschaute.

»Ich hoffe nur«, sagte er, »dass dieser Vogel wirklich nur verwirrt ist und wir keinen Fehler gemacht haben ...«

★★★

Der nächste Arbeitstag des kleinen internationalen Ermittlerteams begann erst um die Mittagszeit. So hatten Álvaro und Brigitte Zeit, nach ihrer Observation ein paar Stunden zu schlafen. Nach dem Vorfall mit Dieter Auwärter hatte sich die Nacht in die Länge gezogen, ohne dass noch etwas passierte. Jesús hatte seinen deutschen Kollegen nach Mitternacht im Hotel in San Agustín abgesetzt und war zu vorgerückter Uhrzeit den langen Weg nach Firgas zurückgefahren.

Die deutschen Kommissare hatten sich in der Lobby getroffen. Brigitte fühlte sich nach der durchwachten Nacht zwar noch ein wenig matschig, aber sie wartete aufgeregt darauf, Daniel endlich von Dieters seltsamem Auftauchen in Elenas Haus erzählen zu können. Die beiden setzten sich auf eine Bank vor dem Hotel, warteten darauf, dass Jesús mit seinem klapprigen Wagen auftauchte, und Brigitte berichtete, was in Fataga passiert war.

»Wahrscheinlich habt ihr richtig gehandelt«, sagte Daniel, nachdem sie ihre Schilderung beendet hatte. »Dass Dieter das Haus seiner Nachbarin betreten kann, geschieht in gegenseitigem Einvernehmen. Sonst hätte sie ihm den Schlüssel abgenommen. Er hat sich halt den denkbar dümmsten Zeitpunkt ausgesucht. Aber er trug keine Waffe oder so was bei sich – und Elena hat auf eine Anzeige wegen Hausfriedensbruchs verzichtet. Da blieb euch wohl gar nichts anderes übrig, als ihn wieder in seine esoterische Bude zurückzubringen.«

»Ich bin mir nur nicht sicher, ob er wirklich ungefährlich ist. Er ist zumindest einer der wenigen, der beide Mordopfer kennt – und im Fall Siepe auch ein Motiv hätte. Eifersucht.

Ich würde heute gern noch mal mit ihm sprechen. Ohne Übermüdung und Taschenlampe und so.«

In diesem Augenblick schepperte Jesús' Pick-up um die Ecke. Er hupte fröhlich, als er die deutschen Kollegen in der Sonne sitzen sah.

Brigitte nahm auf dem Beifahrersitz Platz, Daniel im Fond. Jesús strahlte und fing sofort an zu plappern. »Na, Brigitte, hast du ein wenig geschlafen? Ich kann dir sagen, du hast gestern ein großartiges Fest verpasst. Dein Kollege hat getanzt wie ein Südamerikaner. Das lag natürlich an der wunderbaren Musik, die wir gespielt haben. He, Daniel, *bailando*, he?«

Der Angesprochene erschloss sich, dass es wohl um das gestrige Fest ging. »*Sí, música muy bueno*«, sagte er und schickte noch ein »*Fiesta*« nach, weil ihm das Wort auf Spanisch gerade einfiel.

Brigitte drehte sich zu Daniel um. »Duuu hast getanzt? Das hast du noch nicht mal auf der letzten Weihnachtsfeier gemacht, und da hatten wir alle ordentlich einen sitzen.«

Daniel zuckte entschuldigend mit den Schultern. »Das war einfach die Situation gestern. Die Stimmung war so ausgelassen, und … dort kannte mich ja auch keiner.«

»Wahrscheinlich hast du mit dem halben Dorf geflirtet«, mutmaßte Brigitte.

»Wenn meine Kollegin die Nacht mit einem heißblütigen Spanier verbringt, steht mir das vertraglich ebenfalls zu«, frotzelte Daniel zurück.

»Was heißt denn da ›ebenfalls‹? Ich habe mit Álvaro nicht geflirtet, sondern einen durchgeknallten Seelenheiler überwältigt. Apropos«, wandte sich Brigitte nun auf Spanisch an Jesús, »hat dein Kollege dir schon erzählt, was wir heute Nacht erlebt haben?«

»Ja«, sagte der Chef der gran-canarischen Mordkommission. »Und ich denke, dass wir diesen Herrn noch mal besuchen sollten. Die Begründung klingt doch nach Larifari. Der lullt uns mit seinem spirituellen Geschwätz ein. Das sollten wir uns nicht gefallen lassen. Und einen anderen Anhaltspunkt haben wir gerade eh nicht.« Jesús wollte direkt Nägel mit Köpfen machen und fischte sein Handy aus dem Handschuhfach. Weil er parallel dazu in der anderen Hand eine Zigarette hielt, fing der Wagen ein wenig an zu schlingern. Er suchte nach der Nummer seines Kollegen, konzentrierte sich kaum mehr auf die Straße und lenkte mit den Knien.

»Hör mal, Álvaro«, plärrte Jesús in das Mobiltelefon. Er gehörte offenbar zu der Altersklasse, die dachte, man müsse in ein Telefon ohne Kabel besonders laut sprechen. »Wir fahren direkt zu diesem Dieter nach Fataga hoch. Ich denke, drei Leute genügen da.«

Auf der Schnellstraße ging es in diesem Moment recht langsam voran, der Wagen röchelte untertourig im fünften Gang, aber eine Hand zum Schalten war einfach nicht frei.

»Ja, genau, fahr du einfach ins Büro, wir kommen danach auch dorthin.« Jesús warf das Handy ins Handschuhfach zurück, was Brigitte und Daniel ganz gut fanden.

Der spanische Kommissar bog auf die Serpentinenstraße ins Landesinnere ab. »Ihr habt doch von dieser Künstlerin erzählt. Sie malt ihre Bilder tatsächlich aus Blut? Ich überlege, ob wir eins mitnehmen und zur Analyse ins Labor schicken.«

»Das ist vielleicht keine schlechte Idee«, antwortete Brigitte. »Ich halte diese Frau von Goch zwar für ungefährlich, aber wir kommen in dem Fall auch nicht weiter, wenn wir jeden für ungefährlich halten, der nicht mehr alle Tassen im Schrank hat. Genau wie Dieter Auwärter. Seit gestern Nacht ist für mich offensichtlich, dass der noch in Elena verknallt ist. Und das wäre ein einwandfreies Motiv, Siepe aus dem Weg zu räumen. Die Frage ist nur, weswegen dann auch Diego sterben musste.«

Jesús hatte eine Theorie: »Vielleicht hat der Sohn mitbekommen, dass seine Mutter eine Affäre mit dem Nachbarn hatte, und dagegen rebelliert? Er wollte Elena Dieter ausreden. Und zack, war er tot.«

»Aber war die Affäre zwischen den beiden nicht sowieso

beendet, als Siepe auftauchte? Warum sollte Auwärter Monate später den Jungen umbringen, der vielleicht etwas gegen die Beziehung seiner Mutter hatte?« Brigitte schwieg kurz und ließ sich ein weiteres Mal von der Schönheit dieses Tals beeindrucken. Daniel war eingenickt, deswegen musste sie ihm die Konversation nicht übersetzen. Sie fuhr sich mit der Hand über die Augen, als wolle sie sich selbst resetten. »Ich habe irgendwie das Gefühl, dass uns ein wichtiges Puzzleteil zur Lösung noch fehlt.«

Jesús steuerte den Wagen über die Gebirgsstraße nach Fataga. Auch wenn Brigitte erst den dritten Tag auf Gran Canaria war, kam ihr alles schon sehr vertraut vor. Sie unterdrückte ein Gähnen. Die durchwachte Nacht steckte ihr noch in den Knochen.

Der Pick-up hielt in der Ortsmitte an einer Stelle, die sich nicht ansatzweise als Parkplatz eignete. Jesús blickte sich kurz um, entdeckte aber keine andere Abstellmöglichkeit, ohne einen längeren Fußmarsch in Kauf nehmen zu müssen, und winkte ab. »Wir sind Polizei«, sagte er zu Brigitte und Daniel, der beim Abschalten des Motors wieder wach geworden war.

Die Beamten klingelten an Dieter Auwärters Gartentor. Aus einem geöffneten Fenster seines Hauses perlten sphärische Klänge, Dieter schien also da und wach zu sein. Dennoch passierte nichts.

Brigitte klingelte erneut.

Daniel war das Verhalten des selbst lizensierten Seelenheilers langsam leid. »Ich habe mit dem Typ jetzt echt die Faxen dicke. Der führt uns doch an der Nase rum. Wenn der in zehn Sekunden nicht aufmacht, trete ich dem die Tür ein.«

Brigitte musste nicht übersetzen, der spanische Kommissar konnte sich aufgrund von Daniels Mimik vorstellen, was der deutsche Kollege gesagt hatte.

Jetzt drückte Jesús auf den Klingelknopf, es schrillte sekundenlang. »Wenn ich die Glocke hier bis auf die Straße höre, muss er das doch auch mitbekommen. Herrschaftszeiten!«, schimpfte er.

Brigitte signalisierte ihm, dass er aufhören solle. Auf Spanisch sagte sie: »Nicht dass ihm auch etwas zugestoßen ist ...«

»Unsinn«, gab Jesús zurück. »Betrunkene und Irre haben einen Schutzengel.« Er schaute sich suchend am Boden um. Schließlich bückte er sich, hob einen mittelgroßen Kieselstein auf, ging ein Stück nach rechts, um eine bessere Wurfposition zu haben, und pfefferte den Stein durch die geöffnete Scheibe in Dieters Haus.

Irgendetwas klirrte. Dann ging die Musik aus.

Kurz danach tauchte Auwärter im Fensterrahmen auf. »Wa'schn des für e Randale? Ach, Sie sind's!«, tat er überrascht, als er die Polizisten sah. »Hen ihr grad was neigworfe?«

Da Dieter Deutsch sprach, antwortete Daniel. »Ja, das waren wir. Sie haben auf unser Klingeln nicht reagiert. Mehrfach nicht. Lassen Sie uns bitte herein, wir müssen dringend noch mal mit Ihnen reden.«

»Es isch grad ganz schlecht, i bin grad dabei, e hypnotische Rückführung vorzubreite. Also en ganz schlechter Zeitpunkt.«

»Ihr Auftauchen gestern bei Elena war auch ein ganz schlechter Zeitpunkt.« Daniel malte mit seinen Fingern die imaginären Anführungsstriche von Dieters Zitat in die Luft. »Also, reinlassen oder Verhör auf dem Revier, Sie können es sich aussuchen.«

»Ich weiß net, ob Sie befugt sind, als deutscher Polizischt mit mir auf spanischem Boden so zu spreche«, sagte Dieter, schloss aber gleichzeitig das Fenster und machte sich auf den Weg zur Tür. Missmutig ließ er die Kommissare eintreten.

Brigitte, Daniel und Jesús lümmelten sich unaufgefordert in eine Sitzgruppe, die Dieter sonst offenbar für Gesprächsrunden nutzte. Er setzte sich widerwillig dazu.

Daniel eröffnete. »Herr Auwärter, wir werden dieses Gespräch auf Deutsch führen, dann können Sie nachher nicht behaupten, es habe sprachliche Missverständnisse gegeben. Meine Kollegin wird dem spanischen Kommissar übersetzen. Klar?«

Dieter nickte. Sobald der Ton etwas schneidender wurde, ließ er sich schnell einschüchtern. Deswegen gab Daniel die Zügel auch nicht aus der Hand.

»Wir sind uns einig, dass Sie ein Motiv gehabt hätten, Wolfgang Siepe umzubringen. Der nächtliche Besuch bei Ihrer Nachbarin zeigt uns, dass Sie offenbar immer noch Gefühle für sie haben. Und deswegen kommt ein Mord aus Eifersucht für uns realistisch in Betracht.«

Dieter riss entsetzt die Augen auf, Daniel ließ sich nicht beirren, und Brigitte übte sich im wispernden Simultanübersetzen.

»Ich sag's Ihnen, wie es ist: Wir gehen davon aus, dass Sie auch Diego getötet haben. Es gibt Indizien, dass er die Beziehung zwischen Ihnen und seiner Mutter abgelehnt hat.«

»Woher haben Sie das?«, jaulte Dieter auf.

»War mir klar, dass Sie das nicht gern hören, aber das hat uns Frau Jiménez selbst so gesagt.« Hatte sie nicht, aber manchmal musste man ein Verhör ein wenig tunen, wenn etwas Brauchbares dabei herauskommen sollte.

Jetzt schaltete sich Brigitte ein, die mit ihrem Kollegen die »Good cop, bad cop«-Nummer spielend beherrschte. »Wir haben ja sogar Verständnis für Ihr Vorgehen. Alles ist gut, Sie leben auf dieser schönen Insel und haben manchmal eine nette Nacht mit Ihrer Nachbarin. Und dann taucht dieser Bäcker aus Heringen auf und bringt alles durcheinander.« Dieter schüttelte vehement den Kopf, aber Brigitte ließ sich nicht aus dem Konzept bringen. »Sie schauen sich das ein paar Monate an, in Ihnen brodelt es. Und schließlich ist es so weit. Sie locken die Opfer in einen Hinterhalt und richten sie hin. Wir wissen zumindest, dass der Lockanruf bei Siepe auf Deutsch getätigt wurde. Es passt also alles.«

»Nein, das tut es nicht!«, rief Dieter verzweifelt. »Natürlich hat es mir nicht gefallen, dass sich ein anderer Mann bei Elena eingenistet hat, aber … Moment mal, was haben Sie gerade gesagt, wo Wolfgang herkam?«

»Aus Heringen, das ist in Osthessen. Mein Kollege und ich kommen von der zuständigen Polizeidirektion in Bad Hersfeld.« Brigitte machte eine kurze Pause, weil sie den Grund für Dieters Frage nicht verstand.

Der sprang plötzlich auf. »Bitte lassen Sie mich kurz etwas in meinen Unterlagen nachprüfen. Die Ordner stehen im Arbeitszimmer.«

Brigitte nickte.

Daniel stand auf und ging Auwärter hinterher. Nicht dass er sich in den Nachbarraum schlich und von dort aus türmte. Diese Gefahr schien aber nicht zu bestehen, denn statt aufs Fenster steuerte Dieter auf ein Regal zu, in dem offenbar die Hefter mit seinen Abrechnungen standen. Er schaute kurz auf die Rücken der Ordner und zog einen heraus. »Augenblick, ich hab's gleich«, sagte er und begann hektisch zu blättern.

Daniel wurde ungeduldig. Was passierte hier? »Hören Sie, Herr Auwärter, wenn das auch wieder eins von Ihren Ablenkungsmanövern ist …« Er hörte auf zu sprechen, weil Dieter ihm ärgerlich mit der Hand bedeutete, ruhig zu sein.

»Hier, hier ist es! Das müssen Sie sich alle anschauen.« Dieter ließ Daniel im Büro stehen und flitzte zu den anderen Polizisten. Er hielt Brigitte den Ordner unter die Nase und tippte aufgeregt auf die Adresse in einem Briefkopf. »Dieser Ortsname ist mir gleich bekannt vorgekommen. Heringen. Und hier, das ist die Rechnung für einen Patienten, den ich vor ein paar Wochen in einer längeren Behandlung hatte. Aus Heringen!« Dieter triumphierte.

Daniel war aus dem Büro zurück und warf über Brigittes Schulter einen Blick in den Ordner. Es stimmte tatsächlich. Die Rechnung war adressiert an einen Andreas Weitmann, Meisenpfad 6, 36266 Heringen/Werra.

Mit einem Mal wurde Daniel blass. Er flüsterte »Ach du Scheiße« und ließ sich auf einen Sessel fallen. Er zuckte ungläubig mit dem Kopf und fuhr sich mit der Hand über die Stirn.

Jesús und Brigitte schauten den Kommissar besorgt an. Was war denn nur mit ihm los?

»Isch Ihne net gut?« Dieter war vermeintlich aus der Schusslinie, schon war sein säuselndes Schwäbisch wieder da.

»Ich ... ach du lieber Gott«, stammelte Daniel. »Eieieiei, das gibt's doch gar nicht. Ich kenne Andreas Weitmann. Und ich habe sogar eine Ahnung, warum er hier bei Ihnen war.«

Drei Augenpaare waren auf Daniel gerichtet. Jesús verstand zwar kein Wort, konnte aber in etwa erahnen, worum es ging.

»Brigitte, ich habe dir doch zu Hause noch von Heiko aus meiner Volleyballmannschaft erzählt. Und dass er zurzeit nicht kommen kann, weil er sich um seinen Bruder Andreas kümmert. Andreas Weitmann.«

Brigitte riss die Augen auf, Dieter flüsterte: »De'sch ja 'n Zufall.«

»Andreas hat bei einem Autounfall seine Frau und seine kleine Tochter verloren. Fahrerflucht, es war ein ganz tragischer Fall. Ich war schon x-mal deswegen bei den Kollegen, die die Verkehrsdelikte bearbeiten. Aber sie haben immer noch keine Spur zum Unfallverursacher, soweit ich weiß.«

Daniel verstummte. Er musste seine Gedanken ordnen.

Brigitte war schon ein Stück weiter. »An Siepes Auto wurden Unfallspuren gefunden. Was war das noch mal? Schwarzer Lack von einem französischen Wagen. Weißt du, was die Frau von Weitmann für ein Auto fuhr?«

Daniel schüttelte den Kopf. »Nein, aber das lässt sich natürlich herausfinden. Das gibt's doch alles gar nicht. Okay. Gehen wir mal davon aus, Siepe hätte diesen Unfall verursacht. Dann hätte er einen Grund gehabt, seinen Wagen im Edersee zu versenken. Aber woher soll Andreas Weitmann gewusst haben, dass der Typ, der hier nebenan in der Bäckerei gearbeitet hat, der Unfallverursacher war?« Daniel wandte sich an Dieter. »Ist es möglich, dass die beiden sich hier gesehen haben?«

Auwärter nickte. »Jaja, das ist sehr gut möglich. Die Patienten, die längerfristig bei mir bleiben, versorgen sich selbst. Und da ist es schon wahrscheinlich, dass Herr Weitmann auch mal in Elenas Bäckerei war.« Dieter wirkte erleichtert, dass er die Rolle als Hauptverdächtiger so überraschend losgeworden war.

»Es gibt natürlich die Möglichkeit, dass sich die beiden in Heringen schon mal gesehen und hier in der Bäckerei wiedererkannt haben. Aber Siepe wird ja kaum zu Weitmann gesagt haben: Ich bin nach Gran Canaria geflohen, weil ich zu Hause einen Unfall mit zwei Toten und Fahrerflucht verursacht habe. Nein, das muss anders gelaufen sein.« Daniel kaute auf seiner Unterlippe. Brigitte wusste, dass er angestrengt nachdachte, wenn er das tat.

Jesús merkte, dass die deutschen Kommissare gerade auf einer heißen Spur waren, und stellte erst einmal keine Fragen.

»Heringen müsste etwa siebentausend Einwohner haben. Da kennt nicht jeder jeden«, sagte Brigitte. »Daniel, weißt du, in welchem Ortsteil dieser Weitmann wohnt?«

»Ich glaube, Heiko und sein Bruder haben jeweils eine Doppelhaushälfte in Herfa. Die haben zusammen gebaut, wenn ich mich da recht erinnere.«

»Gut«, sagte Brigitte abwesend, weil sie auf ihrem Handy herumtippte.

Normalerweise duldete Dieter ja wegen der Strahlung keine Mobiltelefone in seinem Haus. Gerade machte er eine großzügige Ausnahme.

»Siepe wohnte in Kleinensee, zwar auch ein Stadtteil von Heringen, aber laut Handy-Navi ist der rund fünfzehn Kilometer weg von Herfa. Direkte Nachbarn waren die beiden also nicht.«

»In welchem Zeitraum war Herr Weitmann denn genau bei Ihnen in Behandlung?«, wollte Daniel von Dieter wissen.

Der griff zu seinem Ordner und prüfte die Rechnung. »Das war vom 3. bis zum 24. August. Ja, drei Wochen, ich kann mich erinnern, dass wir intensiv in der Trauerbewältigung zusammengearbeitet haben. Ich habe ihm sehr wirksame Globuli zur Beruhigung gegeben.«

Auf Dieters Behandlung ging Daniel nicht ein. »Die Morde waren am 18. beziehungsweise 19. September. Ist Herr Weitmann nach seiner Behandlung hier auf der Insel geblieben?« »Nein, er ist zumindest am 24.8. von einem Shuttleservice zum Flughafen gebracht worden. Das geht auch aus der Rechnung hervor.«

Daniel sah sich die Aufstellung genauer an. Fünftausendzweihundertfünfundvierzig Euro hatte Auwärter Weitmann für Beratung und Logis abgeknöpft. Eine stolze Summe. Er überlegte, ob Heiko mal irgendwas darüber erzählt hatte, was sein Bruder beruflich machte. Irgendwas mit EDV könnte das gewesen sein.

»Gut«, sagte Brigitte, »ob Weitmann tatsächlich nach Hause geflogen ist und danach vielleicht noch mal auf der Insel war, kriegen wir über die Fluggesellschaft raus. Für mich bleibt die Frage offen, woher er gewusst haben könnte, dass Siepe eventuell der Unfallverursacher war.«

»Und ob die Frau von Weitmann einen französischen Wagen fuhr«, fügte Dieter Auwärter an, der sich daraufhin einen tadelnden Blick von Daniel einfing. So ging's ja nun nicht: eben noch Verdächtiger und jetzt schon bei den Ermittlungen mitmischen.

Wenn Daniel zu diesem Zeitpunkt schon gewusst hätte, wie wichtig Dieter für seine Arbeit noch werden sollte, wäre er vielleicht etwas freundlicher zum Herrn Wunderheiler gewesen.

***

Auf der Rückfahrt in die Polizeistation von Playa del Inglés brachte Brigitte Jesús auf den aktuellen Stand. Daniel rutschte unruhig auf dem Rücksitz hin und her. Er konnte das Telefonat mit seinen Kollegen in Hersfeld kaum abwarten. Er hatte Gerhard Behrendt bereits eine SMS geschrieben, dass er auf keinen Fall nach Hause gehen dürfe, schließlich war

Deutschland durch die Zeitverschiebung schon eine Stunde näher am Feierabend.

Auf dem Revier angekommen, schnappte Daniel sich sofort das Telefon. Gerhard hob nach dem ersten Klingeln ab, offenbar war er nach Daniels Textnachricht genauso gespannt wie der Kommissar auf Gran Canaria.

»Das klingt ja nach unglaublichen Zufällen«, sagte der Kollege, als Daniel seine Zusammenfassung beendet hatte. »Dieser Seelenklempner behandelt den Hinterbliebenen, während der mögliche Unfallverursacher nebenan Brötchen verkauft. Die Anfrage an die Fluggesellschaften mache ich nachher fertig, aber die Details über den Unfall finden wir sofort heraus. Weitmann, hast du gesagt?«

Daniel hörte, wie Gerhard auf seiner Tastatur herumhackte und sich mit der Maus durch die Daten klickte. Manchmal brummte er dabei leise. Nach einer Weile schien er den richtigen Vorgang gefunden zu haben.

»Ha, hier habe ich den Unfallbericht. Warte mal kurz ... ah ja. Also, das Ganze ist auf der B 62 passiert, zwischen Friedewald und dem Abzweig nach Schenklengsfeld, unten an der Brücke über die Solz. Liest sich so, als sei der Wagen von Frau Weitmann von der Fahrbahn gedrängt worden. Irgendein Idiot hat sie überholt, kurz vor der Kurve unten im Solztal kam Gegenverkehr, der Raser zieht wieder auf die rechte Spur. Frau Weitmann verreißt das Lenkrad und kommt ins Schleudern. Der Wagen überschlägt sich und bleibt in der Böschung liegen. Auweia, hier sind Fotos von der Unfallstelle eingescannt, das sieht wirklich alles böse aus.«

Daniel schluckte. Er hatte während seiner Ausbildung draußen auf Streife zwar schon einige schlimme Unfälle mit ansehen müssen. Aber dieser Fall ging ihm nah. Er kannte Andreas Weitmann nicht persönlich, aber sein Bruder war ein guter Kumpel. Und normalerweise bekam man als Polizist nicht mit, was mit den Verletzten nach einem Unfall passierte. Man verließ den Unglücksort in der Hoffnung, dass ihnen im

Krankenhaus geholfen werden konnte. Aber in diesem Fall wusste Daniel, dass es keine Hilfe für die Frau und die Tochter von Andreas gegeben hatte.

Gerhard wusste nichts von den Gedanken seines Kollegen und redete weiter. »Du, Daniel, die Sache wird immer interessanter. Der Wagen der Opfer ist ein schwarzer Renault Twingo. Du erinnerst dich ...«

»Jaja«, fiel Daniel ihm ins Wort. »Die Lackspur an Siepes Auto. Was sagtest du noch? Die Farbe wird bei Peugeot, Citroën und bei älteren Modellen von Renault verwendet, so war's doch?«

»Ganz genau. Und jetzt halt dich fest. Aus den Zeugenaussagen geht hervor, dass der flüchtige Unfallverursacher einen roten Wagen fuhr. Und Siepes Honda war ...«

»... rot«, ergänzte Daniel.

Eine Pause entstand. Knapp viertausend Kilometer lagen zwischen den beiden Kommissaren, aber beide wussten im selben Moment, dass sie der Lösung des Falls wahrscheinlich ganz nah waren.

Daniel hatte seine Gedanken zuerst geordnet. »Gehen wir mal davon aus, dass Wolfgang Siepe tatsächlich der Unfallfahrer war. Woher wusste Andreas Weitmann das, wenn wir das nicht wussten? Gab es ein Phantomfoto des Unfallverursachers?«

»Nein, zu der Sache existiert eh nur eine Zeugenaussage. Ein anderer Verkehrsteilnehmer, der sich an ein rotes Auto erinnern konnte. Keine Marke, kein Kennzeichen und erst recht keine Beschreibung des Fahrers.«

»Wir müssen Elena fragen, ob Siepe zu Weitmann während ihrer gemeinsamen Zeit auf der Insel näheren Kontakt hatte. Vielleicht haben die gemerkt, dass sie aus derselben Gegend stammen, haben sich mal auf ein Bierchen getroffen – und Wolfgang vertraut Andreas die Unfallgeschichte an.«

»Ziemlich unwahrscheinlich«, gab Gerhard zurück. »Wenn du dein Auto versenkst und auf die Kanaren flüchtest, wirst du doch niemandem erzählen, warum du das gemacht hast. Schon gar keinem aus deiner Heimat.«

»Da haste recht, sehr plausibel klingt das nicht. Du, ich muss das jetzt erst mal sacken lassen und mit Brigitte gemeinsam nachdenken. Machst du Druck bei den Fluggesellschaften?«

»Sobald ich aufgelegt habe, kümmere ich mich darum«, versprach Gerhard. »Und wenn ihr schon beim gemeinsamen Nachdenken seid, dann verschwendet doch mal einen Gedanken daran, warum Weitmann auch diesen Diego hätte umbringen sollen. Denn der dürfte mit dem Unfall ja nun nichts zu tun gehabt haben.«

Nach dem Telefonat unterrichtete Daniel Brigitte über die neuesten Erkenntnisse, die wiederum alles für die spanischen Kollegen übersetzte. Man konnte zwar jetzt nicht behaupten, dass es allein Daniel gewesen wäre, der den Fall möglicherweise gelöst hatte, aber das erstaunte Gesicht von Álvaro tat dem deutschen Kommissar dann doch ganz gut.

Jesús schlug vor, dass er bei den einheimischen Fluggesellschaften eine Anfrage nach Weitmann starten könne. Immerhin war es möglich, dass er mit Iberia oder Air Europa geflogen war – und da kam man mit Spanisch schneller weiter als mit Deutsch.

Álvaro wollte Elena anrufen und klären, ob es intensivere Kontakte zwischen Weitmann und Siepe gegeben haben könnte.

»Dann haben wir ja gar nichts zu tun«, sagte Brigitte halb scherzhaft und fragte Jesús, ob sie mit Daniel noch irgendetwas erledigen könnte.

»Ja, ich habe eine wichtige Aufgabe für euch.« Der Chef der kanarischen Mordkommission schnappte sich einen Stift und malte einen Stadtplan in die Luft. »Ihr geht an der Hauptstraße nach links, irgendwann könnt ihr sie mit einer Brücke überqueren. Dort trefft ihr auf die Straße San Cristóbal de la Laguna. Die geht ihr ganz runter. Sie endet am Strand. Dort setzt ihr euch in den weichen Sand. Und überlegt euch schon mal, wie wir diesen Weitmann schnappen könnten. Außerdem tankt ihr ein bisschen Sonne, ihr seid schrecklich blass.«

»Aber wir können doch nicht in der heißesten Phase der Ermittlung am Strand sitzen«, widersprach Brigitte.

Jesús grinste. »Natürlich könnt ihr das. Ich bin formell der Leiter dieser Ermittlungstruppe aus uns vieren. Und ich befehle im Rahmen der interkulturellen Annäherung, dass ihr das bewährte Instrument der Kreativ-Siesta kennenlernt. Praktizieren Álvaro und ich seit Jahren mit großem Erfolg. Und jetzt ab an den Strand mit euch!«

***

Die deutschen Kommissare liefen los und hatten ihren Fall schon nach wenigen Minuten vergessen. So viele bauliche Scheußlichkeiten pflasterten ihren Weg, dass sie aus dem Staunen gar nicht mehr herauskamen.

Hier, im ältesten Teil der riesigen Hotelstadt von Playa del Inglés, hatten sich die Architekten vor mehr als vierzig Jahren nahezu auflagenlos austoben können. Die Gemeinde versuchte heute zwar, die Brutalität in Beton durch kosmetische Maßnahmen im öffentlichen Raum ein wenig abzumildern, aber ein paar dürre Palmen konnten die abweisende Wuchtigkeit der dutzendstöckigen Bettenburgen kaum kaschieren.

Daniel hatte großen Spaß daran, die Namen der Hotels auf seinem Handy in ein Bewertungsportal einzugeben und Brigitte vorzulesen, mit welchen Ideen die Hoteliers aus ihren Kästen noch die letzten Euros rauspressten. »Guck mal, in dem Hotel da gibt es zwar Fernseher auf den Zimmern, aber man muss zwei Euro pro Tag zahlen, damit sie funktionieren. Und dieses da drüben stellt großzügig Liegen am Pool zur Verfügung, die sind aber steinhart. Die weiche Auflage gibt es gegen Aufpreis.«

Brigitte entdeckte auf einem der Balkone eine ältere Frau, die sich mit Bier und Zigarette über die Brüstung lehnte. Über der Mauer an ihrem winzigen Freisitz hatte sie die britische Fahne angebracht. »Ist das nicht total traurig, so Urlaub zu machen?«, fragte sie. »Du sitzt wie in einer Plattenbausiedlung auf deinem Balkon, siehst nichts vom Meer und fängst schon tagsüber an zu trinken.«

Daniel zuckte mit den Schultern. »Ich glaube, die Leute suchen sich das selbst so aus. Der Sohn von Jesús hat mir gestern einen Prospekt von einem Landhotel im Norden der Insel mitgegeben. Das ist ein umgebautes Bauernhaus, sieht superschön aus und kostet kaum etwas. Man muss also nicht so enden, wenn man Urlaub auf Gran Canaria machen will.«

Die beiden Ermittler hatten die Strandpromenade erreicht. Die großartige Dünenlandschaft lag noch ein ganzes Stück weiter südlich. Hier im östlichen Abschnitt der Playa del Inglés gab es nur kleine Strände zwischen aufgeschütteten Steinbuhnen. Es war später Nachmittag, die Sonne hatte aber noch ordentlich Kraft.

Brigitte ließ sich in den weichen Sand fallen, Daniel zog sein T-Shirt aus, legte sich neben sie und schloss die Augen. »Kreativ-Siesta ist prima«, sagte er zufrieden.

Brigitte linste heimlich zu ihm herüber. Sie hatte ihn noch nie mit freiem Oberkörper gesehen, was sie augenblicklich bedauerte. Daniel war knapp vierzig und einigermaßen trainiert. Seine Unterarme waren durch die Sonne der vergangenen Tage gebräunt, der Rest eher hell. Direkt über den Bizeps verlief die Grenze zwischen braun und blass.

Die Kommissarin rief sich zur Ordnung. Jesús hatte sie zum Nachdenken an den Strand geschickt, nicht zur Kollegenbegutachtung. »Wenn sich rausstellt, dass Andreas Weitmann zur Tatzeit auf dieser Insel war, spricht wirklich alles dafür, dass er es war«, sagte sie deshalb. »Das Problem wird nur sein, ihm die Morde nachzuweisen. Er hat keine Spuren hinterlassen. Klar, es gibt tausend Indizien, aber er kann auch einfach behaupten, er hätte noch mal ein paar Tage Urlaub hier gemacht. Das reicht auf keinen Fall für eine Verurteilung.«

Daniel hatte die Hände hinter dem Kopf verschränkt und ließ die Augen beim Sprechen geschlossen. »An der Leiche von Siepe könnten wir DNA-Spuren von Weitmann finden. Immerhin muss er ihn irgendwie bis zu dieser Autobahnausfahrt transportiert haben.«

»Ja, aber wenn er nicht ganz blöd war, hat er dabei Handschuhe getragen. Und wenn wir ihn einbestellen, um einen DNA-Abgleich zu machen, ist er alarmiert. Noch weiß Weitmann wahrscheinlich nicht, dass wir ihm auf der Spur sind. Das sollten wir für uns nutzen.«

»Das stimmt natürlich. Wenn der erst mal einen Anwalt einschaltet, der merkt, dass die Beweislage löchrig ist, kriegen wir ihn nicht dran. Es wird also wenig helfen, wenn die Kollegen jetzt bei Weitmann in Herfa auftauchen und ihn mit den Vorwürfen konfrontieren.«

»Außerdem müssen wir eh abwarten, was die Anfrage bei den Fluggesellschaften ergibt«, gab Brigitte zu bedenken und wechselte auch von einer Sitz- in die Liegeposition am Strand. Sie spürte die vergangene Nacht in allen Knochen. Sie wusste zwar, dass sie jetzt tagelang Sand aus ihrer Lockenmähne herausspülen würde, aber es war ihr egal. Vielleicht einfach nur für fünf Minuten die Augen zumachen. Dieses Power-Napping soll ja ungeheuer effektiv sein … und schon war sie eingeschlafen, genau wie Daniel.

Beide wurden nach einer guten Viertelstunde geweckt, weil Daniels Handy klingelte. Er brauchte einen kleinen Moment, bis er realisierte, wo er war, aber als er die Nummer der Direktion in Bad Hersfeld sah, war er plötzlich hellwach.

»Bingo!«, trötete Gerhard Behrendt grußlos in den Hörer. »Condor-Flug DE 1402, Hinflug am 16. September, Frankfurt–Gran Canaria, Rückflug am 19., ebenfalls nonstop. Beide Male an Bord: Andreas Weitmann aus Heringen.«

»Donnerwetter, das ging aber schnell«, lobte Daniel und signalisierte Brigitte mittels ausgestrecktem Daumen, dass es gute Nachrichten aus der Heimat gab.

»Ich hatte doppeltes Glück. Erstens war Condor die erste Linie, die ich angefragt habe, und zweitens war eine äußerst reizende Dame am anderen Ende der Leitung. Na ja, und ein bisschen dringend habe ich's auch gemacht.«

Daniel merkte, wie stolz Gerhard auf den schnellen Ermittlungserfolg war. Jetzt durften die Kollegen in der Heimat allerdings nicht überstürzt handeln. Sonst könnte alles umsonst gewesen sein.

»Du, Gerhard, wir haben schon mal ein Stück vorgedacht. Wir sind der Auffassung, dass es keinen Sinn hat, Weitmann sofort zu schnappen. Wir haben zwar Top-Indizien, aber keine Beweise. Bisher sieht es nicht so aus, als habe er hier Spuren hinterlassen. Ein findiger Anwalt quatscht den aus der Sache sofort wieder raus. Brigitte und ich entwickeln gerade einen Plan. Könnt ihr euch solange noch gedulden?«

»Hör mal, mein Freund, hier ist es kurz nach sechs. Ich habe Feierabend, und meine Frau hat Wildgulasch gekocht. Natürlich kann ich mich gedulden.«

***

Die deutschen Kommissare warteten in einem kleinen Einkaufszentrum am Strand auf ihre spanischen Kollegen. Daniel hatte nach dem Telefonat festgestellt, dass seine Haut im Bauch- und Schulterbereich leicht spannte, und sich eilig sein Shirt wieder angezogen. In der Dienstzeit einen Sonnenbrand holen, das ging ja gar nicht.

Brigitte hatte Jesús im Revier angerufen und von den Ergebnissen berichtet. Der Chef befand es für spät genug, um die Beratungen bei einem Glas Vino fortzusetzen, und hatte die deutschen Gäste in ein kleines Café mit Meerblick dirigiert.

Nach seinem Eintreffen orderte Jesús eine Flasche Weißwein aus Lanzarote. »Diese Weine wachsen in kleinen Erdmulden auf Vulkangestein. Ihr werdet es schmecken. Hier bei uns auf Gran Canaria ist der Weinbau auch wieder im Kommen. Zum

Teil sind ganz neue Rebflächen entstanden. Aber, ich gebe es nur ungern zu, wenn ihr einen richtig guten kanarischen Wein mit nach Hause nehmen wollt, müsst ihr euch einen Tinerfeño kaufen, also einen von Teneriffa. Köstlich, sage ich euch, köstlich.« Jesús machte die Feinschmecker-Geste aus Daumen und Zeigefinger und küsste seine Fingerkuppen.

Daniel hatte verstanden, dass es um Weine ging, wollte aber lieber über den Fall als über Önologie sprechen. Er bat Brigitte zu übersetzen und ließ die Kollegen an seinen Gedanken teilhaben. »Ich habe die Sache mal andersrum überlegt. Was wir von Weitmann brauchen, ist ein Geständnis. Das werden wir bei einem Verhör wohl nicht bekommen, weil wir ihm die Morde nicht zweifelsfrei nachweisen können. Er darf sich also nicht verhört fühlen. Aber wir wissen ja, dass er im August längere Zeit bei Dieter war. Wie auch immer er auf diesen Vogel mit seinen zweifelhaften Behandlungsmethoden gekommen ist, Weitmann scheint an diesen Hokuspokus ja zu glauben. Ich frage mich, ob wir da irgendwo ansetzen können.«

»Du meinst, Auwärter soll so tun, als würde er so was wie eine Gesprächstherapie machen – und dabei ein Geständnis aus Weitmann rauspressen?«

»Mhh, ehrlich gesagt, wenn ich das jetzt so höre, glaube ich nicht, dass das funktioniert. Dazu hat Dieter nicht die Nerven. Und wenn er das Gespräch nur einmal zu plump auf die Morde lenkt, kann es sein, dass Weitmann sofort zumacht. Es muss noch eine andere Lösung geben.«

Der Kellner brachte den Wein und verteilte ihn auf vier kleine Gläschen. Er war kühl, fast bernsteinfarben und schmeckte, als hätte jede einzelne Traube die kompletten Mineralien aus dem Vulkanstein gezogen.

Daniel hatte nach dem gestrigen Abend ursprünglich den Plan, nicht schon wieder zu trinken, aber dieser Tropfen war einfach zu köstlich.

Álvaro zeigte auf die Gläser. »Das ist eigentlich ›una copa‹.

Ein kleines Glas. Aber auf den Kanaren wird alles Kleine noch kleiner gemacht. Also ›una copita‹. Mein kleiner Neffe ist nicht ›mi pequeño‹, sondern ›mi pequeñito‹. Hast du verstanden, Danielito?«

»Ich glaube schon, Álvarito«, sagte Daniel lachend.

»Sehr gut. Ich weiß, dass uns die Festlandspanier dafür auslachen. Aber die halten uns eh für eine Art Südamerikaner und nehmen uns nicht ernst.«

Jesús goss Wein nach und ermahnte seinen Kollegen. »Zurück zum Fall, Álvaro. Ich meine, die Voraussetzungen sind doch mehr als günstig. Wir wissen mit hoher Wahrscheinlichkeit, wer der Mörder ist. Wir müssen es nur noch aus seinem Mund hören. Ich hätte da eine Idee. Sie ist vielleicht ein wenig verwegen, aber sie könnte die Lösung sein.«

Die Kommissare steckten die Köpfe zusammen. Der spanische Chefermittler redete leise, die anderen Gäste sollten nicht mitbekommen, was in der Runde besprochen wurde. Brigitte übersetzte für Daniel, auch wenn sie selbst kaum glauben konnte, was Jesús da vorschlug.

Der Plan war kühn. Und nicht ohne Risiko. Aber er konnte funktionieren. Und allein darauf kam es an. Wichtig war jetzt nur, dass Burns mitspielte und sein Okay für die waghalsige Aktion gab.

Diese Sorge teilte Brigitte Jesús mit.

Aber der war in seinem Optimismus unerschütterlich. »Das lass mal meine Sorge sein. Ich fahre morgen früh ins Büro nach Las Palmas, schnappe mir einen Übersetzer und werde euren Chef schon überzeugen. Im Prinzip ist der ganze Fall eine Angelegenheit unter Deutschen. Aber wer hier auf meiner Insel mordet, wird auch auf meiner Insel gestellt.« Er prostete den Kollegen zu und grinste. Hatte sein Konzept aus Kreativ-Siesta plus Wein doch mal wieder funktioniert.

★★★

»Nein, nein und nochmals nein, das können wir nicht machen. Sie bringen mich in Teufels Küche. Wenn das der Polizeipräsident in Fulda erfährt. Oder noch schlimmer, das Ministerium in Wiesbaden. Ich sehe ja schon die Schlagzeile: ›Kamikaze-Aktion der Hersfelder Polizei gescheitert‹. Das bleibt dann alles an mir hängen.«

Dienststellenleiter Burns tobte. Was seine Kollegen da mit der spanischen Polizei ausgeheckt hatten, erschien ihm völlig unmöglich. Immerhin hatte er aber nach dem Gespräch mit Gran Canaria Jacqueline Gölz, Gerhard Behrendt sowie Michi und Matze zu sich gebeten, was darauf schließen ließ, dass er sich zumindest andere Meinungen zu der geplanten Vorgehensweise anhören wollte.

Jacqueline wusste, dass jetzt viel Fingerspitzengefühl nötig war, um ihren Chef umzustimmen. Sie fand den Plan zwar auch sehr gewagt, sah aber durchaus Erfolgschancen. Und selbst wenn es schiefgehen sollte, die Zeitung würde davon ganz sicher nichts erfahren, hier dramatisierte ihr Chef eindeutig.

»Ich bin da voll auf Ihrer Seite, Herr Burns. Für mich klingt das auch alles sehr abenteuerlich. Andererseits müssen wir abwägen, wie groß unsere Chancen bei einem normalen Verhör wären. Und da muss ich den Kollegen schon recht geben: allzu groß wohl nicht.«

Burns schaute unzufrieden. Gerhard Behrendt übernahm. Ihn hatte Daniel am Vorabend schon über Jesús' Idee informiert. Er hatte eine Nacht darüber geschlafen und sich mit dem trickreichen Schachzug angefreundet. »Ich denke, unser Wissensvorsprung gegenüber Weitmann hilft uns nur, wenn wir daraus ein Überraschungsmoment kreieren. Und ich denke wie die Kollegin Gölz, dass uns das mit einer Ingewahrsamnahme und der Vorhaltung der gegen ihn vorliegenden Indizien nicht in ausreichendem Maße gelingen würde.« Gerhard fand, dass ihm da ein Satz in richtig schönem Polizeideutsch gelungen war. Das musste einen Paragrafenreiter wie Burns doch überzeugen.

Sprachliche Brillanz war nicht Matzes Ding, aber er hatte auch kein schlechtes Argument: »Haben Sie denn 'ne bessere Idee, Herr Burns?«

»Darum geht es ja zunächst überhaupt nicht. Aber wir haben doch Zeit. Meiner Einschätzung nach ist keine Gefahr im Verzug, wir könnten diesen Weitmann einfach beobachten, bis er einen Fehler macht. Und bei einer lückenlosen Beweiskette schlagen wir zu.«

Das überzeugte Matze nicht. »Was für einen Fehler soll der denn machen? Bei einer Verkehrskontrolle versehentlich ausplaudern, dass er vor Kurzem zwei Menschen auf Gran Canaria umgelegt hat?«

»Jetzt werden Sie mal nicht komisch, Herr Rohleder. Es geht mir einfach darum, dass ich als Vorgesetzter Verantwortung für meine Leute habe. Und ich finde den gesamten Plan wirklich sehr riskant.«

»Hat net dieser Jesús gesagt, dass er die Verantwortung übernimmt?«, warf Michi ein.

»Das mag ja alles sein, aber Frau Schilling und Herr Rohde sind immer noch deutsche Polizeibeamte und damit mir unterstellt.« Burns machte eine kleine Pause. Er schaute seine Mitarbeiter an, einen nach dem anderen. »Sehe ich das richtig, dass Sie alle dafür sind, dieses verrückte Vorgehen so durchzuziehen, wie die das da unten offenbar unter Einfluss eines Sonnenstichs geplant haben?«

Vier Köpfe nickten. Burns schüttelte den seinen. Er stand auf und blickte anschließend aus dem Fenster. Zwischen den Bäumen war der Turm der charakteristischen Stadtkirche zu sehen. »So ein friedliches Städtchen«, murmelte er. »Warum muss ich hier immer in so unmögliche Situationen geraten?« Mit festerer Stimme wandte er sich wieder an seine Kollegen: »Sie erinnern sich, dass ich mich im vergangenen Jahr im Fall dieser ermordeten Schauspielerin auch darauf eingelassen habe, dem Täter eine Falle zu stellen? Und dass das um ein Haar schiefgegangen wäre?«

»Ja, aber eben nur um ein Haar«, erwiderte Gerhard süffisant. »Im Endeffekt hatten wir den Mörder, ein Geständnis und einen gelösten Fall.«

»Und auf dem Zeitungsfoto von der Pressekonferenz danach haben Sie wirklich gut ausgesehen, Herr Burns«, sekundierte Jacqueline Gölz.

Der Chef musste sich ein Grinsen verkneifen. »Hört auf, mich zu verhohnepipeln. Ich rufe jetzt in Spanien an und gebe denen mein Okay. Danach beraten wir hier alles in Ruhe, und dann legen wir los. Wenn schon Kamikaze, dann bitte mit Erfolg.«

★★★

Das Blaulicht zuckte über die Wände des dunklen Zimmers. Andreas Weitmann konnte sich nicht daran erinnern, dass sich jemals ein Polizeiauto in den Meisenpfad verirrt hatte. Vorn an der Hauptstraße jagten manchmal welche durch den Ort, wenn es oben auf der Autobahn einen schweren Unfall gegeben hatte, aber ansonsten waren die blau-silbernen Einsatzfahrzeuge ein seltener Anblick in Herfa.

Der Wagen schien sich nicht von der Stelle zu bewegen, das grelle blaue Licht huschte in kurzen Intervallen in unverändertem Einfallswinkel über die Schrankwand, den Fernseher und die antike Anrichte im Raum. Außer dem grellen Leuchten von außen und dem Fernseher gab es keine weitere Lichtquelle in Weitmanns Wohnzimmer.

Leise stand er auf und schlich in großem Bogen zum Fenster. Er zog den Vorhang leicht beiseite und lugte vorsichtig hinaus.

Der Polizeiwagen stand auf der anderen Straßenseite vor der Einfahrt des Nachbarhauses. Die zwei Beamten waren ausgestiegen und liefen die Straße hinauf. Dabei zeigte der eine auf die unterschiedlichen Häuser, der andere machte sich in einem kleinen Block Notizen. Vor dem großen Haus einer

Familie, die vor Kurzem aus Kassel hierhergezogen war, machten die Polizisten kehrt und wechselten auf Weitmanns Seite der Straße. Kurz verdeckte eine große Hecke sein Blickfeld, dann tauchten die Männer wieder auf. Der eine trug eine Taschenlampe in der Hand.

Weitmann wich ein Stück zurück, als die Beamten vor seinem Haus stehen blieben. Trotzdem konnte er sie weiterhin beobachten.

Der mit der Lampe leuchtete auf den Namen am Briefkasten, nickte, der andere schrieb etwas in seinen Block. Dann wanderte der Lichtkegel der Taschenlampe über die Fassade von Weitmanns Haus. Er hatte sich jetzt komplett hinter dem Vorhang versteckt, sah aber, wie sich das grelle weiße Licht der Lampe mit dem immer noch zuckenden blauen des Einsatzwagens mischte. Irgendwann war der weiße Lichtkegel verschwunden.

Weitmann wagte sich ein Stück näher ans Fenster und sah, wie die Polizisten wieder in ihr Auto einstiegen, das Blaulicht ausmachten und davonfuhren.

Was hatte das nur zu bedeuten? Weitmann merkte, dass er leicht zitterte. Das passte ihm gar nicht. Bisher war alles so glattgelaufen, er trug immer noch das Gefühl eines Siegers in sich.

Er versuchte sich zu beruhigen. Sicher war das Ganze nur ein Zufall. Schließlich hatten die Polizisten auch die anderen Häuser in seiner Straße inspiziert. Jetzt nur nicht verrückt machen lassen. Für die seltsamsten Dinge gab es oft die einfachsten Erklärungen.

Weitmann ging zu der antiken Anrichte, öffnete ein kleines verglastes Fenster und angelte aus der hintersten Reihe eine Flasche Schlitzer Edelbrand heraus. Die hatte er von seinen Kollegen zum vierzigsten Geburtstag bekommen. Damals, als noch alles in Ordnung gewesen war. Damals, als ihn Eva und Lilly mit einem selbst gebackenen Kuchen überrascht hatten, als er von der Arbeit gekommen war.

Andreas Weitmann hatte sich in den letzten Tagen viele

Gedanken über Recht und Gerechtigkeit gemacht. Rechtens war es vielleicht nicht, was er getan hatte, aber gerecht ganz bestimmt. Wie hätte denn die Alternative ausgesehen?

Natürlich, er hätte mit seinen Erkenntnissen zur Polizei gehen können. Immerhin hatte er mehr herausgefunden als diese unfähigen Beamten. Aber was wäre dann passiert? Im besten Fall wäre es zu einer Gerichtsverhandlung gekommen, die aller Wahrscheinlichkeit nach mit einer Bewährungsstrafe geendet hätte. Weitmann hatte im Internet viele vergleichbare Unglücke gefunden. Nur in den seltensten Fällen kamen die Mörder im Straßenverkehr für längere Zeit ins Gefängnis.

Er nahm einen kräftigen Schluck Himbeergeist und merkte, wie er ruhiger wurde. Er wollte dieses triumphale Gefühl nicht verlieren, das in der Lage war, seine Trauer einigermaßen zu überdecken.

Ein Schatten kannte keine Angst. Ein Schatten tauchte auf und verschwand spurlos wieder, da waren keine Emotionen im Spiel.

In die Stille des schummrig beleuchteten Wohnzimmers platzte das Klingeln des Telefons.

Wer konnte das sein? Viele Freunde, die Weitmann zumindest früher so genannt hätte, hatten ihn nach den Ereignissen im Frühjahr fallen lassen. Vielleicht fanden sie nicht die richtigen Worte, vielleicht wussten sie nicht, wie sie mit ihm umgehen sollten. Oder sie dachten, er würde sich schon melden, wenn er Hilfe brauchte. Aber auf die mitleidsvollen Gesichter und ihre überforderte Sprachlosigkeit konnte er verzichten.

Ein Schatten brauchte keine Freunde.

Auf dem Display wurde keine Nummer angezeigt. Weitmann nahm mit einem kurzen »Ja?« ab.

Am anderen Ende war niemand, der mit ihm sprach. Alles, was er hörte, war das Gemurmel von mehreren Menschen, die miteinander oder mit anderen Anrufern redeten. Die Geräuschkulisse klang wie aus einem Callcenter.

Mussten diese Nervensägen laut Gesetz nicht mittlerweile ihre Nummer übertragen? Weitmann wollte schon auflegen, als er plötzlich aus dem stimmlichen Wirrwarr die Worte »Notruf« und »Streife« heraushörte. Er suchte hektisch die Funktion, um den Ton lauter zu stellen. Was war das denn nun wieder? Er lauschte konzentriert.

Es fielen mehrere Namen von Ortschaften aus dem Kreisgebiet. Offenbar war er in der Notrufzentrale Bad Hersfeld gelandet. Aber weswegen hatten die ihn angerufen? Weitmann sagte kein Wort, hörte nur zu. Nach ein paar Minuten wurde es ihm zu bunt, er legte auf.

War das alles Zufall? Zuerst kreuzte der Streifenwagen vor seinem Haus auf, dann rief ihn offenkundig die Polizei an, wollte aber nicht mit ihm sprechen.

Das Zittern kam zurück, er goss sich einen weiteren Schnaps ein. Einen Moment lang wünschte er sich einen Freund, mit dem er über alles hätte sprechen können. Aber da war niemand. Sicher, er hätte zu seinem Bruder ins Nachbarhaus gehen können. Aber Heiko wusste nichts von den Geschehnissen auf Gran Canaria. Und das sollte auch so bleiben.

Weitmann kippte den Schnaps hinunter und entschloss sich, ins Bett zu gehen. Morgen würde die Welt wieder völlig anders aussehen.

Er zog sich aus, ging ins Bad und putzte sich die Zähne. Dabei begutachtete er sich genau im Spiegel. Er fand, dass man ihm die innere Aufgewühltheit nicht ansah. Das triumphale Lächeln, das seit dem Ende der Mission auf Gran Canaria seine Gesichtszüge beherrscht hatte, war zwar verschwunden, aber er sah nicht schlecht aus. Seine schon früh ergrauten Schläfen, die blauen Augen und das symmetrische Gesicht machten Andreas Weitmann zu einem Frauentyp. Er war knapp über vierzig, hatte Frau und Tochter verloren, ja, aber vielleicht war es noch nicht zu spät für einen Neuanfang.

Der Mann im Bad schaute seinem Spiegelbild in die Augen. Der Gedanke mit dem Neuanfang kam ihm heute nach dem

Unfall zum ersten Mal. Bisher hatte er die Zukunft nur als freudloses graues Loch gesehen, das es auf unbestimmte Zeit zu durchleben galt. Die Trauer hatte jeden Gedanken an ein lebenswertes Danach gelähmt.

Weitmann schloss die Augen. War er auf dem Weg, Eva und Lilly zu vergessen? Nein, »vergessen« war nicht das richtige Wort. Vielleicht eher »verabschieden« oder »loslassen«. Vergessen ging nicht, loslassen schon.

Er legte sich ins Bett. Früher hatte er vor dem Einschlafen immer noch ein paar Seiten gelesen. Seit dem Unfall konnte er sich auf Bücher nicht mehr konzentrieren.

Er hatte sich verordnet, vor dem Wegdösen niemals an seine Mädels zu denken. Meist ging er im Kopf durch, was am nächsten Tag an seinem Arbeitsplatz zu tun war. Der Job als Informatiker bei einem großen Logistik-Unternehmen ging ihm leicht von der Hand, er arbeitete den größten Teil des Tages allein in seinem Büro. Das war Weitmann ganz recht, so war er vor den kondolierenden Blicken seiner Kollegen sicher.

★★★

Eine milde Brise wehte durch die Gartenanlage und brachte die Wedel der Palmen zum Rascheln. Viele Tische der Terrasse waren besetzt, überwiegend von Pärchen, die den sanften Melodien eines Keyboarders lauschten. Windlichter flackerten auf den Tischen, der Pool strahlte hellblau erleuchtet, am Himmel funkelten die Sterne.

Brigitte und Daniel hatten heute ohne ihre spanischen Kollegen im Hotel zu Abend gegessen und waren anschließend in den Außenbereich gewechselt, um sich noch einen letzten Drink zu genehmigen.

Daniel streckte die Beine aus, gähnte und verschränkte die Arme hinter dem Kopf. »Jetzt ist es fast wie Urlaub«, sagte er, während Brigitte das Getränkeangebot studierte.

Sie legte die Karte beiseite und schob sich eine Locke aus

der Stirn. »Ja, aber die härteste Prüfung steht uns noch bevor. Ich bin echt aufgeregt. Und mich wundert immer noch, dass Burns uns dafür grünes Licht gegeben hat.«

»Ich vermute mal, er hatte einfach selbst keine bessere Idee. Und wenn es klappt, winken Lorbeeren. Du glaubst doch nicht, dass der bis zur Rente in Hersfeld bleiben will? Was meinst du, warum der ständig nach Praforst auf den Golfplatz rennt. Kontakte nach ganz oben pflegen, sage ich dir.«

Die beiden bestellten zwei Gläser kanarischen Rotwein, der Kellner stellte eine Schale mit Nüsschen auf den Tisch.

»Wichtig ist jetzt erst mal, dass Dieter das Ding souverän durchzieht«, sagte Daniel. »Er hat uns zwar seine Unterstützung versprochen, aber wer weiß, welche Chakren oder kosmischen Energien ihn aus dem Konzept bringen.«

»Du, ich glaube, der ist cleverer, als wir alle denken«, antwortete Brigitte. »Der kann sich hier eine feine Hütte leisten und von seinem Esoterik-Kram hervorragend leben. Im Prospekt steht, dass eine Stunde bei ihm fünfundsechzig Euro kostet. Das würden die Leute nicht zahlen, wenn er nicht zumindest ein begnadeter Menschenfänger wäre.«

»Menschenfänger ist ein schönes Wort«, sagte Daniel. »Ich hoffe, er setzt diese Fähigkeit in den nächsten Tagen zu unseren Gunsten gekonnt ein. Weißt du, was ein bisschen schade ist?« Daniel beantwortete seine Frage selbst: »Wenn es tatsächlich Weitmann war, ist diese Blut-und-Pipi-Malerin aus der Schusslinie. Die hätte mir als Täterin auch gut gefallen.«

Brigitte musste lachen. »Ja, das kann ich mir vorstellen, dass du die männerfeindliche Hexe gern verhaftet hättest.«

Der Kellner brachte den Wein. Die Kommissare prosteten sich zu und schauten schweigend Richtung Meer.

»Glaubst du eigentlich, Álvaro will was von dir?«, fragte Daniel nach einer Weile.

Brigitte schob ihr Weinglas am Fuß mit zwei Fingern Richtung Tischmitte, fuhr sich durch die Haare und griff sich anschließend eine Nuss. In einem Verhör hätte Daniel diese

Gesten als klares Zeichen gewertet, dass der Beschuldigte Zeit gewinnen will.

»Ich weiß es nicht«, sagte sie schließlich nachdenklich. »Ich kenne ihn nicht im Umgang mit anderen Frauen. Wahrscheinlich flirtet er mit jeder.«

Daniel sagte nichts. Auch eine alte Verhörstrategie. Das Gegenüber fühlt sich dann unter Zugzwang und plaudert manchmal interessante Dinge aus. Der Trick klappte auch bei Brigitte.

»Weißt du, Daniel, ich bin seit Jahren Single. Zu Hause lerne ich nicht allzu oft neue Männer kennen. Und da tut es gut, ja, es tut gut, wenn man das Gefühl hat, dass sich ein Mann für einen interessiert.«

»Jaja, ist ja schon okay.«

»Jetzt sag das doch nicht so schnippisch. Ihr Männer habt es da leichter. Ich muss mir in meinem Alter auch mal Gedanken machen, ob ich noch eine Familie haben will, also Kinder und so. Das geht ja nicht unbegrenzt.«

»Du denkst im Zusammenhang mit Álvaro an Kinder?«

»Das habe ich doch gar nicht gesagt, Daniel. Nur grundsätzlich. Aber zumindest ist Álvaro auch Polizist und liegt mir nicht in den Ohren, wie gefährlich mein Job ist und was für komische Dienstzeiten ich habe.«

»Ja, und wohnt viertausend Kilometer entfernt. Brigitte, ich will doch nur nicht, dass du dich da in was verrennst.«

Das war genau die Stelle des Gesprächs, an der es für eine Frau zwei Möglichkeiten gab: entweder steilzugehen wie eine fauchende Katze oder auf die geheuchelte Sorge des Kollegen mit gelogener Dankbarkeit zu reagieren.

Brigitte entschied sich für Option zwei. »Das ist lieb von dir, Daniel. Aber ich passe schon auf mich auf.« Sie ließ es sich nicht anmerken, aber sie ärgerte sich. Wieso musste erstens ihr Privatleben hier ausgerollt werden und zweitens auch noch in einer Form, die nahelegte, dass sie selbst zu naiv war zu unterscheiden, was gut und schlecht für sie war? Das war wieder typisch Mann: keinen Ton über seine Gefühlswelt preisgeben, aber zielsicher einschätzen, was andere tun oder lassen sollten.

Brigitte war seit Jahren in Daniel verschossen – und es gab nicht wenige Kollegen in der Polizeidirektion, die das auch wussten. Bisher nicht ergründen konnte sie, ob Daniel darüber im Bilde war.

Eigentlich war der Zeitpunkt günstig. Mit einer kleinen Wut im Bauch und dem dritten Glas Wein im Blut war Brigitte mutig genug, den Spieß umzudrehen und das Gespräch in eine andere Richtung zu lenken. Sie versuchte, die Frage möglichst beiläufig klingen zu lassen.

»Und wie ist das bei dir mit den Frauen? Gar niemand weit und breit, der dich interessiert?«

Daniel lupfte die linke Augenbraue. Brigitte wertete das als Zeichen, dass er mit dieser Frage nicht gerechnet hatte und sie gleichzeitig offenbar ein wenig kess fand. »Ach, interessieren, pfff …«, sagte er und fing an, sich umständlich die Ärmel seines Hemds hochzukrempeln. Ebenfalls eine eindeutige Geste, um Zeit zu gewinnen. »Es ist halt so, dass ich auch nicht viele Frauen neu kennenlerne. In meinem Volleyballverein spielen nur Männer, und in Bosserode kenne ich schon alle«, sagte er und schickte ein gekünsteltes Lachen nach.

»Dann eben am Arbeitsplatz.«

»*Never fuck the company.*«

»Ach komm!«, rief Brigitte. »Als würde sich bei uns einer daran halten. Guck mal, Sabine und Jörg sind ein Paar. Monika und Tayfun auch. Und ich glaube, Sarah findet den einen von der Streife gut. So einen Dunkelhaarigen, ich meine, der wohnt in Eiterfeld.«

»Roman meinst du? Mit dem blauen Audi? Ja, dann soll er mal zugreifen, Sarah ist doch voll der Schuss. Was ihr Frauen immer alles wisst!«

»Na ja, zumindest, dass Liebe unter Polizisten nicht selten ist.« Brigitte wagte es nach diesem Satz nicht, Daniel in die Augen zu schauen. Deswegen nestelte sie in ihrer Handtasche herum. Genau in diesem Augenblick hob der Keyboarder zu einer schmalzigen Version von »I Just Called To Say I Love You« an.

Brigitte blickte nicht von ihrer Tasche auf. In einem Inga-Lindström-Film würde ihr Gegenüber jetzt warten, bis sie hochguckte, und ihr einen eindeutig zweideutigen Blick schenken. Sie wusste, dass sie langsam aufhören musste, in ihrem Täschchen zu kramen, sonst würde es peinlich werden. Gerade als sie Daniel wieder anschauen wollte, spürte sie eine Hand auf ihrer Schulter.

Er hatte sich neben sie gestellt und sagte einfach nur leise: »Komm, wir tanzen eine Runde.«

***

Andreas Weitmann schreckte aus dem Schlaf hoch. Polizeisirenen! So einen Lärm hatte er noch nie gehört, seit er in Herfa wohnte. Tagsüber rumpelten zwar viele Lastwagen durch den Ort, die von Heringen zur Autobahn wollten, aber ein Martinshorn war noch nie dabei gewesen.

Weitmann setzte sich halb auf und lauschte in die Dunkelheit. Es schienen zwei Geräuschquellen zu sein. Und es klang, als würden sie das Dorf nicht auf der Hauptstraße durchfahren, sondern an Ort und Stelle bleiben. Es konnten natürlich auch Krankenwagen sein. Klingt deren Einsatzsignal eigentlich anders als das von Polizeiautos?, fragte sich Weitmann.

Er schlich zum Fenster. Von hier aus konnte er alles gut überblicken. Ein Blaulicht verortete er in der Nähe des Sportplatzes, ein anderes huschte durch seine Siedlung am Berghang. Sie hatten ihre Sirenen jetzt ausgemacht, trotzdem waren in einigen Häusern die Lichter angegangen. Der Radiowecker auf Weitmanns Nachttisch zeigte zwei Uhr achtunddreißig an.

Plötzlich gingen beide Blaulichter aus. Es herrschte völlige Stille in dem Dorf mit seinen gut sechshundert Einwohnern. So als ob nichts gewesen sei.

Weitmann beruhigte sich. Vielleicht hatte jemand versehentlich einen Notruf abgesetzt, das Ganze war ein Irrtum und die Einsatzwagen bereits zurück auf dem Weg in die Zentrale.

Gerade als er seinen Beobachtungsposten am Schlafzimmerfenster verlassen wollte, jaulte ein Motor auf. Mit quietschenden Reifen bog ein Polizeiauto von der Hofgasse in den Meisenpfad ein, warf das Blaulicht und das Martinshorn wieder an und raste unter ohrenbetäubendem Lärm durch das Wohngebiet. Oben, am Haus der kinderreichen Familie aus Kassel, wurden Licht und Ton abgestellt, die Fahrt verlangsamt, und der Wagen verschwand durch die nächste Wohnstraße ins Tal.

Weitmann lehnte sich gegen die Wand neben dem Fenster. Ganz eindeutig, diese Fahrt unter größtem Radau konnte nur ihm gegolten haben. Es war offensichtlich gewesen, dass die Beamten ihre Warnsignale kurz vor seinem Haus an- und direkt dahinter wieder ausgeschaltet hatten.

Weitmanns Herz klopfte, als wollte es aus dem Brustkorb springen. Er setzte sich aufs Bett und fuhr sich durch die Haare. »Scheiße, Scheiße, Scheiße«, flüsterte er.

Es war doch alles so gut gelaufen auf Gran Canaria. Hatte er irgendeinen Fehler gemacht? Er mahnte sich zur Ruhe, ging in Gedanken den Abend noch mal durch. Nein, er konnte keinen Schwachpunkt in seinem Handeln erkennen.

Natürlich, wenn die Beamten ihn erst mal im Visier hatten, war klar, dass sie seine Reisedaten über die Fluggesellschaft herausfinden konnten. Er hatte noch darüber nachgedacht, sich einen gefälschten Pass zu besorgen, aber nicht gewusst, wie so etwas ging. Außerdem war sein Wissensvorsprung doch so groß gewesen, dass man ihm gar nicht auf die Schliche kommen konnte.

Niemandem hatte Weitmann von seinem Plan erzählt. Nicht seinen Kollegen, nicht seinem Bruder, noch nicht mal Dieter Auwärter während seiner Therapie. Außerdem hätte der der Polizei bestimmt nichts erzählt. Und wieso sollte die

Auwärter überhaupt befragen? Gut, er war der Nachbar von dieser Bäckerin, bei der Siepe gewohnt hatte. Aber mit dem Fall hatte er ja nichts zu tun.

Im Wohnzimmer klingelte das Telefon. Zwei Uhr siebenundvierzig auf dem Radiowecker. Wer konnte das mitten in der Nacht sein? Vielleicht wollte jemand auch nur überprüfen, ob er zu Hause war? Möglicherweise war eine Einbrecherbande in Herfa unterwegs, na klar, das würde auch die Einsatzwagen der Polizei erklären.

Weitmann stieg ins Erdgeschoss hinab, nahm sich vor, nicht abzuheben, aber nach der Nummer auf dem Display zu schauen. Diesmal wurde sie angezeigt. 06621 9320. Eine Hersfelder Nummer, die nicht nach einem Privatanschluss aussah. Er merkte sich die Zahlenkombination, ging zurück ins Schlafzimmer und nahm sein Handy vom Nachttisch. Er setzte sich aufs Bett und gab die Zahlenfolge in eine Suchmaschine ein.

Es war die Nummer der Polizeidirektion in der Kreisstadt.

Weitmann schlug mit der Faust auf die Matratze. Tränen schossen ihm in die Augen. Schon wieder die Polizei. Die wussten, dass er es getan hatte, und wollten ihn fertigmachen. Jetzt war er sich sicher.

Aber warum nahmen sie ihn dann nicht fest? Vielleicht hatten sie nur eine Vermutung. Ja, genau, das konnte es sein. Die Beamten hatten einen Verdacht und wollten ihn so lange weichkochen, bis er sich freiwillig meldete und ein Geständnis ablegte. Logisch. Weil sie ihm nichts beweisen konnten.

Auf einmal fühlte er sich wieder stark. Er hatte also doch keinen Fehler gemacht, da unten auf der Insel.

Die Frage war, wie lange er den Attacken der Polizei standhalten würde. Er konnte sich das Getratsche morgen im Dorf schon vorstellen. Und den besorgten Blick von seinem Bruder Heiko und dessen Frau, der dummen Gans. Wer sich in der Nachbarschaft rarmachte, wurde skeptisch beäugt. So war das auf dem Land nun mal.

Weitmann klammerte sich an den Gedanken, dass die Polizei ihn nur einschüchtern wollte, weil sie nicht genügend Beweise hatte, und schaffte es, irgendwann in einen unruhigen Schlaf zu fallen. Außerdem hatte er sich damit beruhigt, dass Samstag war und er ausschlafen konnte. Am liebsten so lange wie möglich. An Arbeitstagen gab ihm sein Job einigermaßen Halt, die einsamen Wochenenden dagegen waren die Hölle. Umso mehr ärgerte er sich, als gegen kurz vor neun schon wieder das Telefon im Wohnzimmer klingelte. Wütend schlug Weitmann die Decke beiseite und stapfte die Treppe hinunter. Wenn das wieder die Polizei war, würde er sie anschnauzen.

Die Nummer auf dem Display war außergewöhnlich lang. Hoffentlich war das nicht dieses französische Callcenter, das ihm vor ein paar Jahren ständig Porzellan andrehen wollte.

»Ja?«

»Herr Weitmann, sind Sie's?«, fragte eine sanfte Stimme.

»Ja. Wer ist da?«

»Dieter Auwärter von Gran Canaria. Ich hoff's stört net?«

Nun war Weitmann eh schon wach. »Nein, ist schon okay. Was gibt es denn? War irgendwas mit der Bezahlung nicht in Ordnung?«

»Nein, alles beschtens. Es isch nur so, Ihre Behandlung liegt jetzt genau einen Monat z'rück. Und da führ ich immer gern en Nachgespräch. Wie hen sich die Dinge entwickelt, wie geht's Ihne jetzt grad?«

»Okay, ja, wann sollen wir dieses Gespräch führen?«

»Ha, jetzt.«

»Phhh, also, nehmen Sie es mir nicht übel, aber da würde ich mich gern ein bisschen drauf vorbereiten. Und es ist ja auch noch sehr früh. Vielleicht passt es bei Ihnen heute Nachmittag?«

»Herr Weitmann, mir isch grad der Impuls wichtig. Eben grad net drüber nachdenke. Des spiegelt Ihren Zustand dann uhnverstellter. Hen Sie e Viertelstund?«

Weitmann verdrehte genervt die Augen. »Ja, von mir aus, in Gottes Namen, dann machen wir das eben jetzt.«

»Freut mich«, sagte Dieter besonders gütig. »Sie wisset ja, ich arbeit' gern mit der Schmerzskala. Wie Sie zu mir komme sen, hen Sie g'sagt, der Schmerz isch bei neun von zehn Punkten. Wo würdet Sie ihn heut sehe?«

»Ich denke, es ist besser geworden«, antwortete Weitmann und blickte im Wohnzimmer umher. Alle Spielsachen, die ihn an Lilly erinnerten, hatte er in den Keller geräumt. Aber natürlich erzählten auch fast alle anderen Gegenstände und Möbelstücke Geschichten, die er mit seiner Frau und seiner Tochter verband. Deswegen relativierte er die Aussage von eben: »Nein, anders, es ist situationsabhängig. Im Alltag wird es besser. Hier zu Hause … hier steht einfach alles voll mit Erinnerungen.«

»Ja, des isch verständlich«, sagte Dieter mitfühlend. »Wie sieht Ihr Kontakt zu andre Mensche aus?«

»So wenig wie möglich.«

»Mhm.« Das klang unzufrieden. »Wie sehet Sie Ihre Zukunft? Wenn Sie in Gedanke mal en Jahr nach vorn springet, was erscheint da vor Ihrem geischtigen Auge?«

»Sie werden lachen«, antwortete Weitmann. »Gestern Abend habe ich mir zum ersten Mal Gedanken über einen Neuanfang gemacht. Also, dass es vielleicht noch mal eine andere Frau in meinem Leben geben könnte. Das ist doch ein gutes Zeichen, oder?«

»Ja, das isch's auf jeden Fall, aber es werdet au wieder Momente komme, in dene Sie sich des gar net vorstelle könnet. Des isch so e Art bipolare Phase in der Trauer. Wie sieht's mit Ängschte aus?«

»Ich habe keine Ängste. Wovor soll ich noch Angst haben? Ich habe alles verloren, was ich geliebt habe.«

»Des glaub i Ihne jetzt net. Trauer und Angscht ganget immer mitnander einher. I möcht's mal konkret mache. Nemmet mr als Beispiel mal die letzschte Nacht. Woran hen Sie dacht, als Sie eigschlafe sen oder vielleicht mal kurz aufgwacht?«

Weitmann überlegte. Die letzte Nacht. Sirenen und Anrufe

von der Polizei. Natürlich hatte er Angst gehabt. Aber nicht vor der Zukunft, sondern davor, entdeckt zu werden. Hatte er nicht gestern Abend noch an Auwärter gedacht? Vielleicht war das kein Zufall. Sondern die Lösung. Er könnte sich bei ihm verstecken. Machen doch viele, die ein Problem mit der Polizei haben. Ab ins Ausland, aus den Augen, aus dem Sinn. Klar, die Bullen könnten herausfinden, dass er schon wieder auf die Insel geflogen ist. Aber wie sollten sie ihn gerade in Fataga finden? Es mochte zwar sein, dass die Polizei in letzter Zeit dort häufiger aufgekreuzt war, weil die Spur von Siepe sicherlich zu dieser Bäckerin führte, bei der er gewohnt hatte. Aber woher sollte die spanische Polizei wissen, dass Weitmann etwas mit ihm verband? Er musste sich nur vergewissern, ob die Ermittler Auwärter als deutschen Nachbarn nicht auch ins Visier genommen hatten.

»Heute Nacht war eine besondere Nacht. Bei mir im Dorf war irgendein Polizeieinsatz. Ich weiß nicht, ob die Einbrecher gejagt haben oder was sonst los war. Jedenfalls haben die mitten in der Nacht bei mir geklingelt«, log Weitmann. »Die wollten dann wissen, ob ich etwas Verdächtiges beobachtet habe. Habe ich zwar nicht, aber irgendwie ist man ja immer nervös, wenn die Polizei auftaucht. Kennen Sie das?«

»I han mit der Polizei schon lang nix mehr zum tun g'habt. Früher hen se uns öfter verscheucht, weil mir wild an de Strände campt hen. Aber seitdem han i koin Kontakt mehr zu de Ordnungshüter g'het.«

Diese Antwort gefiel Weitmann ganz ausgezeichnet. Auwärters Haus schien sicher zu sein. Nun musste er bloß einen Vorwand finden, um sich dort wieder einzuquartieren. Aber Dieter kam ihm zuvor.

»Weswegen ich noch angerufen habe, Herr Weitmann, ist Folgendes: Bei mir wohnt für die nächsten Tage Konrada Davutarian. Das ist eine unglaublich fähige Kollegin im Bereich Trauerverarbeitung.« Wenn Dieter die Rolle des Therapeuten verließ, war das säuselnde Schwäbisch wieder weg. »Frau

Davutarian hat sich auf Wanderbewältigung spezialisiert, also Gesprächstherapien in der Natur. Ich habe das einmal miterlebt, das ist wahnsinnig intensiv, wie sie das macht. Und ich könnte mir vorstellen, dass Sie genau im richtigen Stadium dafür sind. Sie haben mir ja gerade gesagt, dass ein Neuanfang für Sie zumindest gedanklich eine Option ist. Hätten Sie daran Interesse?«

Weitmann musste sich bremsen, um nicht verdächtig enthusiastisch zu klingen. Dieses Angebot war das Beste, was ihm passieren konnte! Hauptsache, weg, zur Not auch zum Wandergequatsche mit irgendeiner Frau mit seltsamem Namen.

»Das klingt wirklich interessant«, sagte er möglichst gelassen. »Ich müsste schauen, ob ich noch mal freibekomme. Aber mein Chef hat mir angeboten, jederzeit unbezahlten Urlaub nehmen zu können, wenn es mir wegen Eva und Lilly nicht gut geht.«

»Das klingt doch prima. Ideal wäre, wenn es möglichst schnell ginge und Sie mir den genauen Termin mitteilen könnten. Frau Davutarian ist schon ganz gut gebucht, aber wir würden Sie bestimmt noch dazwischenschieben können.«

Weitmann sah sich in seinem Wohnzimmer um: leere Flaschen, Pizzaschachteln, zerfledderte Zeitungen. Ihm hatte in letzter Zeit einfach die Energie gefehlt, um aufzuräumen. Es würde ihm nicht schwerfallen, das Haus und die Erinnerungen hinter sich zu lassen. Für wie lange auch immer.

»Ich kümmere mich drum«, sagte er zu Dieter. »So schnell wie möglich.«

★★★

Brigitte und Daniel jubelten, als Dieter den Hörer auflegte. Teil eins des Plans hatte leichter funktioniert als gedacht. Dieters Aufgabe hatte darin bestanden, Weitmann ein weiteres Mal auf die Insel zu locken. Hier würde er sich sicher fühlen und eher ein Geständnis ablegen als auf dem Polizeirevier. Offenbar hatten die Einschüchterungsmaßnahmen der Kollegen in der Heimat gegriffen, der Hauptverdächtige sagte die Reise nach Gran Canaria schneller zu, als die Beamten es zu hoffen gewagt hatten.

Dieter Auwärter hatte sich bei dem gesamten Plan erstaunlich kooperativ gezeigt. Er war wohl immer noch froh, dass er aus dem Kreis der Verdächtigen ausgeschieden war, nachdem er den übereinstimmenden Heimatort von Opfer und mutmaßlichem Mörder entdeckt hatte.

Die genaue Ankunft von Weitmann stand zwar noch nicht fest, es galt nun aber, einiges vorzubereiten. Eine Schlüsselrolle bei der Lösung des Falls kam Konrada Davutarian zu, die auf ihren Einsatz genau vorbereitet werden musste. Brigitte sollte dazu bei Dieter in Fataga bleiben, Daniel konnte sich ein paar freie Stunden auf der Insel gönnen. Er hatte sich vorgenommen, die Wartezeit mit einer kleinen Wanderung zu überbrücken. Dieter hatte ihm eine Karte in die Hand gedrückt, auf der ein schöner Weg über einen Bergsattel ins Nachbartal von Santa Lucía verzeichnet war.

Mit einer von Dieter gestifteten Flasche Wasser stapfte der Kommissar los. Der Weg stieg direkt hinter dem Ort steil an. Die Sonne brannte, das niedrige Buschwerk spendete kaum Schatten. Schon nach ein paar Kurven stand Daniel der Schweiß auf der Stirn. Trotzdem tat ihm das Laufen gut.

Was war das gestern für ein seltsamer Abend gewesen? Er hatte Brigitte zum Tanzen aufgefordert und konnte sich schon ein paar Minuten später nicht mehr erklären, wie er darauf gekommen war. Beide hatten sich während des Stevie-Wonder-Stücks befremdet über die Tanzfläche geschoben, die Stimmung zwischen ihnen war für kurze Zeit ein einziges großes Fragezeichen gewesen. Gott sei Dank hatte der Mann am Keyboard danach Lou Begas »Mambo No. 5« angestimmt, was Brigitte mit dem Satz »Dieses Lied hasse ich wie die Pest« quittierte. Daniel hatte befreit gelacht, »Ich auch« gesagt und seine Kollegin wieder an den Tisch zurückgeführt. Dort hatten sie schweigend ihren Wein ausgetrunken und sich kurz darauf in die getrennten Zimmer verabschiedet.

Beim Frühstück am nächsten Morgen waren sie anständig oder gehemmt genug gewesen, um den Tanz vom Vorabend nicht zu thematisieren. Eigentlich war zwischen ihnen alles wie immer, aber irgendwie doch anders.

Daniel hatte die Passhöhe erreicht. Vor ihm lag ein breiter Canyon, rechts schimmerte das Wasser eines Stausees blau in der Sonne, zu seiner Linken türmten sich die pinienbewachsenen, höchsten Gipfel der Insel auf. Dazwischen waren ein paar Dörfer und Häuser mit üppig bewachsenen Gärten an die Hänge gewürfelt, der Blick war wunderschön.

Daniel setzte sich auf einen Stein, trank einen Schluck und nutzte die Ruhe, um nachzudenken.

Es ließ ihn nicht kalt, dass der Mordverdächtige ein entfernter Bekannter von ihm war. Ihm war eingefallen, dass er Andreas Weitmann mit Frau und Tochter doch schon einmal bei einem Grillfest seines Volleyballkumpels Heiko gesehen hatte. Im Sommer des vergangenen Jahres musste das gewesen sein. Er konnte sich vage an eine hübsche Frau und ein Mädchen in einem geblümten Kleid erinnern. Zwei fröhliche Menschen, jung und sehr jung. Und jetzt tot.

Daniel konnte Weitmanns Rachegedanken verstehen, er hatte in seinen zwanzig Berufsjahren immer wieder Fälle erlebt, in denen er das Handeln eines Straftäters nachvollziehen konnte. Natürlich beeinflusste das nicht seine Arbeit als Polizist, bei der der Ermittlungserfolg die einzige Währung war. Aber als Mensch konnte er für manches Verbrechen schon Verständnis aufbringen. Weitmanns mutmaßliche Selbstjustiz gehörte dazu.

Daniel stieg den Hang hinab und hielt auf den Stausee zu. Er passierte einige gepflegte Häuser, vor denen Autos mit deutschen Kennzeichen standen. Die TÜV-Plakette eines alten Mercedes aus Starnberg war 2001 abgelaufen. Offensichtlich

Auswanderer oder Menschen, die zumindest viele Monate des Jahres hier verbrachten.

Der Kommissar fragte sich, ob er sich ein Leben auf der Insel vorstellen könnte. Einerseits kaufte man bei einer solchen Hacienda die Schönwetter-Garantie quasi gleich mit. Andererseits war der Handlungsradius auf so einem Eiland dann doch recht begrenzt. Irgendwann kannte man wahrscheinlich jeden Ort, jeden Wanderweg und alle touristischen Hotspots. Daniel fand es schöner, im Urlaub immer wieder neue Ziele zu entdecken, und beschloss, auf die Besitzer dieser rausgeputzten Natursteinhäuser nicht neidisch zu sein.

Er überquerte die Staumauer, der Weg führte ihn anschließend am Ufer des Sees entlang. Die Ränder auf den Felsen zeigten an, dass der Wasserstand im Frühjahr wesentlich höher sein musste als jetzt nach einem langen, trockenen Sommer. Hier unten war es heißer als oben am Pass.

Daniel zog sein Hemd aus. Er cremte sich ein, merkte aber, dass er im Gesicht damit schon zu spät dran war. Die Haut spannte und war vermutlich ordentlich gerötet.

Das Tal verengte sich, der See hatte aufgehört, laut Karte ging es über wuchtige Felsblöcke durch den ausgetrockneten *barranco* weiter. Die Wände wurden bald schroffer, hier und da waren sie so steil, dass der Talgrund sogar jetzt zum Mittag im Schatten lag.

Daniel legte ein weiteres Päuschen ein. Was würde hier in den nächsten Tagen passieren? War der Plan mit Konrada Davutarian vielleicht doch etwas zu wagemutig? Alle wussten, dass Weitmann im Besitz einer Waffe sein musste. Was, wenn es ihm gelang, sie mit auf die Insel zu bringen, oder er sie hier irgendwo deponiert hatte? War das Risiko kalkulierbar? Und konnten sie sich überhaupt hundertprozentig sicher sein, dass Weitmann tatsächlich der Täter war? Vielleicht hatte Dieter ihnen nur einen unschuldigen ehemaligen Patienten untergejubelt, der zufällig aus derselben Kleinstadt kam wie eines der Opfer.

Daniel wusste, dass es jetzt kein Zurück mehr gab. Nun mussten sie die Sache durchziehen und hoffen, dass alles klappte. Ein ungutes Gefühl begleitete ihn allerdings, als er wieder aufstand und den Weg seiner Wanderung fortsetzte.

***

Andreas Weitmann fuhr über die A 4 Richtung Osten, seine Nervosität vom Vortag war wie weggeblasen. Direkt nach dem Telefonat mit Dieter Auwärter hatte er nach einem Flug gesucht. Die Verbindungen ab Frankfurt waren teuer und extrem früh am Morgen. Deswegen hatte er geschaut, ob sonntags zufällig auch ein Flieger von Erfurt nach Gran Canaria startete, denn dieser Flughafen war von Heringen aus näher und besser zu erreichen als der große Airport im Süden Hessens. Tatsächlich bot Germania einen Platz aus der thüringischen Landeshauptstadt für hundertsiebenundsechzig Euro an.

Weitmann hatte zunächst one way gebucht, denn wann er zurückkommen würde, stand für ihn noch in den Sternen.

Sein Chef war am gestrigen Samstag telefonisch erreichbar gewesen. Weitmann hatte ihm von der neuen Therapeutin berichtet und gefragt, ob er spontan eine Woche unbezahlten Urlaub haben könne. Der Vorgesetzte hatte sich sehr entgegenkommend gezeigt, seinem Mitarbeiter versprochen, dass er den Dienstplan ummodeln würde, und ihm viel Erfolg bei den anstehenden Gesprächen gewünscht.

Ein bisschen Angst hatte Weitmann vor der vergangenen Nacht gehabt, weil er befürchtete, dass die Polizei wieder auftauchen könnte. Es war aber alles ruhig geblieben. Am Samstagnachmittag hatte er kurz im Nachbarhaus bei seinem Bruder geklingelt und ihn gefragt, ob er den Einsatz in der Nacht davor mitbekommen habe. Natürlich waren Heiko und seine Familie auch wach geworden und konnten sich keinen Reim auf den Lärm der Martinshörner im ruhigen Herfa machen. Der Bruder vermutete, dass es sich um eine Diebesjagd gehandelt hatte.

»Du weißt doch, dass diese Banden aus dem Osten schnell und konzertiert zuschlagen. Nehmen sich eine ganze Straße vor und räumen alle Häuser leer. Und über die Autobahn sind die schneller wieder abgehauen, als jemand die 110 wählen kann«, hatte Heiko gesagt.

Merkwürdig war nur, dass bisher niemand aus dem Ort einen Einbruch bei sich bemerkt hatte.

Andreas Weitmann zweifelte mittlerweile ernsthaft daran, dass der ganze Aufriss der Beamten ihm gegolten haben könnte. Wenn die Ermittler etwas in der Hand hätten, würden sie ihn doch einfach verhaften. Was sollte Einschüchterung auch für eine seltsame Polizeitaktik sein?

Trotzdem erschien ihm die Reise nach Gran Canaria sinnvoll. Einerseits, um sich aus der Schusslinie zu bringen, falls die Bullen doch etwas ahnten, andererseits, weil ihm diese Konrada vielleicht tatsächlich helfen konnte. Er hatte ihren Namen gleich nach dem Gespräch in eine Suchmaschine eingegeben. Dort fand er allerdings keinen einzigen Treffer. Deswegen hatte er am gestrigen Samstag noch mal bei Dieter angerufen und sich über die Dame erkundigt. Der Seelenheiler auf Gran Canaria hatte ihm versichert, dass er die Kollegin schon seit Jahren kenne und sie absichtlich jeden Eintrag im Internet vermied. Da sie das Netz für einen Tummelplatz von Lügnern und Spinnern hielt, habe sie jedem Patienten eingeschärft, über dieses Medium keinerlei Bewertungen abzugeben, sagte Dieter. Frau Davutarian behandle Menschen nur auf persönliche Empfehlung ähnlich ausgerichteter Therapeuten, ansonsten sei an einen Termin bei ihr gar nicht zu denken.

Weitmann fand in einer Wohnsiedlung nahe der Binderslebener Landstraße einen Parkplatz, auf dem er das Auto so lange stehen lassen konnte, wie er wollte. Er stellte den Wagen ab, lud seinen Koffer aus und ließ sich ein Taxi kommen.

Ein paar Minuten später war er am Terminal. So ein kleiner

Flughafen hatte eben auch seine Vorzüge. Ein weiterer Vorteil war aus Weitmanns Sicht, dass man ihn hier wahrscheinlich weniger erwartete als in Frankfurt. Sollte der nächtliche Einsatz in seinem Heimatdorf doch eine Drohgebärde gewesen sein, weil man ihn für tatverdächtig hielt, wäre die hessische Polizei wahrscheinlich wachsamer als die thüringische. Oder kümmerte sich um die Überwachung der Flughäfen die Bundespolizei?

Wie auch immer, den unauffälligen Touristen zu spielen war wahrscheinlich am sichersten.

Der Flug nach Gran Canaria war der einzige, der um die Mittagszeit abgefertigt wurde. In der Check-in-Halle befanden sich nicht besonders viele Menschen, deswegen konnte sich Weitmann nicht in der Masse vor den zwei Polizisten verstecken, die vor den Schaltern patrouillierten. Kurz dachte er darüber nach, ob der wuselige Rhein-Main-Airport nicht doch die bessere Wahl gewesen wäre, die Beamten registrierten den allein reisenden Mann mit dem schwarzen Koffer allerdings gar nicht.

Weitmann ließ sich von der Dame am Counter einen Platz am Gang geben, stellte dann aber im Flugzeug fest, dass er eine ganze Reihe für sich hatte. Also rutschte er ans Fenster und drückte seine Nase an die Scheibe.

Die Boeing 737 startete in westliche Richtung, überflog Gotha, Eisenach, die Wartburg und die Ausläufer des Thüringer Walds. Kurz danach kamen die weißen Kaliberge von Heringen und Philippsthal in Weitmanns Blickfeld. Das da unten war seine Heimat. Er wusste nicht, wann er sie wiedersehen würde.

Am Sparkassenautomaten hatte er den Höchstbetrag von tausend Euro abgehoben, weitere zehntausend hatte er unter dem Betreff »Beratungshonorar« auf Dieters Konto überwiesen. Davon wusste der Therapeut zwar nichts, aber falls er doch länger auf Gran Canaria bleiben musste, würde Dieter ihm das Geld schon nicht verweigern – und er hätte ein Startkapital, für was auch immer.

Weitmann hatte sein Telefon nach Absprache mit Heiko auf die Nummer seines Bruders umgeleitet und sich vorgenommen, unauffällig nach weiteren Polizeianrufen oder -einsätzen zu fragen. Sollte eine Woche alles ruhig bleiben, so war sein Plan, würde er nach Herfa zurückkehren, weil die nächtliche Kraftmeierei der Beamten wahrscheinlich doch nicht ihm gegolten hatte.

Irgendwann verdeckten Wolken die Sicht auf die Erde. Das eintönige Rauschen des Flugzeugs schluckte die Gespräche der anderen Gäste an Bord, Weitmann fielen die Augen zu. Erst über dem spanischen Luftraum wurde er wieder wach. Eine dünn besiedelte, verdorrte Landschaft lag zehntausend Meter unter ihm.

Er dachte an die drei Wochen zurück, die er im August bei Dieter Auwärter verbracht hatte. Früher hatte er nichts von diesem übersinnlichen Blendwerk gehalten, das Dieter seinen Patienten anbot. Er als Informatiker, Mann der Zahlen und Eingabebefehle, sollte plötzlich seine innersten Empfindungen nach außen kehren und sich von einem langhaarigen Säuselschwaben auf den Grund seiner verletzten Seele blicken lassen?

Die Empfehlung für Auwärter war von Liane gekommen, einer Alternativmedizinerin, die eine ehemalige Klassenkameradin von Weitmanns verstorbener Frau Eva war. Sie hatte sich nach dem Unfall bei Weitmann gemeldet und ihn zu einem Gespräch in ihre alte Fachwerkmühle an einem einsamen Bachlauf bei Nentershausen eingeladen.

Weitmann war nach dem Unfall so verzweifelt gewesen, dass er das Angebot wahrgenommen hatte, auch wenn er früher immer über die »Kräuterhexe« gespottet hatte, wenn von Evas alter Schulfreundin die Rede war. Nach einigen Gesprächen schlug Liane dem Mann ihrer verstorbenen Freundin einen längeren Aufenthalt bei Dieter vor. Es würde ihm Kraft geben, Abstand zu gewinnen und mit einem unbeteiligten Menschen über den Verlust seiner Familie zu sprechen.

Und tatsächlich: Trotz anfänglicher Skepsis hatte die Behandlung bei Dieter gutgetan. Weitmann hörte auf, mit dem Schicksal zu hadern. Nicht er war schuld, weil er seine Mädels allein ins Kino hatte gehen lassen. Nicht Eva war schuld, weil sie nach dem Abdrängen nicht beherzt genug gegengelenkt hatte. Nicht der Zufall war schuld, nicht der liebe Gott oder die nasse Straße. Es war ganz allein Wolfgang Siepes Schuld gewesen.

Während der Behandlung hatte sich Weitmann immer mehr auf den Unfallverursacher fokussiert, von dem er damals noch nicht wusste, dass er im Nachbarhaus Brot backte und Brötchen verkaufte. In ihm wuchs der Gedanke, dass er nur zur Ruhe finden könne, wenn dieser Dämon, der ihm Frau und Kind genommen hatte, zur Strecke gebracht worden war. Natürlich sagte er Dieter nichts davon. Aber genau das gefiel ihm: Er schaffte es, seine innersten Rachegedanken vor dem Therapeuten geheim zu halten. Er war eben doch stärker als dieser Schwätzwissenschaftler, dem er trotzdem dankbar war, weil ihm erst durch die Behandlung klar geworden war, dass der Mörder seiner Familie ausgeschaltet werden musste. Und dass ihm dann dieser unglaubliche Zufall im Solztal dabei half, verstand Weitmann als Zeichen, dass sein Vorgehen das richtige war und von irgendeiner übergeordneten Macht gutgeheißen wurde.

Die Ansage des Piloten riss ihn aus seinen Gedanken. Die Passagiere legten die Anschnallgurte wieder an, der Anflug auf Gran Canaria begann. Zum dritten Mal innerhalb von zwei Monaten landete Weitmann jetzt auf dieser Insel, jedes Mal mit einem anderen Motiv.

Nachdem er seinen Koffer geholt hatte, steuerte er in der Ankunftshalle auf die Schalter der verschiedenen Mietwagenanbieter zu. Er wollte sich einen Wagen leihen, für eine Woche war das nicht viel teurer als die Taxifahrt nach Fataga und zurück.

Um kurz nach neunzehn Uhr hatte der Reisende sein Ziel erreicht. Die letzten Sonnenstrahlen fielen noch über die Bergzinnen auf der westlichen Talseite und tauchten das Dorf in ein oranges Licht. Weitmann hievte sein Gepäck aus dem kleinen Kofferraum des Nissan und streckte sich. Es war so schön hier. Es schien, als hätten Sorgen, Ängste und Nöte keinen Zugang zu diesem paradiesischen Flecken in den immer warmen Breiten des Atlantiks.

Er klingelte, Dieter Auwärter öffnete die Tür, hinter ihm stand eine Frau mit braunen Locken in einem bodenlangen Sommerkleid. Sie musste um die vierzig sein, jünger und irgendwie auch attraktiver, als Weitmann vermutet hatte.

Dieter stellte seine Kollegin vor.

Sie gab Weitmann die Hand und lächelte ihn freundlich an. »Möchten Sie nach der Reise vielleicht erst mal etwas trinken? Dieter hat einen fabelhaften Minz-Ingwer-Chai gemacht.« Konrada Davutarian hatte für eine Frau eine tiefe Stimme.

Andreas Weitmann gefiel das. Er hatte ja nicht gewusst, worauf er sich mit dieser neuen Therapeutin eingelassen hatte, aber auf den ersten Blick bereute er sein Kommen nicht.

Dieter brachte den ungesüßten Tee, die drei setzten sich auf die kleine Terrasse hinter dem Haus.

Konrada bändigte ihre Lockenmähne mit einem Gummi, das sie am Handgelenk aufbewahrt hatte, und kam direkt zum Thema. »Herr Weitmann, mein Freund Dieter hat mir Ihre Geschichte sehr detailliert erzählt. Ich werde Ihnen jetzt einmal mein Beileid dafür aussprechen, weil es wirklich ein sehr tragisches Ereignis war, aber im Lauf der weiteren Gespräche wird Mitleid meinerseits keinen Platz mehr haben. Ich möchte mit Ihnen daran arbeiten, Sie aus der Opferrolle herauszuholen. Natürlich sind Sie Opfer eines schweren Schicksalsschlags geworden, aber daran denken wir nicht mehr. Wir schauen in die Zukunft. Ist dieser Ansatz für Sie in Ordnung?«

Weitmann nickte. Die Frau schien genaue Vorstellungen von ihrer Therapie zu haben, das gefiel ihm.

Da der Patient keine Fragen hatte, redete Konrada weiter. »Herr Auwärter hat Ihnen ja schon gesagt, dass ich Spezialistin in der Wanderbewältigung bin. Ich stehe auf dem Standpunkt, dass Räume uns einengen. Deswegen finden meine Gespräche im Freien statt. Natürlich könnte man sich dafür auch auf eine Terrasse setzen. Aber im Sitzen wird weniger Energie frei. Schauen Sie, wir fragen uns ja auch bei einer Begrüßung: ›Wie geht es dir?‹ Da steckt das Gehen ebenfalls schon drin. Jede Entwicklung findet in Bewegung statt. Sitzen oder Liegen ist Stillstand. *Sie* wollen sich entwickeln, *wir* bewegen uns dafür. Und die Kanarischen Inseln mit ihren vulkanischen Kraftzentren sind der ideale Ort für Gespräche in der Natur. Ich möchte mit Ihnen morgen zum Roque Nublo laufen, das ist der heilige Berg der Guanchen, der Ureinwohner Gran Canarias. Haben Sie dazu irgendwelche Fragen?«

Weitmann wusste nicht, was er sagen sollte. Diese Frau mit ihren klaren Vorgaben und den wachen Augen irritierte ihn, aber irgendwie auf eine angenehme Art. Ihm fiel nichts anderes ein als die Frage, die er sich als Erstes gestellt hatte, nachdem Dieter seine Kollegin empfohlen hatte.

»Woher kommt Ihr Name? Der klingt … außergewöhnlich.«

Konrada Davutarian lächelte. »Diese Frage kommt häufig. Mein Urgroßvater ist Anfang des vorigen Jahrhunderts aus Armenien geflohen. Zunächst haben meine Vorfahren in Paris gewohnt, später ist ein Teil der Familie nach Deutschland gekommen. Ich selbst bin in Hamburg geboren und habe eine Praxis in der Lüneburger Heide. Dort kann man stundenlang wandern, ohne auch nur einen Menschen zu treffen. Im Herbst und Winter lebe ich auf La Gomera. Dort betreibe ich ein energetisches Kraftzentrum im Valle Gran Rey. Die Saison beginnt da Mitte Oktober, solange biete ich kurierende Gespräche bei Kollegen an.« Konrada schaute Dieter an. »Bei Kollegen, denen ich vertraue«, setzte sie nach.

Dieter nickte und wirkte geschmeichelt. Er hatte bisher gar nichts gesagt, schien der Meisterin wortlos zu huldigen.

Auch Weitmann war von der Aura dieser Frau überwältigt.

Deswegen kam ihm die nächste Frage fast ein wenig profan vor. »Übernachten Sie denn auch hier bei Herrn Auwärter im Haus?«

Konrada sah auf die Uhr. »Nein, aber gut, dass Sie mich daran erinnern. Mein Fahrer wartet wahrscheinlich schon. Schlafen Sie sich gut aus, Herr Weitmann, morgen wartet ein intensiver Tag auf uns.« Sie stand auf, legte dem sitzenden Patienten kurz die Hand auf die Schulter und deutete vor Dieter eine kleine Verbeugung an. Und schon war sie verschwunden.

Andreas Weitmann schaute ihr nach. Nachdem die Tür leise ins Schloss gefallen war, sagte er zu Dieter: »Eine beeindruckende Persönlichkeit.«

Der nickte wissend und antwortete: »De'sch mir glei klar gwese, dass Sie beide auf einer Wellelänge lieget. Es isch bloß ganz wichtig, dass Sie sich morge komplett öffnet. Wenn Sie der Konrada ebbes verschweiget, isch der Behandlungserfolg stark gefährdet.«

Weitmann nickte. Er war sich allerdings nicht sicher, wie viel er dieser Frau morgen tatsächlich anvertrauen würde.

$$\star\star\star$$

Ein ausgedehntes Hochdruckgebiet machte sich im letzten Septemberdrittel über den Kanarischen Inseln breit. Klare Luft und ein wolkenloser Himmel hatten den Ostwind abgelöst, der in den vergangenen Tagen den Staub der Sahara auf den Archipel herübergeweht hatte. Noch war es angenehm kühl, aber Weitmann spürte, dass der Tag noch große Hitze bringen würde.

Er stand in Wanderschuhen, kurzer Hose, einem atmungsaktiven Funktionsshirt und Baseballcap vor Dieters Haus und wartete auf Konrada Davutarian. Er hatte nicht besonders gut geschlafen, fühlte sich in Dieters Gästezimmer zwar gleich wieder zu Hause, sah dem ersten Tag seiner Wandertherapie aber mit einer gewissen Aufregung entgegen.

Um Punkt neun kam seine Begleiterin zu Fuß um die Ecke. Ihr Fahrer hatte sie offenbar an der Hauptstraße abgesetzt, um nicht durch die engen Gassen des Dorfs zirkeln zu müssen. Konrada begrüßte ihren Patienten und klingelte bei Dieter. Es war vereinbart, dass er ihr sein Auto lieh, mit dem es dann zum Parkplatz unterhalb des Roque Nublo gehen sollte. Konrada fuhr den Wagen aus der Einfahrt, Weitmann nahm auf dem Beifahrersitz Platz.

»Konnten Sie gut schlafen?«, eröffnete sie das Gespräch.

»Ja, danke, die frische Luft hier tut wirklich gut. Ich glaube, ich habe mindestens zehn Stunden geschlafen, ich war früh im Bett.« Weitmanns Augenringe waren ein Zeichen dafür, dass diese Antwort nicht ganz der Wahrheit entsprach. Da Konrada dazu nichts sagte, fragte er: »Wo wohnen Sie denn genau, wenn Sie hier auf der Insel sind?«

»Ein Freund meiner Familie hat unten an der Küste ein großes Haus. Der wäre tödlich beleidigt, wenn ich nicht bei ihm nächtigen würde. Er war früher Komponist für Filmmusik. Er ist im Alter meines Vaters, freut sich aber immer, wenn Besuch ein wenig Abwechslung in seinen Alltag bringt.«

Weitmann nickte. Offenbar ein reicher, älterer Herr. Das erklärte auch, warum Konrada Davutarian über einen Fahrer verfügte.

Die Therapeutin nahm schnittig die Kurven, in denen sich die Straße immer weiter bergauf schraubte. In San Bartolomé de Tirajana wirkte es auf Weitmann so, als habe sie kurz die Orientierung verloren. An einer Kreuzung blieb sie länger stehen als nötig und studierte die Straßenschilder.

Weitmann wunderte sich. Für ihn hatte es so geklungen, als biete sie regelmäßig Touren am Roque Nublo an. Warum kannte sie den Weg dann nicht?

Konrada schien seinen Gedanken erahnt zu haben. »Die ändern hier ständig die Verkehrsführung. Zuletzt war ich mit zwei Patienten im Februar oben am Roque. Seitdem ist schon wieder alles anders geregelt.« Nachdem sie die richtige Straße gefunden hatte, sagte sie: »Erzählen Sie mir von Ihrem Beruf, Herr Weitmann. Es ist ja schön, dass Sie so spontan freinehmen konnten.«

»Ja, mein Chef zeigt sich nach dem Tod von Eva und Lilly sehr verständnisvoll. Ich bin Informatiker in einem großen Logistik-Betrieb. Da leite ich die Abteilung für das interne Firmennetzwerk. Selbst wenn es während meiner Abwesenheit zu Problemen kommen sollte, die meisten könnte ich auch von hier aus lösen.«

Konrada lachte ein tiefes Lachen. »Sie sind ein Hacker«, sagte sie scherzhaft.

»Das Wort ist negativ besetzt. Aber ja, ich könnte heimlich an so manche Daten herankommen. Mache ich aber natürlich nicht.«

Die Straße bestand jetzt nur noch aus Kurven, die Landschaft wurde schroffer, die Besiedlung immer spärlicher. In einem winzigen Dorf bog Konrada rechts ab, die letzten Serpentinen wanden sich einer Passhöhe entgegen.

»Heute ist Gott sei Dank nicht so viel Verkehr. Gestern, am Sonntag, wird es hier wieder zugegangen sein … Dann kommen alle Einheimischen hier hoch, wandern dreihundert Meter und sehen diese sportliche Großleistung als Legitimation, um danach kiloweise Grillfleisch zu vertilgen.« Tatsächlich wartete am obersten Punkt der Straße ein großer, leerer Parkplatz auf Besucher.

Auf eintausendfünfhundertneunundsiebzig Metern lag laut Schild der Ausgangspunkt für Wanderungen auf die höchsten Berge der Insel. Weitmann schaute sich um. Schon von hier aus hatte man einen phantastischen Ausblick über das grüne Herz Gran Canarias. Wirklich faszinierend, wie sehr sich die Landschaft im Inselinneren von den kargen Küstenregionen im Süden unterschied. Weitmann konnte Konrada verstehen: In dieser Umgebung waren Gespräche vielleicht wirklich fruchtbarer als in einem engen Raum.

Die Therapeutin kontrollierte noch einmal schnell, ob sie

alles im Rucksack hatte, dann dirigierte sie Weitmann über die Straße zum Einstieg in einen Weg mit gemauerten Steintreppen.

Schon nach den ersten dreißig Stufen kam Weitmann ins Japsen. Er wunderte sich, dass Konrada bei der Hitze so dick angezogen war. Außerdem kam sie ihm fülliger vor als gestern.

Auf den Parkplatz am Pass röhrte ein tiefergelegter Sportwagen, drei Männer stiegen aus.

»Das müssen *canarios* sein«, sagte Konrada. »Solche Autos sind bei den Mietwagenanbietern nicht im Angebot. Kommen Sie, wir müssen weiter.«

»Ich hasse Raser. Ich frage mich jedes Mal, ob es vielleicht auch so ein Idiot mit seiner Proletenschüssel war, der meine Familie zerstört hat.«

»Hat die Polizei denn bisher gar nichts herausgefunden in dem Fall? Es kann doch nicht sein, dass der Wagen des Unfallverursachers spurlos verschwunden ist.«

»Ach, die Polizei. Anfangs haben die sich noch ein paarmal bei mir gemeldet. Hatten jede Menge Fragen, aber niemals Antworten. Und irgendwann kam gar nichts mehr. Ich vermute, dass die die Akte längst geschlossen haben. Ein ungelöster Fall mehr oder weniger, darauf kommt es bei denen doch nicht an.«

Konrada kommentierte Weitmanns Vermutung nicht. Sie lief vor ihm her und legte ein ordentliches Tempo auf dem Weg vor, der sich durch einen lichten Pinienwald bergauf schlängelte. An einer Gabelung blieb sie kurz stehen. »Wir gehen nicht den direkten Weg zum Roque. Hier links geht ein kleiner Pfad ab. Dort sind wir ungestörter.« Sie bog in diesen Weg ein und fragte kurz darauf: »Kommen Sie gelegentlich an der Unfallstelle vorbei? Oder haben Sie diesen Ort schon einmal bewusst aufgesucht?«

»Die Stelle liegt an der Bundesstraße von meinem Dorf nach Hersfeld, dort arbeite ich ja. Ich kann sie umfahren, wenn ich die Autobahn nehme. Ein paarmal war ich aber da.«

»Was haben Sie dort dann gemacht?«, wollte Konrada wissen.

»Zuerst habe ich nach Spuren gesucht. Ich hatte kein großes Vertrauen in die Polizei. Ich dachte, es muss doch irgendetwas geben, was auf den geflüchteten Fahrer hinweist. Später habe ich dann zwei-, dreimal dort angehalten und an Eva und Lilly gedacht. An der Unfallstelle ist kein Kreuz oder so. Das wollte ich nicht.«

»Gehen Sie regelmäßig auf den Friedhof?« Konrada drehte sich nicht um, wenn sie Fragen stellte. Sie bewertete Weitmanns Antworten auch nicht. Das kannte er schon von Dieter.

»Nicht sehr häufig. Evas Mutter kümmert sich um das Grab ihrer Tochter und ihrer Enkelin. Die beiden liegen nicht direkt bei mir im Ort, sondern in Lengers. Das ist knapp zehn Kilometer entfernt. Meine Schwiegermutter wohnt dort. Ich habe ihr gesagt, dass ich es momentan noch nicht gut ertrage, auf den Friedhof zu gehen. Sie macht mir keine Vorwürfe deswegen.«

»Könnten Sie es besser ertragen, wenn der Unfallverursacher gefasst worden wäre?«

»Das weiß ich nicht. Aber ich könnte … abschließen. Ja, besser abschließen mit der Sache.«

Konrada blieb stehen und drehte sich um. Die Kiefern waren spärlicher geworden, der Boden felsiger, das Terrain steiler. Sie schaute über die Landschaft.

Drei Männer hatten sich am Abzweig ebenfalls für den kleineren Weg entschieden. Weitmann sah sie aus der Ferne. Es konnte sich um die Insassen des Sportwagens auf dem Parkplatz handeln.

Konrada setzte sich wieder in Bewegung. Ihr Patient registrierte, dass sie ebenfalls schwitzte. Das machte sie trotz ihrer Distanziertheit menschlich.

»Sie äußerten vorhin die Vermutung, dass die Polizei nicht alles getan haben könnte, um den Unfallfahrer zu finden. Wie kommen Sie darauf?«

»Ich weiß es nicht. Ich hätte vielleicht gedacht, dass man als Hinterbliebener da mehr in die Ermittlungen miteinbezogen würde. Und man hört ja immer wieder, dass die Beamten überlastet sind.«

Konrada blieb erneut stehen. »Diese Antwort passt nicht zu Ihnen, Herr Weitmann. Ich kenne Sie noch nicht lange, aber mein Beruf ist es, den Menschen in die Seele zu blicken. Sie halten sich nicht nur für schlauer, Sie *sind* schlauer als viele in Ihrer Umgebung. Und schlaue Menschen setzen keine Anschuldigungen in die Welt, für die sie keine Beweise haben.« Sie marschierte weiter.

Weitmann war verblüfft. Diese Frau hatte wirklich etwas auf dem Kasten. Sie hatte ihn in diesem Punkt ziemlich genau durchschaut. Er rang mit sich, ob er von seiner Entdeckung erzählen sollte.

Auch das schien Konrada zu spüren, denn sie setzte nach: »Denken Sie dran, Sie können mir alles erzählen. Niemand hört uns zu, ich stehe unter Schweigepflicht. Und ich kann Ihnen auch nur helfen, wenn ich die ganze Wahrheit kenne.«

Was war schon dabei, ihr von seinem Fund zu erzählen? Die Frau hatte ja recht: Er war schlauer als die Polizei. Nach Monaten bei Niedrigwasser noch mal an die Solz herunterzuklettern, darauf waren diese verbeamteten Sesselfurzer jedenfalls nicht gekommen.

Es gehörte offenbar zu einem Stilmittel dieser Verarbeitungswanderung, dass Konrada immer vorausließ und ihren Patienten nicht ansah, während er auf ihre Fragen antwortete. Dabei hätte Weitmann bei seinen folgenden Worten so gern ihr Gesicht gesehen. »Es stimmt, ich habe einen Beweis. Anfang September herrschte bei uns totales Niedrigwasser. Da geben Seen und Flüsse so einiges preis, was sonst unter der Wasseroberfläche schlummert. Deswegen war ich noch mal unter der Unfallbrücke an dem kleinen Fluss. Einfache Idee, oder? Aber ich hatte sie, nicht die Polizei. Und deswegen hat sie das Nummernschild auch nicht gefunden.«

Beide Wanderer hielten sich jetzt ganz rechts auf dem schmalen Weg. Links von ihnen fiel der Hang immer steiler ab. »Was für ein Nummernschild soll das sein?«, fragte Konrada. Ihr beiläufiger Tonfall ärgerte Weitmann. Schließlich war dieser Gegenstand der Beweis dafür, dass er sorgfältiger gearbeitet hatte als jede Menge Polizisten, die von seinen Steuern dafür bezahlt wurden.

»Möglicherweise das des Unfallwagens.«

»Oder von einem anderen der vierundvierzig Millionen Autos auf deutschen Straßen. Haben Sie dieses Kennzeichen zur Polizei gebracht?«

»Damit sie aus der Spur wieder nichts machen? Nein, habe ich nicht. Ich habe es bei mir behalten. Ich überlege noch, was ich damit mache.«

Konrada hatte ihren Schritt verlangsamt. Weitmann fragte sich, warum. Vielleicht kam sie aus der Puste, möglicherweise hatte sie auch Respekt vor dem steilen Abhang wenige Zentimeter neben dem Weg. Oder die Geschichte mit dem Nummernschild hatte sie doch beeindruckt.

Die Gruppe der drei Männer kam näher, man konnte einzelne Wortfetzen verstehen. Sie sprachen Spanisch miteinander.

»Sehen Sie, und das glaube ich Ihnen wieder nicht. Einer wie Sie findet das Ding und weiß sofort, wo er nachschauen muss, um herauszufinden, wer der Besitzer von diesem Kennzeichen ist. Herr Weitmann, Sie sind Informatiker. Und schlauer als die meisten anderen, wie gesagt.«

Kleine Schweißtropfen hatten sich an Konradas Haarspitzen an ihrem Nacken gebildet. Weitmann merkte, dass sie außer Atem war, aber sie blieb nicht stehen. Es störte ihn, dass sie ihn nicht ansah. Er lief wie ein Bittsteller hinter ihr her, wie eine orientalische Frau, die immer zwei, drei Schritte hinter ihrem Mann gehen musste. Er hatte eine sensationelle Aufklärungsarbeit betrieben, und sie würdigte ihn keines Blickes. Das machte ihn zunehmend wütend.

»Ja, ich weiß, welches Auto zu diesem Nummernschild gehörte. Und ich weiß, dass es der Unfallwagen war. Sagt Ihnen ZEVIS etwas? Das ist die Datenbank vom Kraftfahrt-Bundesamt, in dem alle Fahrzeughalter registriert sind. Lächerlich einfach, sich über das polizeiliche Informationssystem dort einzuloggen. Oder vielleicht nur für Menschen, die schlauer sind als die meisten anderen ...«

»Also lag ich mit meiner Vermutung richtig«, sagte Konrada von oben herab ohne jedes Erstaunen. »Ich lese also auch aus schlauen Menschen wie aus einem offenen Buch.«

Weitmann hatte genug von ihrer Großkotzigkeit. Normalerweise war er es, der Menschen manipulieren und Gespräche in die Richtung lenken konnte, die er einschlagen wollte. Die meisten Einfaltspinsel merkten das noch nicht einmal. Er war der Schatten, er arbeitete seine Pläne zielstrebig ab und behielt die Zügel in der Hand.

Er merkte, dass ihn Konradas Selbstsicherheit schwer provozierte. »Bleiben Sie stehen, Frau Davutarian!«, herrschte er sie an. »Und schauen Sie mich an, verdammt noch mal!«

Selbst dieser Wutausbruch brachte die Therapeutin nicht dazu, ihren Schritt zu verlangsamen oder sich zu ihrem Patienten umzudrehen.

Weitmann hätte sie gern überholt, um ihr in die Augen zu schauen, aber dazu war der Weg zu eng. Es kochte in ihm. Er kickte wütend einen Stein den Abhang hinab. Der kleine Felsbrocken raste über die steile Böschung ins Tal.

Konrada wurde schneller.

Auf einmal war es, als wäre in Weitmanns Kopf eine Sicherung durchgebrannt. Er war so stolz auf sein Werk. Er allein hatte den Fall gelöst, intelligenter als eine Horde von Polizisten. Und er allein hatte geräuschlos für ausgleichende Gerechtigkeit gesorgt. Zwei Tote gegen zwei Tote, quid pro quo. So gern hätte er schon früher jemandem von diesem Erfolg erzählt, aber das war nicht gegangen. Jetzt war die Situation endlich da, und diese blöde Pute schaute ihn nicht an. Behandelte ihn wie einen Kranken, wie jeden anderen Patienten. Aber er war größer als die anderen. Er war der Schatten!

»Du sollst endlich stehen bleiben, Psychoschlampe. Guck mich an! Ich habe alles herausgefunden, ich allein! Wolfgang Siepe heißt der Mörder meiner Familie. Und es war nicht schwer, im Netz zum Namen ein Gesicht zu finden. Das Gesicht, das mir in dieser beschissenen Bäckerei da unten Brötchen verkauft hat. Dieses Drecksgesicht hat meine Frau und meine Tochter totgefahren. Und dafür habe ich mich an ihm gerächt. Und wissen Sie was? Es war ein herrliches Gefühl, ihn abzuknallen.« Die letzten Worte sprach Weitmann mit tränenerstickter Stimme.

Endlich drehte sich Konrada Davutarian um. In ihrer rechten Hand blitzte eine Waffe in der Sonne, der Lauf war direkt auf Weitmanns Kopf gerichtet. In der linken hielt sie ein Funkgerät, in das sie zweimal hektisch »Zugriff!« schrie.

Etwa zwei Meter trennten Kommissarin Brigitte Schilling und den Mann, der soeben vor ihr ein Geständnis abgelegt hatte. Sie sah, wie die drei Männer in Weitmanns Rücken anfingen zu rennen. Daniel, Jesús und Álvaro waren etwa hundertfünfzig Meter von ihr entfernt, die allerdings ziemlich steil aufwärtsgingen.

Weitmann zitterte. Tränen liefen ihm die Wangen hinab. Er schaute mit flackernden Augen in den Lauf von Brigittes Pistole.

»Warum auch noch der Junge? Was hatte Diego mit dem Unfall zu tun?«

»Nichts hat er mit dem Unfall zu tun. Aber warum soll hier nur ein Mensch sterben, wenn mir zwei genommen wurden? Auge um Auge, das wissen Sie doch.« Völlig unvermittelt sprintete Weitmann auf Brigitte zu. Die Pistole störte ihn nicht, er hatte nichts mehr zu verlieren.

Das Letzte, was Brigitte in seinen Augen sah, war eine eiskalte Entschlossenheit. Sie hatte einen fatalen Moment zu lang gezögert. Gerade als sie abdrücken wollte, spürte sie Weitmanns Fausthieb gegen ihre Waffe.

Die Kollegen waren noch etwa zehn Meter entfernt, als Weitmann Brigitte mit der Wucht seines gesamten Körpers den Hang hinabstieß. Sie sah innerhalb von Sekundenbruchteilen den blauen Himmel, die braune Erde, Kiefernnadeln und hörte, wie ein Schuss durch die Luft peitschte. Ruckartig wurde ihr Fall gebremst.

Brigitte hielt die Augen geschlossen. Sie hörte die Männer über sich schreien. Sie war sich sicher, dass sie das nicht mehr mitgekriegt hätte, wenn sie tot wäre, und traute sich zu blinzeln.

Sie sah den steilen Hang über sich und tastete vorsichtig nach hinten. Der Stamm einer Kiefer hatte ihren Sturz offenbar gebremst. Möglicherweise hätte sie sich dabei die Wirbelsäule gebrochen, wenn sie unter ihrem Hemd nicht die kugelsichere Weste getragen hätte.

Brigitte wagte es nicht, sich einen Millimeter zu bewegen. Was, wenn sie von dem Stamm absackte und weiter ins Tal rutschte?

An der Abbruchkante zum Weg tauchte Daniels Kopf auf. Er hatte ein Seil in der Hand. »Kannst du dich noch halten, Brigitte?«, rief er den Steilhang hinab.

»Ja«, keuchte sie entkräftet. »Aber bestimmt nicht mehr lange. Du musst dich beeilen.«

»Wir binden das Seil an einen Baum, dann komme ich zu dir runter. Beweg dich nicht, hörst du? Es sieht von hier oben ganz gut aus, solange du dich nicht bewegst.«

Daniel ließ vom Seil vorn ein paar Meter aus und knotete es sich um die Taille. Er prüfte den Sitz und kletterte in winzigen Schritten rückwärts den Hang hinab. Álvaro und Jesús hielten das Tau und gaben es Zentimeter für Zentimeter frei. Brigitte wollte nach dem Seilende greifen, das in der Nähe der Kiefer auf dem steilen Boden lag.

»Nicht bewegen!«, rief Álvaro von oben auf Spanisch.

»Daniel wird dich festbinden, du darfst auf keinen Fall das Gleichgewicht verlieren.«

Daniel hatte seine Kollegin erreicht, raffte das Seil, das talwärts baumelte, zusammen und band es Brigitte um die Hüfte. Dafür musste er das lebensrettende Tau loslassen und sich auf die Knoten und seine spanischen Kollegen verlassen. Er reichte Brigitte die Hand, sie gab ihm zittrig ihre Rechte, Álvaro und Jesús begannen, die beiden aus dem Abhang herauszuziehen.

»Was ist mit Weitmann?«, japste Brigitte auf halber Strecke, als sie das Gefühl hatte, ihr Leben sei aktuell weniger in Gefahr als das ihres ehemaligen »Patienten«.

»Streifschuss von hinten am Oberschenkel. Blutet und wimmert, wird aber nur eine kleine Narbe zurückbehalten. Und er hat einen Hubschrauberflug gewonnen, denn zurücklaufen kann er so nicht.«

Daniel und Brigitte hatten den Rand des Weges erreicht. Sie schwitzten und keuchten, waren dreckig, aber außer Lebensgefahr. Erleichtert fielen sie den spanischen Kollegen um den Hals und klopften sich gegenseitig auf die Schulter. Jesús küsste alle einmal der Reihe nach ab.

Weitmann lag am Boden und krümmte sich vor Schmerzen. Von ihm ging keine Gefahr mehr aus.

Brigitte hockte sich neben ihn. »Es tut mir leid, Herr Weitmann, dass ich Sie für das Geständnis als Therapeutin hereingelegt habe. Aber die Beweislage war zu dünn für eine Verhaftung zu Hause. Jeder Anwalt hätte Sie aus der Nummer rausgeboxt. Und jetzt haben wir drei Ohrenzeugen für Ihr Geständnis«, sagte sie und tippte auf das Funkgerät an ihrem Gürtel.

»Brauchen Sie nicht.« Weitmann machte schwach eine wegwerfende Bewegung. »Ich werde alles zugeben, das Spiel ist vorbei. Mir tut es leid, dass ich Sie in Lebensgefahr gebracht habe. Wie haben Sie vorhin gesagt? Ich bin schlauer als die meisten anderen. Aber ich muss Ihnen gratulieren: nicht schlauer als Sie. Gut gemacht, Frau Davutarian.« Ihm gelang ein schmerzverzerrtes Lächeln.

Daniel hatte sich dazugesellt und zog Brigitte ein Stück des Weges bergauf, weg von Álvaro, Jesús und Weitmann.

»Das wollte ich Ihnen auch sagen, Konrada. Das haben Sie wirklich ausgesprochen gut gemacht.« Er kam ihrem Gesicht mit seinem ganz nah. »Woher hast du diese schauspielerische Leistung genommen? Ich habe wirklich fasziniert zugehört.«

Brigitte sah ihm in die blauen Augen, obwohl der Sonnenbrand auf seiner Stirn auch ein sauberer Blickfang war. »Ich kann es dir nicht sagen. Dieter hat mir einen großartigen Crashkurs in Sachen Gesprächstherapie gegeben. Und dazu kommt ein Jahr Theater-AG in der elften Klasse. Schiller damals. ›Kabale und Liebe‹.«

»Pff, Schiller«, sagte Daniel. »Das ist doch voll 18. Jahrhundert.«

»Manche Sachen sind auch gut zweihundert Jahre später noch aktuell«, gab Brigitte zurück und schaute ihn auffordernd an.

Der Roque Nublo schimmerte rötlich in der Mittagssonne. Aus dem Tal war das Knattern des Rettungshubschraubers zu hören. Die beiden Kommissare stiegen zu Weitmann und ihren spanischen Kollegen hinab. Unbeholfen legte Daniel dabei seinen Arm um Brigittes Schulter.

Danksagung

Mein Dank geht an Basti und Jules für die erste Ideenfindung, Iris und Gabriele für die polizeiliche Beratung, Sandra y Rosemary por enseñarme español und ans Finanzamt. Die letzte Reise nach Gran Canaria war wirklich berufsbedingt. Ausschließlich. Ehrlich.

Tim Frühling
DER KOMMISSAR IN BADESHORTS
Broschur, 176 Seiten
ISBN 978-3-95451-503-5

»Klingt klamaukig, ist aber höchst unterhaltsam. Tim Frühling ist
ein scharfer Beobachter mit Sinn für Situationskomik und schräge
Wortschöpfungen.«   WDR 2 Krimitipp

www.emons-verlag.de

Tim Frühling
FESTSPIELFIEBER
Broschur, 192 Seiten
ISBN 978-3-95451-809-8

»Frühling punktet mit Humor und Sprachwitz: Schnodder-schnauze auf gepflegtem sprachlichen Niveau – das zu lesen, macht Spaß.« Hessischer Rundfunk

www.emons-verlag.de

Tim Frühling
111 ORTE IN OSTHESSEN UND IN DER RHÖN,
DIE MAN GESEHEN HABEN MUSS
Broschur, 240 Seiten
ISBN 978-3-7408-0127-4

»Tim Frühling gelingt es, die Sinne der Osthessen für die Be-
sonderheiten ihrer Heimat zu schärfen. Gefunden hat er dabei
jede Menge Skurrilitäten, die er in knappen Kapiteln mit dem
gebotenen Unernst aufspießt.« Fuldaer Zeitung

»Es macht Freude, seinen Tipps zu folgen, neue Orte kennenzuler-
nen und unbekannte Geschichten zu erfahren.« Ostheimer Zeitung

www.emons-verlag.de